Sang pour sang

Sang pour sang

Erin McCarthy

Un captivant récit
de vampires à Vegas

Traduit de l'américain
par Sophie Pertus

Les éditions
Rouge

L'édition originale de cet ouvrage est parue chez Penguin Group
sous le titre High Stakes

Publié par Éditions Rouge
LES PUBLICATIONS MODUS VIVENDI INC.
55, rue Jean-Talon Ouest, 2e étage
Montréal (Québec) H2R 2W8, CANADA
www.groupemodus.com

Éditeur : Marc Alain
Révision : Sophie Leray
Illustration de la couverture : Michel Zappy

ISBN 978-2-92385-500-4

Dépot légal – Bibliothèque et Archives nationales du Québec, 2010
Dépot légal – Bibliothèque et Archives Canada, 2010

Nous reconnaissons l'aide financière du gouvernement du Canada par l'entremise du Fonds du livre du Canada pour nos activités d'édition.

Gouvernement du Québec – Programme de crédit d'impôt pour l'édition de livres – Gestion SODEC

Imprimé au Canada

Prologue

Quoi de plus important que l'hygiène dentaire pour un vampire ?

Rien.

En tout cas, c'était l'avis d'Ethan Carrick, qui était né avant l'ère de la peste bubonique, et pour qui simplement arriver à l'âge adulte avec des dents saines faisait figure d'exploit.

Depuis sa mort humaine et sa renaissance neuf cents ans plus tôt, son corps et ses dents n'avaient cessé de se régénérer de sorte qu'il n'était guère menacé de gingivite. N'empêche qu'il ne se lassait pas de cette impression de propre et de douceur de ses dents après un détartrage, ni du petit goût de menthe des produits professionnels.

Il sourit à la jeune dentiste pleine d'entrain quand elle revint dans la salle.

— Alors, je vais survivre ?

Quand elle rit, ses cheveux bruns et lisses dansèrent sur ses épaules.

— Pour l'instant, oui, assura-t-elle. Cependant, j'aimerais mieux que vous m'autorisiez à vous faire un panoramique. Il n'est pas toujours facile de déceler des caries à l'œil nu.

Sans doute. Sauf que, sur une radio, elle verrait tout de suite ses crocs. Pas question.

— Désolé, répondit-il, mais j'ai une peur irraisonnée des radiations. Je risquerais d'avoir une crise de panique et de tomber de ce fauteuil.

Il ponctua cette déclaration d'un sourire lisse et se rallongea confortablement dans son siège.

Elle inclina la tête sur le côté et sourit à son tour.

— Vous me taquinez, devina-t-elle.

C'était vrai. Même, il flirtait avec elle. Car c'était exactement le type de femme qu'il recherchait : gentille, aimable, intelligente, mais très féminine et malléable. Innocente.

Un rapide passage en revue de ses pensées ne lui montra qu'arcs-en-ciel et chiots dodus, barbes à papa et joues de bébé. Il trouva cela très gai et rafraîchissant. Cela le changeait agréablement des femmes modernes à l'esprit guerrier dont l'agressivité latente agissait sur lui comme un éteignoir.

Non, vraiment, le Dr Brittany Baldizzi était tout à fait le genre de femme qu'il lui fallait. Son directeur de campagne chercherait forcément une faille, une ombre dans son passé et tout serait fichu par terre. N'empêche que, pour l'instant, Ethan se laissait prendre à un optimisme prudent.

— Oui, je vous taquine, avoua-t-il. Mais, j'insiste : pas de radio. Allez, ne me faites pas languir plus longtemps. Dites-moi si je dois revenir dans cette salle de tortures d'ici six mois ou si je peux m'inscrire au club des sans-carie.

Il désigna le tableau d'honneur sur lequel étaient épinglés des Polaroid d'enfants aux grands sourires aussi fiers qu'édentés.

Elle s'appuya au lavabo et croisa les bras sur la poitrine. Sa blouse était trop large pour qu'il puisse se faire une idée de sa silhouette, mais elle avait une démarche pleine d'entrain et sentait bon le frais et le shampooing.

— Vous n'avez pas de carie, annonça-t-elle.

— Vous voyez ? repartit-il en s'asseyant. J'avais bien raison de dire à ma mère que ce n'était pas grave de manger des bonbons et de ne pas se brosser les dents.

Il arracha la petite serviette de papier et la pince de métal qui la retenait.

— Il me semble que c'est à vous ? fit-il en les lui tendant.

Le Dr Baldizzi les prit dans sa main encore gantée de latex et les jeta à la poubelle.

— Vous êtes drôle, vous, vous savez, remarqua-t-elle.

Il aurait préféré charmant. Enfin, c'était un début. Il fouilla encore un peu dans l'esprit de la jeune femme pour savoir ce qu'elle aimait, comment il fallait s'y prendre pour la séduire.

C'est alors qu'il le sentit. Enfoui profondément. À peine détectable. Mais bien là.

Plus question de séduction nonchalante. Il n'était plus que regard aiguisé, muscles tendus, esprit d'analyse.

L'affaire prenait un tour aussi inattendu qu'intéressant.

Il était temps de passer à la vitesse supérieure.

— Vous dînerez avec moi ce soir.

Ce n'était pas une question. Et il savait ce qu'elle allait répondre car il l'orientait dans la bonne direction.

Brittany le considéra avec un sourire un peu perdu.

— Oui, oui. Bien sûr. Je dînerai avec vous ce soir.

— Et vous prendrez ce qu'il vous faut pour rester chez moi cette nuit.

Ethan n'avait pas l'intention de coucher avec elle. Sexuellement, elle ne l'intéressait pas particulièrement. En revanche, il voulait qu'elle demeure à l'hôtel, son hôtel, l'Ava, pour l'avoir sous les yeux pendant qu'il parlerait avec Seamus de sa petite découverte.

Le regard vague, sa dentiste hocha la tête.

— Très bien. Je prendrai ce qu'il faut pour rester cette nuit.

Ethan se leva, lui prit son dossier et le glissa sous son bras. Puis, il lui serra la main et lui sourit.

— Parfait, déclara-t-il en sortant.

Un

— Je souhaite parler au propriétaire de ce casino, annonça Alexia Baldizzi en présentant sa carte de procureur au portier.

Elle se retint d'entrer sans attendre de réponse et de hurler le nom de sa sœur. Elle devinait que cela n'aurait pas l'effet souhaité.

— M. Carrick n'est pas disponible, répondit l'homme d'un air impassible en la toisant de toute sa hauteur, car il devait faire au moins une tête et demie de plus qu'elle.

Sans blague. Il n'avait pas un créneau libre avant trois mois. C'était précisément pourquoi elle avait dû recourir à sa carte. Mais M. Carrick pouvait bien être à table, en pleine réunion de son conseil d'administration ou plongé dans le dernier John Grisham, elle s'en fichait pas mal. Elle allait lui parler. Et tout de suite.

Elle s'impatienta; si elle parlementait trop longtemps avec ce grand crétin, elle allait se donner un torticolis.

— Écoutez, contra-t-elle, soit je vois M. Carrick tout de suite, soit je reviens avec un mandat d'arrêt pour kidnapping.

Vraiment, elle adorait son travail. Quel privilège que le pouvoir – surtout quand il s'agissait de venir au secours de Brittany, sa petite sœur adorable et souvent trop naïve.

Le vigile haussa un épais sourcil noir. Puis, sans répondre, il alla trouver la réceptionniste à quelques pas d'eux et se pencha vers elle pour lui parler à voix basse. Alexia se balançait impatiemment d'un pied sur l'autre en balayant du regard le hall tranquille.

Le portier comme la réceptionniste étaient grands, avec des cheveux bruns et une peau claire et lumineuse. La jeune femme, en particulier, était très belle – l'accessoire idéal dans ce genre de lieu – ce qui acheva d'énerver Alexia. Elle détestait les grandes filles qui portaient bien le tailleur-pantalon noir et le rouge à lèvres écarlate, car c'était précisément tout ce qui, physiquement, lui faisait défaut.

Ces deux-là auraient pu être frère et sœur, nota-t-elle. Et elle n'aurait pas été surprise de les retrouver à un concert gothique. Ils se fondaient parfaitement dans le décor moderne, noir et blanc, avec son mobilier industriel aux lignes pures et froides.

Alexia maudit Brittany tout en priant pour qu'il ne lui soit rien arrivé. Se laisser entraîner dans ce genre de plan, c'était tout sa sœur. Bon, personne ne lui avait fait de mal, sans doute, mais savoir qu'elle vivait avec le riche propriétaire d'un casino dont elle était sans doute la poupée gonflable personnelle ne lui disait rien qui vaille.

Vraiment rien.

Brusquement aiguillonnée par cette idée, elle passa devant le comptoir d'un pas décidé sans attendre de réponse.

— Où allez-vous ? appela la réceptionniste, surprise.

À son avis ?

— Voir votre patron.

Alexia pressa le pas en entendant que le vigile la suivait.

Le bureau de M. Carrick devait se trouver au bout du couloir puisque, à la réception du douzième étage, on lui avait dit que tout le vingt-deuxième était réservé à ses bureaux privés. Cependant, elle sentait le malabar gothique se rapprocher.

— Hé ! cria-t-il.

Alors, elle se mit à courir, tout en cherchant du regard une porte suffisamment impressionnante pour cacher derrière elle un salaud plein aux as et m'as-tu-vu.

Une porte à double battant. Bingo ! Alexia actionnait la poignée quand le vigile l'atteignit. Il lui toucha l'épaule. Sans qu'elle ait le temps de comprendre ce qui lui arrivait, elle fit un vol plané et s'écrasa avec une violence inouïe, tête la première, sur la moquette grise.

— Aïe !

Elle avait dû se briser tous les os. Y compris le nez, songea-t-elle en plaquant la main dessus, les larmes aux yeux. Comme si elle avait besoin d'ajouter une rhinoplastie à la longue, longue liste de ses problèmes !

— Excusez-moi, monsieur Carrick, bredouilla le grand abruti. J'ai essayé de la retenir.

— Faites des excuses à la dame, James, et aidez-la à se relever. Je suis sûr que vous n'avez pas fait exprès de lui faire un croche-pied.

Premièrement, il ne lui avait pas fait de croche-pied. Il l'avait poussée – même si elle ne comprenait toujours pas comment un petit coup sur l'épaule avait pu la faire voler à un mètre cinquante. Et, deuxièmement, cette voix faisait courir des frissons le long de sa colonne vertébrale certainement fracturée en plusieurs endroits. Pas étonnant que ce type ait aussi bien réussi dans la vie. Il suffisait de l'entendre pour l'imaginer à la fois plein d'autorité et cultivé, sûr de lui et calme.

C'était très agaçant.

— Je préfère que James ne me touche pas, déclara-t-elle en décollant le visage du tapis.

En relevant la tête, elle découvrit des jambes. Non pas une paire. Ni deux. Mais au moins une dizaine. Des jambes en pantalon, des jambes en collant, et même des jambes de rebelle en jean. Des jambes et encore des jambes.

Oups ! Carrick donnait un dîner. Elle était vraiment désolée de déranger. Enfin, même pas.

Sentant de grosses pattes sur ses mollets gainés de bas, elle lança un coup de pied, par réflexe, et rencontra une surface dure. Parfait. Elle avait dû toucher ce crétin de James à la poitrine, conclut-elle en l'entendant grogner – de douleur, espérait-elle.

— Oh ! Bas les pattes ! lança-t-elle.

— Je voulais seulement euh... vous retour..., expliqua-t-il en faisant avec les mains le même geste que s'il pliait une tortilla en deux.

Alexia jeta un coup d'œil par-dessus son épaule. Génial. Dans sa chute, sa jupe était remontée, laissant apparaître le bout de ses fesses. Pourquoi, mais pourquoi les vêtements féminins étaient-ils aussi malcommodes ? On ne pouvait rien faire, dedans !

Quoi qu'il en soit, ce James était complètement suicidaire. Le voilà qui tirait sur la jupe d'Alexia pour la remettre en place. Il eut beau faire vite, il ne put éviter la claque qu'elle lui décocha sur les mains.

— J'ai dit : bas les pattes, lui rappela-t-elle en s'agenouillant.

— Monsieur Carrick, pleurnicha-t-il, je voulais seulement...

— Laissez-la, James, répondit son patron. Manifestement, cette dame n'apprécie pas votre galanterie.

La note d'humour qu'elle sentit dans la voix de Carrick ne fit qu'ajouter à son exaspération. Elle se releva, rajusta sa veste et sa jupe et se tourna vers l'assistance.

— Il m'a poussée ! protesta-t-elle.

Elle passa les visages en revue – celui de la réceptionniste, puis de James, puis derrière eux – pour tenter de localiser celui dont la voix l'énervait tant. Enfin, ils l'énervaient tous. Mais Carrick encore plus que les autres, parce qu'il se moquait d'elle. Or personne ne se moquait d'Alexia Baldizzi, ni de sa petite sœur Brittany. Bon, d'accord, rectifia-t-elle intérieurement, cela devait arriver de temps en temps. Mais jamais devant elle.

Ce ne devait pas être ce hippie vieillissant en jean, devina-t-elle. Ni cette brune en robe de cocktail. C'est alors que son regard s'arrêta sur un homme qui se tenait au centre de la pièce, très décontracté, une main dans la poche de son pantalon gris. Nom d'un chien, qu'il était beau !

Oh, elle se doutait que sa sœur ne s'était pas enfuie avec un monstre mais, là, elle avait affaire à un vrai canon. Grand, blond aux yeux bleus, élégant, musclé mais pas ridiculement bodybuildé... Il risquait d'être plus difficile qu'elle ne l'avait imaginé de tirer Brittany des griffes de cet homme.

Allons, la difficulté ne lui faisait pas peur. Elle allait réussir. Même s'il était très, très bien habillé.

— Carrick ? fit-elle d'un ton interrogateur.

— Oui, confirma-t-il. Ethan Carrick. À qui ai-je l'honneur ?

Il s 'avança vers elle en souriant.

Son ton calme et détendu avait quelque chose de déstabilisant. Mais Alexia modifia sa stratégie psychologique en un clin d'œil. Dans ses fonctions de procureur, elle avait appris à s'adapter à la réaction de son interlocuteur. Elle se redressa et lui tendit la main.

— Alexia Baldizzi, se présenta-t-elle. Procureur. J'aimerais vous parler quelques instants.

Et lui arracher la tête.

Ou autre chose.

Il s'arrêta juste devant elle, lui prit la main et la serra très lentement, mais fermement.

— Là ? demanda-t-il. Tout de suite ?

— Oui.

Comme il ne lui lâchait pas la main, elle essaya de se dégager, sans y parvenir. Il ne la lâchait toujours pas. Cela commençait à devenir bizarre. Il lui souriait d'un air d'ange blond de Botticelli. Elle fit une nouvelle tentative. En vain.

— Pourrions-nous passer dans votre bureau ? suggéra-t-elle.

Il marqua un très court silence, puis lui lâcha la main si brusquement qu'elle s'abattit d'un coup sur sa cuisse.

— Certainement, répondit-il avant de se tourner vers ses invités. Si vous voulez bien nous excuser un instant, leur dit-il. Je vous demande pardon pour cette interruption.

Puis il lui fit signe de passer devant lui.

— J'ai un bureau privé au bout du couloir, précisa-t-il. Désirez-vous du café ? de l'eau ? du vin ?

— Non, merci.

Alexia rajusta la bretelle de son sac à main sur son épaule. Il faisait preuve d'un aplomb qui la dérangeait un peu. Il ne semblait pas le moins du monde curieux de savoir pourquoi elle faisait ainsi irruption dans son bureau un vendredi à 18 heures. D'ordinaire, en face d'elle, les suspects réagissaient d'une façon ou d'une autre. Lui, en revanche, faisait preuve d'un sang-froid qui touchait à l'indifférence.

— Seriez-vous par hasard de la famille de Brittany Baldizzi ? s'enquit-il sur le ton de la conversation. Elle est dentiste.

Hmm. Bien joué. Parler de Brittany le premier, c'était très adroit, fut-elle forcée de reconnaître *in petto*. Tout en restant d'une suavité et d'une politesse à toute épreuve, le charme personnifié, il était passé à l'attaque. En prenant l'initiative, il l'avait mise sur la défensive. Elle ne l'en détesta qu'un peu plus.

— C'est ma sœur, répondit-elle en s'arrêtant de marcher et en lui faisant face, laissant sa colère prendre le dessus. Et je me demande bien où elle est passée.

Il haussa les sourcils d'un air surpris.

— Votre sœur ? Vraiment ? Pourtant, vous ne vous ressemblez absolument pas, bien que vous soyez toutes les deux ravissantes. Je ne saurais vous dire avec certitude où se trouve Brittany à cet instant précis; sans doute, dans sa chambre. Elle doit descendre se joindre à nous pour dîner.

Il n'en était pas question, décréta Alexia.

— Où est sa chambre ? demanda-t-elle les dents serrées.

— Suite vingt-trois vingt. On peut y accéder par un ascenseur privé depuis cet étage. Il y a un problème ? Une urgence familiale ? Si je peux vous aider en quoi que ce soit…

— Oui : en vous ôtant de mon chemin.

Alexia était contrariée. Très contrariée. Au point d'avoir un tic aux paupières, les poings qui se serraient tout seuls et les jambes tremblantes.

Brittany avait abandonné son cabinet dentaire pour emménager dans un casino de Las Vegas. Cela faisait trois semaines qu'elle n'arrivait pas à la joindre et ce type se conduisait comme s'ils venaient de se rencontrer dans une soirée mondaine.

Pour elle, Brittany avait été enlevée et avait subi un lavage de cerveau. Et, le responsable de ce cauchemar, c'était lui !

— Vous avez un problème à l'œil ? s'inquiéta-t-il.

— Non. Maintenant, dites-moi où est cet ascenseur.

Elle tourna les talons et reprit le couloir dans l'autre sens. En passant à côté de lui, de l'épaule, elle lui frôla le bras. Il ne bougea pas d'un millimètre. Au contraire, ce fut elle qui rebondit contre lui telle une balle de tennis.

— Vous allez vous ôter de mon chemin, oui ?

Elle épousseta sa veste, refusant tout contact avec lui, toute trace de lui sur elle.

— Excusez Brittany auprès de vos invités, ajouta-t-elle. Elle n'assistera pas à votre dîner.

— Et pourquoi cela ?

Sa légère pointe d'accent anglais était tout aussi déplaisante que sa beauté. Alexia connaissait parfaitement le genre. C'était une publicité vivante pour Sin City. « À Vegas, vous craquerez pour un riche Britannique, un homme de goût qui fera de vous une star »... ou plutôt qui profitera de vous et fera de vous une serveuse enceinte et célibataire.

— Cela me semble évident. Mais, s'il faut vous faire un dessin, elle rentre avec moi, lança Alexia par-dessus son épaule en continuant d'avancer.

Pourvu que l'ascenseur privé qui permettait d'accéder au vingt-troisième étage ne soit pas trop difficile à trouver... Après cette sortie, si elle devait lui demander le chemin, elle allait avoir l'air franchement ridicule. Cependant, se montrer sûr de soi était souvent plus important que d'avoir des certitudes.

— Brittany n'a aucune envie de s'en aller, affirma-t-il. Elle est tout à fait heureuse ici.

Devant tant de suffisance, d'arrogance, même, Alexia s'arrêta net, excédée. Elle lui fit face.

— Espèce de conard, jeta-t-elle.

Sur quoi, par chance, elle trouva l'ascenseur. Elle appuya sur le bouton.

Ethan regarda Alexia Baldizzi appeler l'ascenseur une seconde fois. Elle tapait du pied impatiemment en tenant son sac serré contre elle. Quelques instants plus tôt, il se disait que, peut-être, avoir une dernière petite aventure torride avant de se ranger pour de bon ne serait pas une mauvaise idée. La fougueuse Alexia semblait la candidate idéale pour le rôle. Elle avait l'air sensuelle, passionnée, voluptueuse, excitante. Quand il la prendrait, devinait-il, elle serait douce, succulente.

Sauf que, tout cela, c'était avant qu'elle le traite de conard.

Maintenant, son désir avait fait place à de la contrariété. En neuf cents ans, personne ne l'avait jamais traité de conard. Jamais en face, en tout cas. Qu'est-ce que c'était que ce langage? Bon, d'accord, il lui arrivait de l'employer. Mais, dans la bouche d'une femme, tout de même… Et dirigé contre lui! C'était grossier, inutile, et il ne comprenait même pas ce qu'il avait fait pour mériter une telle insulte.

Seamus le rejoignit au moment où il s'adossait au chambranle de la porte de la salle de réception.

— Qui c'est, cette folle? demanda-t-il d'une voix si basse que seuls les vampires pouvaient l'entendre. Et qu'est-ce qui te prend de la laisser monter?

Ethan se força à se détendre. Depuis quelques siècles, il apprenait à prendre sur lui et à transférer ses passions du champ de bataille à la chambre à coucher. Il n'allait tout de même pas laisser une mal élevée effacer d'un coup tous ses progrès.

— Elle prétend être la sœur de Brittany. Cela dit, je ne trouve pas qu'elles se ressemblent.

Sa dentiste était grande, mince, avec la peau claire et des cheveux sombres et raides. Alexia, au contraire, était toute petite; elle ne lui arrivait guère plus haut que l'épaule. Ses fins cheveux blonds s'échappaient du tortillon sur sa nuque. Et surtout, pour autant qu'il avait pu en juger, elle était très bien roulée.

Bref, génétiquement, elle semblait à l'opposé de Brittany.

— Impossible, renchérit Seamus en rajustant sa cravate rouge et en secouant la tête d'un air incrédule. Brittany est... gentille.

— Oui, confirma Ethan d'un air sombre. Elle est aimable, naïve, gaie...

Et elle lui tapait sur les nerfs. En sa compagnie, il ressentait la même chose que s'il avait mangé trop de bonbons trop vite.

Enfin, cela, c'était son problème à lui; elle n'y était pour rien. Il devait être ingrat, sans doute, et pas aussi civilisé qu'il se plaisait à le croire. N'empêche qu'il ne voyait toujours pas comment une femme aussi arrogante, impatiente et... petite qu'Alexia pouvait avoir le moindre gène en commun avec Brittany.

— Cette femme est une harpie, déclara Seamus au moment où Alexia frappait du plat de la main sur la porte de l'ascenseur en lâchant une bordée de jurons.

— Tu y vas tout de même un peu fort, non? protesta Ethan sans grande conviction.

Alexia s'était conduite avec lui de façon franchement agressive. Pourtant, ce qui l'intriguait – ou, plutôt, l'irritait – c'était de se rendre compte que, malgré sa douceur et sa féminité parfaites, Brittany lui tapait sur le système alors qu'Alexia, malgré son côté mégère, l'excitait.

Rien qu'un peu.

Suffisamment pour le laisser perplexe.

Non, beaucoup, en fait.

Zut! enragea-t-il intérieurement. Il était censé renoncer aux femmes. Il avait juré à Seamus et à toute la Nation vampire qu'il n'était plus porté sur la chose comme autrefois, que, avec l'âge, il s'était assagi. Il était censé se choisir une épouse convenable et s'en satisfaire – pas imaginer celle qui ferait une première dame beaucoup moins parfaite, en train de soulever sa jupe devant lui.

— Harpie, ce n'est pas le mot que je choisirais pour la décrire, dit-il. Voluptueuse, oui. Sexy. À croquer, peut-être…

— Garce ? suggéra Seamus avec une grimace.

Ethan éclata de rire, ce qui lui valut un regard noir d'Alexia pardessus son épaule.

— Non, ce n'est pas non plus ce qui me vient à l'esprit. D'ailleurs, on ne peut pas lui en vouloir de s'être fâchée. Elle a quand même ramassé un sacré gadin quand James l'a poussée.

— Il me semblait que tu avais dit qu'il l'avait fait trébucher accidentellement. Je ne regardais pas. J'étais trop occupé à consulter les résultats des derniers sondages sur mon BlackBerry.

Ethan s'empressa de lever une main pour arrêter Seamus qui s'apprêtait, c'était certain, à lui dérouler une demi-douzaine de chiffres qui ne lui diraient absolument rien. C'était l'un des inconvénients qu'il y avait à faire carrière dans la politique…

— Plus tard, les sondages, s'il te plaît. Pour être précis, James n'a pas poussé Alexia et ne l'a pas non plus fait trébucher; je crois qu'il voulait simplement lui taper sur l'épaule pour attirer son attention et qu'il a oublié qu'il était bien plus fort qu'avant.

— Ah, redevenir un tout jeune vampire…, fit Seamus en secouant la tête. Quand tout était nouveau, excitant. Quand on aurait croqué dans tous les gens que l'on croisait… Ce n'est pas drôle, de vieillir, remarqua-t-il en souriant. Je ne fais plus que me consacrer à mes responsabilités et façonner un nouvel ordre mondial. Cela doit faire cent ans que je n'ai mordu personne.

— On verra quand tu auras cinq cents ans. D'ici là, je ne veux pas t'entendre te plaindre.

De toute façon, pour l'instant, Ethan avait autre chose à faire que l'écouter.

— Bon, demanda-t-il tout bas, à ton avis, que fait Alexia ici ?

Il avait beau savoir que les oreilles humaines étaient très limitées, il ne voulait pas courir le risque d'être entendu.

— Elle vient arracher sa sœur de tes griffes diaboliques, j'imagine.

C'était bien ce qui inquiétait Ethan. Le peu d'intérêt qu'il portait à Brittany avait tout de même considérablement augmenté quand il avait découvert à qui il avait affaire. À quoi il avait affaire. Quant à Seamus, il était fou de joie. Si bien que ni l'un ni l'autre ne voulait renoncer à elle.

— Je n'ai pas de griffes diaboliques, protesta-t-il. Je n'en ai plus depuis le XVIe siècle, au moins. Cependant, si elles sont vraiment sœurs… cela fait d'Alexia une Impure, comme Brittany, non ?

Il ne savait pas trop si c'était un avantage ou un inconvénient – ou si cela avait la moindre importance. De toute façon, Alexia ne semblait pas du genre à se laisser convaincre ni guider facilement. Et encore moins manipuler.

Pendant les quelques minutes qu'il avait passées avec elle, Ethan n'avait pu capter aucune de ses pensées. Oh, il n'avait pas vraiment essayé de fouiller dans son esprit, mais enfin rien ne lui était parvenu spontanément.

— Je ne sais pas, répondit Seamus. Je n'ai rien senti, chez elle, mais je n'ai pas fait très attention. Je me suis surtout efforcé de rester hors de sa ligne de tir. Franchement, Ethan, ce n'est vraiment pas mon genre de femme, conclut-il en frémissant.

Ethan considéra son ami et directeur de campagne d'un œil soudain curieux. Et puis la tentation de l'embêter un peu était trop grande; comment résister ?

— D'accord, mais quel est, au juste, ton genre de femme ? Je ne t'ai jamais revu en galante compagnie depuis cette petite Française qui a essayé de te faire passer à la guillotine. Tu te réserves pour le mariage, ou quoi ?

Seamus se renfrogna.

— Sauf le respect que je vous dois, monsieur le président, mêlez-vous de vos affaires.

En riant, Ethan lui donna une grande claque dans le dos au moment où la porte de l'ascenseur s'ouvrait enfin pour laisser monter Alexia.

— Allons retrouver nos invités, suggéra-t-il. Brittany ne partira pas. Je te le promets.

Parce que Brittany ne pouvait pas partir. En tant qu'Impure, elle était la garantie de sa réélection à la tête de la Nation vampire. Elle apaiserait les électeurs de la minorité. À ses côtés, il serait crédible quand il affirmerait qu'il avait mûri, qu'il s'était assagi, qu'il était moins enclin à la violence que dans son jeune temps.

Ce qui, d'ailleurs, était la vérité. Alors que, autrefois, il dégainait son épée au moindre problème, il comprenait aujourd'hui la valeur de la négociation et de la démocratie. Désormais, il était prêt à se conduire en diplomate. Et Brittany compléterait parfaitement le tableau en le rendant crédible.

— Tu es sûr ? s'inquiéta Seamus. Tu ne t'es pas montré très… euh… entreprenant, avec elle. D'habitude, tu euh… tu parviens à tes fins bien plus vite, avec les femmes.

Son directeur de campagne se racla la gorge d'un air gêné.

— Je lui fais la cour, Seamus, répliqua Ethan avec un regard noir. Je veux avoir une relation sérieuse, avec elle; pas la culbuter en vitesse. Je m'efforce de faire preuve d'un peu de délicatesse.

La bonne blague ! Ethan n'avait jamais fait de charme à une femme dans une autre intention que celle de la déshabiller. Mais, là, c'était différent et il avait un peu de mal à se faire à l'idée d'une relation monogame. D'un mariage. Seigneur ! Rien que d'y penser, il en avait des sueurs froides. D'autant que, comme Brittany était une Impure, leur union pourrait durer soixante ans, voire plus.

— Eh bien, appuie sur le champignon, lui conseilla Seamus. On dirait que tu ne t'intéresses pas à elle. Si j'étais une fille, je ne croirais pas que tu « fais preuve d'un peu de délicatesse », précisa-t-il en esquissant des guillemets en l'air avec ses doigts. Je penserais que tu ne t'intéresses pas à moi.

Ah, c'était facile, de critiquer…

— Et tu aurais raison. Si tu étais une fille, je ne m'intéresserais pas à toi. Mais si tu crois que tu peux mieux faire... Vas-y, toi, fais-lui la cour. On verra comment tu te débrouilles, M. Pas-un-rancard-depuis-cent-ans. Moi, au moins, je couche encore avec des filles.

— Quoi ? Tu couches encore avec des filles ? s'écria Seamus d'un air inquiet. Mais nous nous étions mis d'accord ! Tu es censé convaincre les électeurs que tu t'es amendé. Tu ne peux pas coucher à droite et à gauche tout en « faisant la cour » à Brittany.

— Tu veux bien arrêter de dessiner des guillemets avec les doigts ? Et je ne dis pas que je couche avec des filles en ce moment. Je veux dire que cela m'est arrivé récemment. Plus récemment que toi, en tout cas. La dernière fois que tu as eu des rapports sexuels, Napoléon était encore vivant, non ?

— Va te faire voir.

Quand Seamus était en colère, son accent irlandais, qu'il avait perdu au fil des siècles, réapparaissait.

Ethan se mit à rire.

— Détends-toi, mon vieux. Si tu as envie de vivre comme un moine, ça te regarde. Allez, si tu trouves que ça n'avance pas assez vite avec Brittany, je vais forcer un peu sur la séduction. Mais ne t'en fais pas. J'ai promis de me marier, non ? Et tu sais que je n'ai qu'une parole.

Pourtant, étrangement, alors qu'il aurait dû se représenter la sereine Brittany à ses côtés, c'est une image de son insupportable sœur qui s'imposa à son esprit.

Et les pensées qu'elle lui inspirait étaient bien loin du mariage... et bien près du lit.

Nom d'un chien ! Seamus avait raison. Il ne cherchait pas à séduire Brittany. Pas avec suffisamment d'empressement, en tout cas. Parce que l'idée de coucher avec elle le laissait de glace, tout simplement.

Alors que, lorsqu'il songeait à Alexia, il brûlait de désir.

Raison de plus pour l'éviter.

Peu importait qu'elle l'ait défié par ses rebuffades et ses insultes.

Deux

Ethan était un maître vampire, président de tous les morts-vivants inscrits sur les listes électorales. Il connaissait beaucoup de femmes qui seraient prêtes à coucher avec lui de leur plein gré, et avec grand plaisir. Énormément.

Son attitude ne portait certainement pas atteinte à sa virilité. Il n'avait rien à lui prouver.

Menteur, songea-t-il avec un grimace. Elle l'avait regardé comme s'il était un troll et il ne parvenait pas à s'en moquer.

Ce qui n'était pas bien du tout.

Il avait juré de renoncer à la violence et aux aventures sans lendemain. Et voilà que, en dix minutes à peine, Alexia Baldizzi lui avait donné envie de renouer avec les deux.

Enfin ! Ce n'était pas trop tôt ! songea Alexia quand la porte de l'ascenseur se décida à s'ouvrir. Elle avait trouvé les cinq minutes d'attente sous l'œil scrutateur de Carrick plus que déplaisantes. Il parlait trop bas pour qu'elle l'entende mais, quand il avait ri, elle avait eu la désagréable impression qu'il se moquait d'elle.

Elle allait se ruer dans la cabine quand elle se rendit compte que Brittany s'y trouvait déjà, occupée à lisser sa robe de cocktail noire sur son ventre plat.

Alexia poussa un soupir de soulagement.

Sa sœur était vivante, même si elle avait subi un lavage de cerveau. Et l'on pouvait lui faire confiance pour resplendir en toute circonstance. Elle était absolument superbe, avec ses pommettes hautes, ses yeux brillants, ses cheveux soyeux. Manifestement, le luxe et la luxure étaient bons pour le teint.

Personnellement, Alexia n'en savait rien puisqu'elle n'avait l'expérience ni de l'un ni de l'autre, mais elle trouvait Brittany très en beauté.

— Alex ! s'exclama-t-elle en la serrant dans ses bras. Qu'est-ce que tu fais là ?

Elle venait la sauver d'une liaison torride avec un homme riche, pardi !

Sauf qu'elle allait devoir trouver un argument un peu plus fort pour la convaincre de partir.

Les poings sur les hanches, elle jeta un regard noir à Brittany qui sortait de l'ascenseur.

— À ton avis ? contra-t-elle. Je me fais un sang d'encre, figure-toi. Cette histoire ne te ressemble pas !

Sa sœur éclata de rire.

— Bien sûr que si, se défendit-elle. N'oublie pas que c'est moi qui suis impulsive et qui me laisse guider par mes émotions. Et que c'est toi qui planifies tout dans les moindres détails. Cela vient sans doute de ce que mon père biologique était assez instable. Je vis l'instant présent.

Alexia fit la grimace quand Brittany la prit par la main pour l'entraîner dans le couloir vers Ethan et son copain au visage de marbre. Elle était mal à l'aise à chaque fois que sa petite sœur évoquait son père. Franchement, elle ne comprenait pas comment un homme qui avait séduit une femme mariée avant de l'abandonner, enceinte, avait pu engendrer Brittany, qui était sans doute la fille la plus adorable de Vegas.

On aurait pu rétorquer que, vu la population de la ville, ce n'était pas un exploit; n'empêche que c'était un amour.

— Ethan ! lança-t-elle de sa voix joyeuse de pom-pom girl. Regarde qui voilà ! Ma sœur Alex !

— J'ai eu le plaisir de faire sa connaissance tout à l'heure, répondit-il d'une voix grave et profonde qui porta dans tout le couloir. Invitez-la donc à se joindre à nos invités.

Sur quoi, avec un sourire, il disparut dans la salle de réception.

— Quelle bonne idée ! se réjouit Brittany.

« Quelle idée pourrie… », maugréa Alexia intérieurement.

Avant qu'elle ait eu le temps de formuler une réponse pas trop grossière, sa sœur s'arrêta et lui fit face. Elle lui planta un baiser sur la joue et lui serra gaiement les doigts.

— Tout va bien, Alex, assura-t-elle d'un ton guilleret. Je te l'ai dit quand je t'ai appelée. Je t'ai laissé deux messages et envoyé trois e-mails pour te tenir au courant de ce que je faisais, et tu sais que tu peux toujours me joindre sur mon portable si tu veux me parler. Si tu répondais au téléphone de temps en temps, nous aurions pu en discuter.

Alexia se sentit soudain coupable.

— C'est à cause de l'affaire sur laquelle je travaille en ce moment, dit-elle pour se justifier. J'ai essayé de t'appeler chez toi, mais tu n'y étais pas. Et ton portable était éteint, et… Eh ! Attends un peu ! se reprit-elle en croisant les bras, furieuse de s'être si vite mise sur la défensive. Ne retourne pas la situation pour me donner le mauvais rôle. C'est toi qui as disparu.

— Peut-être, mais tu es meilleure que moi dans le mauvais rôle, repartit Brittany avec son adorable sourire qui faisait apparaître ses fossettes.

Être responsable de quelqu'un d'autre, c'était l'enfer. Un enfer qu'Alexia vivait depuis que Brittany avait onze ans et elle dix-huit. Depuis le jour où leur mère avait fait une overdose fatale. Contrairement à cette égoïste qui avait préféré la drogue à ses filles, Alexia éprouvait pour sa petite sœur un amour si farouche et si complexe qu'il la surprenait parfois. Elle aurait fait n'importe quoi pour elle. Elle avait tout sacrifié et travaillé de toutes ses forces pour qu'il n'arrive rien à sa petite sœur si séduisante et si merveilleusement naïve, pour qu'elle soit heureuse, pour qu'elle s'épanouisse dans la carrière de son choix.

Elle ne regrettait rien. Si c'était à refaire, elle le referait. Mais, là, elle avait envie de secouer Brittany. Qu'est-ce qui lui avait pris d'abandonner son cabinet dentaire pour le premier type riche et sexy qui l'avait regardée ? Et pourquoi les types riches et sexy ne la regardaient jamais, elle, d'abord ?

Oh, elle leur rirait au nez, bien sûr. Mais, enfin, si un homme pouvait s'intéresser à elle de temps en temps, ce ne serait pas désagréable. Le dernier à lui avoir fait des avances était le vendeur de bagels, qui avait témoigné le plus vif intérêt pour son goût pour le fromage frais aux fraises. Et encore, cela remontait à des mois.

Allons, il ne s'agissait pas d'elle, pour l'instant, mais de Brittany, qui fichait sa vie en l'air. Et, à la rigueur, des répercussions que cela aurait sur celle d'Alexia.

— Bon. Alors, qu'est-ce qui se passe ? Tu es amoureuse d'Ethan Carrick ?

C'était tout juste si elle parvenait à empêcher sa voix de trahir son inquiétude.

Ce genre d'homme n'aimait pas : il consommait. Il achetait un produit, le gardait et s'en servait tant que tel était son bon plaisir, puis s'en débarrassait quand il en avait assez.

Ils étaient nombreux à se conduire ainsi. Dans ses fonctions de procureur, elle en avait rencontré plus d'un. Froids, calculateurs, ils n'obéissaient qu'à leurs envies les plus égoïstes. Pas question d'en laisser un seul s'approcher de sa petite sœur.

— Si je suis amoureuse de lui ? répéta-t-elle, stupéfaite. Bien sûr que non ! Je suis ici pour raisons professionnelles.

Alexia aurait pourtant parié que ce qu'ils faisaient n'était remboursé par aucune mutuelle…

Son tic à l'œil la reprit.

Sang pour sang

Dans le monde merveilleux de Brittany, les hommes invitaient de jolies jeunes femmes de moins de trente ans dans des hôtels de luxe pour affaires. Pas parce qu'ils avaient envie d'un petit quelque chose…

— Quel genre de raisons professionnelles, Brit ? s'enquit-elle en jetant un regard nerveux en direction de la porte, car elle craignait que l'intéressé soit ressorti de la salle de réception.

Brittany fronça son petit nez.

— Des raisons liées à mon métier, évidemment. J'ai fait un détartrage à Ethan et il veut que je m'occupe de tout son personnel. Il m'a proposé beaucoup d'argent. J'aurais pu refuser, bien sûr, mais je me suis rendu compte qu'il était important que je passe du temps avec Ethan et ses employés si je voulais les sauver de la damnation éternelle.

Hein ? Alexia la regarda fixement. Si elle se concentrait, elle allait peut-être trouver un sens à cette déclaration.

— Hm… la damnation éternelle ? Ma chérie, de quoi parles-tu ?

Brittany avait toujours suivi son cœur; cependant, elle n'avait encore jamais montré de signes de folie manifeste.

Elle rejeta ses longs cheveux noirs derrière ses épaules nues.

— Oui, confirma-t-elle, la damnation éternelle. Ce sont des vampires, Alex.

— Des vampires ? Des vampires ? Des vam-pires ?

Alexia sentit sa tension monter en flèche. Inquiète, pour commencer, elle approchait maintenant de la fureur. La migraine menaçait. Elle avait déjà une barre derrière les yeux. Si seulement sa sœur ne faisait pas près de vingt centimètres de plus qu'elle, elle pourrait l'attraper et la traîner chez elle, à l'abri.

— Comme Dracula, tu veux dire ? Des buveurs de sang à l'haleine fétide et aux étranges habitudes nocturnes qui redoutent les crucifix, les pieux et l'ail ? C'est dingue.

— Oui.

— Oui, quoi ? demanda Alexia en fourrant les mains dans les poches de son tailleur. Oui, c'est dingue ou oui, ce sont des buveurs de sang ?

— Les deux. Je sais que c'est difficile à croire, mais Ethan est un vampire, et il a besoin de notre aide.

Notre aide ? Et puis, quoi encore ? Tout ce qu'Alexia était prête à faire pour lui, c'était lui balancer un bon coup de pied dans le bas-ventre.

Ainsi, être le richissime propriétaire d'un casino ne lui suffisait pas. Il lui fallait aussi sa petite secte de cinglés au teint livide. Et tous ces tordus avaient fait croire à sa petite sœur qu'ils étaient des vampires. Des morts. Des morts-vivants.

Enfin, on pouvait jouer sur les mots autant que l'on voulait, bien entendu, ils n'étaient rien de tout cela. Ce qu'ils faisaient de leur temps libre les regardait, certes. Sauf que, là, ils avaient entraîné Brittany dans leur combine et, ça, ça ne plaisait pas du tout à Alexia.

— Je vais l'aider, moi, tu vas voir, Brit, déclara-t-elle en remontant la bretelle de son sac à main sur son épaule d'un geste décidé.

Elle allait l'aider à se rendre au poste de police pour répondre à quelques questions, oui.

Ensuite, elle engagerait des poursuites judiciaires contre lui et obtiendrait sa condamnation. Une fois en prison, au moins, il ficherait la paix à sa sœur.

Ethan entendit Alexia et Brittany se rapprocher de la salle de réception. Elles avaient cessé de discuter devant les ascenseurs. Tout en parlant avec Peter Federov de ses gains à la table de poker et en dégustant un verre de sang millésimé, Ethan perçut le pas courroucé d'Alexia bien avant de la voir.

Il ne saisissait pas ce qu'elle marmonnait, mais son irritation l'amusait.

— Trente mille en une partie, se vantait Peter. C'est trop facile, puisque je suis capable de lire tout ce qui se passe dans la tête des joueurs.

— Ce n'est pas très moral, Peter, objecta-t-il machinalement.

Mais son attention était déjà ailleurs.

Maintenant, il sentait le parfum d'Alexia, un mélange de lotion vanillée, de l'odeur naturelle de sa peau et de celle, un peu salée, de l'anxiété. Ses oreilles très sensibles percevaient les battements rapides de son cœur dont le rythme s'accordait étrangement à celui de ses pas. Voilà que le grand cru de sang qu'il dégustait ne le satisfaisait plus autant que tout à l'heure. Soudain, il avait envie d'autre chose. Il voulait prélever le liquide à la source, chaud et frais à la fois, le faire rouler sur sa langue et sentir ses yeux se fermer de plaisir.

— On se fiche pas mal de la morale, Carrick. À quoi bon avoir ces dons si l'on ne peut pas les utiliser ? Pour ma part, j'estime que, si nous avons envie de quelque chose, nous n'avons qu'à nous servir.

Se servir. Ethan pourrait se servir. Il pourrait attirer Alexia à lui et boire son sang riche et savoureux sans qu'elle le sache jamais. Il y avait bien longtemps qu'il n'avait pas bu directement dans les veines d'un mortel. Soudain, il avait soif de revivre cette expérience.

Peter passa la main sur son ventre rebondi. Au moment de sa transformation en vampire, Peter était un diplomate russe au service du tsar – et il avait conservé un physique de bon vivant. Mais Ethan n'avait rien à faire de lui pour l'instant, troublé qu'il était par la présence d'Alexia Baldizzi.

— Excusez-moi, Peter, dit-il en lui donnant une tape amicale sur l'épaule. Il me semble que Brittany vient d'entrer.

Il se dirigea vers la porte, mû bien plus par la curiosité et le désir que lui inspirait Alexia que par sa considération pour Brittany.

— Cette mortelle est bien trop sage et gentille pour vous, lança Peter derrière lui avec son fort accent russe. D'ici même pas dix ans, vous vous ennuierez à mourir avec elle.

Ethan marqua un temps d'arrêt. D'où lui venait cette impression que Peter avait parfaitement raison ? À la perspective d'épouser Brittany, il retint de justesse une grimace. Allons, il fallait qu'il se reprenne.

— Il ne s'agit pas de s'amuser, répondit-il autant pour se convaincre lui-même. Il s'agit de politique.

C'était une stratégie que Seamus et lui avaient mise au point. Il lui fallait une femme. Le choix d'une Impure était une idée géniale. Cela empêcherait Donatelli, son adversaire, de reprendre trop de terrain sur lui. Peu importait qu'il n'y ait pas d'étincelle entre eux. Les étincelles avaient fait brûler Rome; elles ne construisaient pas de nations.

— Ha, lâcha Peter d'un ton ironique en guise de commentaire.

Ethan n'eut pas le temps de répondre. Alexia venait de faire irruption dans la salle. Elle balaya l'assemblée d'un regard impérieux. Des mèches blondes s'échappaient du tortillon sur sa nuque. Elle respirait fort. Était-ce parce qu'elle s'était trop démenée ? Parce qu'elle était indignée ? Les deux ?

Brittany se tenait derrière elle, aussi élégante et douce de corps que d'attitude. Elle avait beau la dépasser de près d'une vingtaine de centimètres, on devinait au premier coup d'œil laquelle des deux avait l'autorité et le pouvoir. Elle restait en retrait, l'air inquiet, attendant qu'Alexia passe à l'action.

Il ne fallut pas longtemps. Ethan eut tout juste le temps de les saluer d'un sourire qu'Alexia plongea les yeux dans les siens et attaqua.

— Espèce d'ordure ! lança-t-elle en se rapprochant de lui.

— Pardon ?

Il ne fallait pas qu'il se mette en colère. Peu importait qu'elle lui fasse une scène devant toute l'équipe qui travaillait à sa réélection. Depuis des années, il s'exerçait à dominer son caractère naturellement emporté. Il était capable de prendre sur lui.

Il ne fallait pas non plus qu'il se laisse distraire par le désir qu'elle lui inspirait. Même si cela faisait six longs mois, depuis le début de la campagne électorale, qu'il n'avait pas couché avec une femme.

— Comment pouvez-vous vous regarder dans la glace ? Posséder un casino aussi fastueux qui cultive les faiblesses et les vices humains et en profiter, ce n'est déjà pas joli joli. Mais attirer des jeunes femmes ici sous prétexte de travail, cela fait carrément de vous une belle ordure.

Certes, il avait usé d'un prétexte pour faire venir Brittany. Il ne pouvait pas le nier. En revanche, il n'allait pas s'excuser de posséder un casino. On était à Las Vegas, enfin ! Toute la ville était construite sur l'argent du péché. Ou du divertissement, selon les points de vue.

— Ah, une ordure, aussi ? Je croyais que j'étais un conard.

— Les deux, contra-t-elle en piquant un fard.

— Il me semble que c'est une chose dont vous devriez parler avec votre sœur plutôt qu'avec moi, objecta-t-il.

Pas une seule fois, en trois semaines, Brittany n'avait laissé entendre qu'elle n'était pas satisfaite de leur arrangement professionnel. Et, si Ethan n'avait pas fait d'effort particulier pour la séduire, elle semblait apprécier sa compagnie.

D'accord, pour être tout à fait honnête, les premiers jours, il avait un peu usé de son influence mentale sur elle. Mais cela remontait à plus de deux semaines. Alors il ne se sentait coupable de rien.

— C'est fait, assura-t-elle. Et elle m'a confirmé que vous n'étiez qu'un pauvre minable.

Brittany se mordillait un ongle d'un air inquiet.

— Alexia, je crois que tu ne devrais pas...

Un pauvre minable. Elle le prenait pour un pauvre minable. Il était capable d'encaisser bien des insultes. Cependant, il ne pouvait pas croire que ce petit bout de femme le juge dépourvu de toute qualité. Et moins encore qu'il puisse attacher une quelconque importance à son opinion.

Ethan serra un poing rageur.

— Vous voulez bien être un peu plus précise ? la pria-t-il.

Elle releva le menton d'un air de défi. Ses yeux bleus lançaient des éclairs furieux. Sa poitrine se soulevait encore plus vite que tout à l'heure.

— Brittany me dit que vous vous prenez pour des vampires.

Un petit cri suffoqué salua cette déclaration. Il sembla à Ethan qu'il venait d'Isabella, qui présidait le conseil de sauvegarde des morts-vivants. Puis, un grand silence se fit dans la pièce. Tout le monde attendait sa réponse.

Alexia le considérait d'un air de défi.

Ethan était tout de même un peu surpris par la tournure que prenaient les événements. Il ne s'attendait pas à ce que Brittany devine qui ils étaient. Ce qu'il avait perçu chez elle ces derniers temps, c'était plutôt de la bienveillance et de la sympathie. Rien n'indiquait qu'elle ait compris qu'elle avait affaire à des vampires. Au fond, c'était plutôt une bonne nouvelle. Si elle savait la vérité et que, malgré tout, elle restait de son plein gré, il ne lui faudrait pas plus de quelques semaines d'efforts pour la persuader de tomber amoureuse de lui et de l'épouser.

Génial. Comment se faisait-il que cette perspective ne le réjouisse pas davantage ?

— Je ne nous prends pas pour des vampires, assura-t-il.

Il savait qu'ils en étaient. Nuance.

— Écoutez, insista-t-elle, à chacun ses loisirs. Si vous avez envie de boire du jus de tomate en faisant comme si c'était du sang et de vous entourer de pseudo-sosies d'Elvira, c'est votre problème. Mais laissez ma sœur en dehors de ça. C'est une gentille fille. Elle croit vraiment que vous êtes des morts-vivants et veut sauver votre âme de la damnation éternelle.

Sauver leur âme de la damnation éternelle ? D'où sortait-elle une idée pareille ? Stupéfait, son verre de sang humain toujours à la main, il regarda Brittany et fouilla un peu dans son esprit. Il n'était pas difficile de lire ses pensées. La plupart du temps, elle était pour lui comme un livre ouvert.

« Alexia est trop cynique, songeait-elle en ce moment. Si seulement elle pouvait être heureuse… Sais qu'on peut les aider… Ethan est si triste et si seul… »

À mesure qu'il découvrait les phrases qui défilaient comme sur un prompteur, Ethan sentit la consternation le gagner. Elle le trouvait seul ? Il avait voulu lui faire la cour lentement mais sûrement, sans la brusquer, et elle avait pitié de lui ? Voilà qui portait un sacré coup à son ego.

Ni l'une ni l'autre des sœurs ne le trouvait donc séduisant.

C'était inconcevable. Il ne pouvait pas perdre la main avec les femmes. Il ne se voyait vraiment pas en brave type vieillissant avec un pull à zip et un bon sourire. Seigneur !

Certes, il avait promis de se marier. Mais de là à perdre tout attrait aux yeux des femmes...

Il en était là de sa petite crise intérieure quand Brittany haussa les épaules d'un air penaud et leva les mains en un geste conciliant.

— Vous ne vouliez sans doute pas que je sache que vous êtes un buveur de sang, mais je n'ai pas pu m'empêcher de le remarquer. Et, comme je vous aime bien, je n'aimerais pas que vous passiez l'éternité en enfer.

Alexia leva les yeux au ciel.

— Pour ma part, je ne vois aucun inconvénient à ce qu'il rôtisse en enfer. Mais ce n'est pas un vampire, Brittany. Les vampires n'existent pas ! Il est dingue, ou c'est le gourou d'une secte, ou c'est un salaud doublé d'un m'as-tu-vu : ce que tu veux – mais ce n'est pas un vampire.

Ethan vida son verre. Mais cela ne suffit pas à émousser son désir ni à étancher la soif qui le gagnait tandis qu'Alexia lui faisait face et l'insultait le plus tranquillement du monde.

— Seamus, tu veux bien conduire Brittany et nos autres invités dans la salle à manger privée ? le pria-t-il. Je vous rejoins dans un instant, dès que j'aurai fini de m'entretenir avec Mlle Baldizzi.

Un mouvement général se fit autour d'eux quand ses hôtes se dirigèrent vers la porte.

— Brittany reste avec moi ! s'écria Alexia. Ou, plutôt, elle part avec moi. Tout de suite.

Mais l'intéressée s'était écartée quand elle avait voulu la saisir.

— Alex, tu ne comprends pas. Il faut que je reste.

Elle prit le bras de Seamus et sortit. Sur le seuil, elle se retourna.

— S'il te plaît, ne sois pas méchante avec Ethan. Il est ce qu'il est; ce n'est pas sa faute.

Devant son ton gentiment condescendant, Ethan ne put réprimer un grognement agacé.

Alexia voulut emboîter le pas à sa sœur, mais il la retint d'une main sur son épaule.

— Je suis navré que vous soyez mécontente de mon arrangement avec Brittany, assura-t-il.

— Mécontente ? C'est le moins que l'on puisse dire ! répliqua-t-elle en tentant de se dégager.

Mais il était d'une force extrême et n'eut aucun mal à la maintenir sur place.

— Elle est adulte, lui rappela-t-il. Elle fait ce qu'elle veut.

Elle se retourna pour lui jeter par-dessus son épaule un regard chargé de dédain.

— Vous avez profité de sa naïveté, l'accusa-t-elle. Vous l'avez manipulée. Vous m'écœurez.

Cette fois, elle réussit à le faire sortir de ses gonds. Sa colère explosa, irrationnelle, violente.

— Que diriez-vous si je vous assurais que j'étais réellement un vampire… et que je comptais bien épouser votre sœur ?

Ces mots restèrent un instant comme en suspens. Puis le cri d'indignation d'Alexia résonna dans le silence.

Il la vit faire un mouvement mais, malgré ses sens plus aiguisés que ceux des mortels, il ne comprit pas son intention avant de sentir l'impact sur son torse.

Cela, c'était une première.

Cette folle l'avait carrément frappé !

Trois

Alexia avait l'impression de bien se contrôler, de garder son sang-froid. Jusqu'au moment où elle crut qu'Ethan n'allait pas lui lâcher l'épaule. La fermeté de sa poigne et son aisance lui rappelèrent qu'elle était prisonnière de son corps de petite chose. Devoir vivre avec les yeux au niveau de la poitrine de la plupart des gens qu'elle rencontrait finissait par l'exaspérer.

Elle avait horreur de se sentir impuissante. Or c'est précisément l'effet que lui faisait Carrick.

En plus, il avait le culot de lui annoncer le plus tranquillement du monde qu'il allait épouser sa petite sœur. Là, c'en était trop. Elle perdit les pédales. Explosa. Et fit ce que lui dictaient son instinct, sa colère et des années de pratique du taekwondo.

D'un coup sec, elle lui tira le bras en avant et lui enfonça le coude dans la poitrine, l'obligeant ainsi à lui lâcher l'épaule. Puis, en poussant un cri d'attaque, elle tourbillonna sur place et fit face à son adversaire.

Bon, adversaire, le mot était peut-être un peu fort, concéda-t-elle intérieurement. N'empêche qu'elle prit un malin plaisir à voir la surprise se peindre sur son visage.

— Écoutez, Alexia…, fit-il en levant une main.

Elle bloqua son geste du tranchant de la main. Elle vit son visage se crisper de contrariété. De son côté, il fallait à tout prix qu'elle ne laisse pas le sien trahir sa douleur. La vache ! ce type avait un corps d'une dureté... Même sa paume semblait en béton. Elle n'en était que plus résolue à lui faire comprendre qu'il ne fallait pas la bousculer, ni physiquement ni métaphoriquement.

— Je n'essaie pas de…, commença-t-il en agitant les deux mains devant son visage.

Elle l'arrêta d'un double coup de poing. Droite, gauche.

Il lui lança un regard furieux.

— Mais qu'est-ce que c'est que ça ?

— Sang Dan Mak Ki. Blocage haut.

Elle recula un peu, mais resta en garde.

— Mon Dieu, fit-il en levant les yeux au ciel. Inutile de me faire une démonstration d'arts martiaux : je cherche simplement à résoudre cette histoire d'une manière qui nous satisfasse tous les deux.

Elle ne voyait pas bien comment, sauf s'il était prêt à tomber raide mort à ses pieds. En attendant, elle repassa à l'attaque.

— Je suis ceinture noire, Carrick. Alors ne vous fichez pas de moi.

— Arrêtez de me frapper, répliqua-t-il. Je refuse de me battre avec vous. C'est indigne d'un gentleman, et puis, ajouta-t-il avec un sourire narquois, je n'ai pas envie de froisser ma chemise en vous maîtrisant.

Ce qu'il pouvait avoir l'air prétentieux, avec son accent anglais !

— Vous commencez sérieusement à me taper sur les nerfs, contra-t-elle. Encore une remarque débile de ce genre et je vous éclate la tête. Avec un plaisir que vous n'imaginez pas.

Elle sautillait sur place. En tailleur, elle allait avoir un peu de mal à lui planter un coup de pied dans la poitrine. Mais l'indignation décuplait ses forces. Elle commença par se déchausser. Zut, voilà qu'elle faisait encore cinq centimètres de moins.

Ethan la regarda sans rien dire, inspira à fond et desserra les poings.

— Écoutez, dit-il, il me semble que nous avons pris un mauvais départ. Nous n'avons aucune raison de nous conduire de façon hostile. Et je ne comprends pas ce qui vous déplaît à ce point chez moi. Je suis certain que Brittany aurait pu trouver pire.

Pardon ?

— Vous venez de me dire que vous étiez un vampire, lui rappela-t-elle. Cela signifie que vous êtes cinglé. Et je ne veux pas que ma sœur ait une relation avec un malade parce qu'elle imagine que sa mission est de le sauver. Je sais que l'on ne peut pas changer les gens. Quand on est dingue, c'est pour la vie.

Les criminels violents faisaient partie du quotidien d'Alexia, puisqu'elle était substitut du procureur pour les crimes sexuels. Elle voyait tous les jours des hommes qui profitaient de leur force, de leur pouvoir ou de leur situation pour faire du mal à des femmes, des enfants. Alors elle était prête à tout pour protéger Brittany des souffrances auxquelles elle assistait.

— Je ne suis pas fou. Je crois même être plus sain d'esprit que vous, qui avez fait irruption dans mon bureau, m'avez insulté et frappé, tout cela pour soi-disant venir en aide à votre sœur qui ne vous a rien demandé.

Ethan Carrick se rapprocha d'un pas et lui fit un petit sourire froid et triomphant.

— Elle se plaît ici, avec moi, poursuivit-il. Elle est contente de porter de jolies robes et de se promener dans le casino à mon bras, d'être la petite amie d'un homme riche. Et elle se plaît dans mon lit – tout comme vous vous y plairiez.

La satisfaction avec laquelle il insistait sur sa victoire lui était insupportable. Oh, elle l'admettait volontiers, elle était un peu du genre à toujours vouloir tout régenter. Et elle aimait gagner. Elle n'aimait pas qu'un homme prenne le dessus sur elle. Et elle était mécontente que Brittany tienne à rester.

Alors, elle enfonça son coude dans le ventre d'Ethan et, d'un coup de pied, le déséquilibra. Il s'écroula brutalement, avec un grognement de surprise. Son dos heurta le sol avec un bruit qui aurait été plus satisfaisant si, au lieu de l'épaisse moquette, le sol avait été recouvert d'un bon carrelage de céramique bien dur.

C'était mal, sans doute, de se réjouir. Mais elle ferait son mea-culpa plus tard. Peut-être. Pour l'instant, elle essayait de maîtriser l'hilarité qui la gagnait. En vain. Cependant, elle eut tout juste le temps de s'étrangler de rire en le voyant faire la grimace avant d'entendre un zoum ! et de sentir l'air siffler autour de son visage.

Déstabilisée au sens propre comme au figuré, elle eut l'impression de se retrouver dans le noir. Avant d'avoir eu le temps de dire ouf, elle était étendue sur le dos, Ethan Carrick allongé sur sa poitrine, un genou glissé entre ses jambes.

— Ne refaites jamais cela, dit-il sèchement.

Alexia prit une profonde inspiration et tourna la tête sur le côté. Voir son visage trop près du sien la troublait. Mais comment s'y était-il donc pris pour l'immobiliser ? Ce devait être ce fichu tailleur. Il ne la laissait pas suffisamment libre de ses mouvements.

— Quoi donc ? demanda-t-elle d'un ton irrité en essayant de soulever un peu les épaules pour voir dans quelle mesure il la bloquait.

Elle ne parvint pas à bouger de plus de deux millimètres. Zut ! Malgré tous ses défauts, elle ne pouvait nier qu'Ethan était en forme.

— Me frapper. Je suis à bout de patience.

Il la saisit par les revers de sa veste et caressa le tissu des deux pouces. Quand il parlait, elle sentait son souffle sur sa joue.

— Rentrez chez vous, Alexia, poursuivit-il. Laissez votre sœur vivre sa vie, faire ses choix. D'ailleurs, si vous aviez une vie, vous-même, vous n'éprouveriez peut-être pas le besoin de vous mêler ainsi de la sienne.

Cette attaque directe toucha la corde sensible d'Alexia. Sans Brittany, elle craignait de finir seule, cynique et amère. Mais il n'était pas question une seconde qu'elle permette à Ethan de s'en rendre compte.

— Mordez-moi, suggéra-t-elle en bougeant juste un peu la jambe pour mieux se placer.

— En voilà une bonne idée, susurra-t-il en se débrouillant pour lui faire face de nouveau, le visage tout près du sien.

Son regard s'était assombri. Aïe. Elle reconnaissait ce ton de voix. Cet air. Elle sentait la chaleur de sa jambe à travers sa jupe. Elle le vit porter le regard sur ses lèvres. Le sale pervers ! Les hommes étaient bien tous les mêmes.

Les femmes aussi, manifestement, fut-elle au regret de constater. Parce que son corps à elle montrait tous les signes de l'excitation. Respiration accélérée, seins tendus, nuque arquée. Elle avait l'impression qu'un feu couvait au creux de ses cuisses.

Trahie par ses propres hormones ! Elle était furieuse.

— Vous avez vraiment envie que je vous morde ? lui demanda-t-il. Je suis sûr que vous êtes délicieuse, Alexia. Brûlante, passionnée.

— Est-ce que ce regard de braise est censé m'exciter ? s'enquit-elle du ton le plus détaché possible. Parce que cela ne marche pas.

C'était un mensonge éhonté. Il n'en fut pas dupe.

— Soyez donc un peu honnête, répliqua-t-il.

Quand il lui passa l'index sur les lèvres, elle ne put ignorer l'onde de désir qui la parcourut mais l'attribua à une trop longue période d'abstinence.

— Vous sentez qu'il y a quelque chose entre nous, insista-t-il en promenant les mains sur son corps, lui frôlant les seins au passage.

Ce qu'elle sentait sans l'ombre d'un doute, c'était son désir à lui contre son aine.

Le pire, c'est que, au lieu d'y rester insensible comme elle l'aurait voulu, elle se sentait y répondre, bien malgré elle, avec la même passion. Elle devenait humide, brûlante, sa respiration s'accélérait. Et cette impression de perdre le contrôle de son être, de se délecter de ce qu'il lui faisait, alors que son esprit résistait de toutes ses forces à cet homme qu'elle détestait, l'horrifiait.

Il allait l'embrasser. C'était sûr. Il avait les yeux mi-clos, la bouche à un souffle de la sienne. Déjà, du pouce, il caressait la pointe de son sein comme s'il ne doutait pas de sa réaction.

Et elle se laissait faire ! Encore un peu, et elle allait se laisser embrasser. Et cela allait lui plaire.

Cette horrible pensée la poussa à l'action.

— Oui, minauda-t-elle avec des talents d'actrice qu'elle ne se soupçonnait pas, je sens qu'il y a quelque chose entre nous…

— Ah oui, ma belle ? Et quoi donc ?

— Mon genou !

D'un mouvement leste, elle le frappa au bas-ventre et profita de son sursaut de surprise et de douleur pour se dégager.

— Ne refaites jamais cela, jeta-t-elle en se levant et en tirant sur sa jupe pour la remettre en place. Autrement, je ne me retiendrai pas, contrairement à cette fois-ci.

En réalité, elle avait surtout peur de lui céder, s'il refaisait la même chose.

Ce qui signifiait qu'elle était en train de perdre les pédales à son tour et que, si cela continuait, elle n'allait plus avoir aucune chance de sauver Brittany de Carrick.

— Retenue ? Là ? Vous vous êtes retenue ?

Plié en deux, Ethan luttait contre la nausée. Même s'il était presque impossible de le blesser, il sentait la douleur. Or elle lui avait asséné un sacré coup de genou. Très, très mal placé.

Nom d'un chien ! Cela faisait au moins sept cents ans qu'une femme n'avait pas pris le dessus sur lui. Il devait être en train de perdre la main. Dire qu'il avait cru à sa capitulation ! Il s'était imaginé qu'elle était suffoquée par le même désir tout-puissant que lui quand il s'était retrouvé sur elle, comme s'il s'apprêtait à prendre possession de son corps.

Elle venait de lui donner une belle leçon d'humilité. Il s'était trop habitué à compter sur sa faculté de lire les pensées des gens, ce qui, avec la rapidité de ses réflexes, lui avait toujours assuré le contrôle de toutes les situations. Sauf que l'esprit d'Alexia était comme un coffre-fort dont il ignorait la combinaison. Et, dans la mesure où il ne pouvait anticiper ni ses pensées ni ses gestes, il devenait aussi vulnérable qu'un simple mortel.

Il n'avait absolument pas vu venir ce coup de genou, par exemple. S'il ne voulait pas que ce genre de mésaventure se reproduise, il allait devoir rester beaucoup plus vigilant.

Curieusement, ce défi l'excita. Physiquement.

C'était vraiment pitoyable. Il fallait qu'il mène une vie bien ordinaire et ennuyeuse pour en arriver là. N'empêche qu'il n'y avait pas à s'y tromper : c'était bien du désir qu'elle lui inspirait.

— Je ne vous ai donné qu'un petit aperçu de ce que je sais faire, Carrick, annonça-t-elle. Je pourrais vous casser le nez ou quelques dents, si vous voulez. Vous faire un œil au beurre noir.

Qu'elle essaie, tiens ! Se surprenant à sourire, il en conclut qu'il avait trop travaillé en vue de sa réélection, et qu'il avait dépensé beaucoup d'énergie à s'inquiéter de l'effet qu'il produisait – ou plutôt qu'il ne produisait pas – sur Brittany. Elle le traitait bien plus comme un ami que comme un amant potentiel. Elle était aussi gaie et pleine d'entrain avec Peter ou Seamus qu'avec lui. S'il avait dit qu'elle se plaisait dans son lit – alors qu'il n'y avait rien entre eux –, c'était uniquement pour énerver Alexia.

Manifestement, cela avait marché.

L'ennui, c'est qu'il s'intéressait un peu trop au défi que lui présentait Alexia quand il aurait dû se conduire en homme responsable, concentré sur le rôle qu'il avait à jouer dans les semaines à venir.

— Je ne tiens pas à me faire éborgner, merci, répondit-il. Mais vous êtes charmante de me le proposer.

Au demeurant, il ne risquait rien : en cas de blessure, son corps se régénérait automatiquement. Mais Alexia n'était sans doute pas prête à assister à ce processus.

— Charmante. Oui, c'est tout moi, repartit-elle en s'étranglant de rire.

Elle défit le tortillon de ses cheveux et les rattacha en une queue-de-cheval de fortune.

Il se redressa.

— Mais si, Alexia, vous êtes plutôt charmante – si l'on ne tient pas compte de votre mauvais caractère, de votre côté mal embouché ni de votre monstrueux entêtement.

Elle le foudroya du regard tandis qu'il époussetait son pantalon. Outre sa franche hostilité, il y avait dans ses yeux une lueur qui ne lui disait rien qui vaille.

— Quoi ? demanda-t-il. Vous allez encore me frapper ?

— J'y songe.

Hm. Quelle chance.

— Vous ne voulez pas vous en dispenser ? Écoutez, je suis navré que le choix de votre sœur vous contrarie, mais c'est avec elle qu'il faut que vous en discutiez.

Heureusement, l'expérience de la politique lui avait appris à être persuasif. Cela faisait une demi-heure qu'il répétait la même chose à Alexia. Si seulement elle voulait bien l'écouter…

— Alors, s'enquit-elle, pourquoi des vampires ? Pourquoi pas des loups-garous ? Des démons ? Des druides ? Des métamorphes ? Des magiciens ? Vous avez choisi les vampires parce qu'ils sont censés être sexy ?

Oui. Bien sûr. Tout ce qu'il faisait, il le faisait pour être sexy. Mon Dieu. C'était n'importe quoi.

Enfin, presque. Tout de même, était-il contraint d'admettre, il aimait plaire aux femmes.

— Bon, poursuivit-elle, c'est vrai que si l'on excepte leur côté buveurs de sang, ils ont quelque chose. Alors que je n'ai jamais compris ce que l'on pouvait trouver d'attirant aux loups-garous. Ils sont couverts de poils et ils marchent à quatre pattes, enfin ! – un peu comme un petit ami que j'ai eu en fac de droit quand il avait abusé de la vodka, remarquez. Alors, dites-moi, comment appelez-vous votre groupe ? Une famille ? Une assemblée ?

— Le parti conservateur.

Elle n'avait pas dû l'entendre car, en ramassant ses chaussures, elle ajouta :

— Et vous, pour qui vous faites-vous passer ? Angel ? Lestat ? Dracula ?

Ces minables qui n'avaient même pas fait les croisades ? Qui n'avaient pas combattu un rempart de chair humaine pour défendre Dieu, leur pays, leurs femmes et leurs enfants ?

Il était un peu vexé qu'elle croie qu'il jouait un rôle, qu'il faisait semblant d'être un vampire. De toute façon, si c'était le cas, il n'aurait jamais l'idée de se faire passer pour l'un des personnages qu'elle avait cités.

— Je ne me fais passer pour personne, déclara-t-il.

— Si j'étais vous, je choisirais Dracula. Il a tout de même eu trois femmes et un grand amour. Que peut-on demander de plus, quand on est un homme ? En ce qui me concerne, tant que vous laissez ma sœur en dehors de tout cela, vous pouvez jouer au vampire autant que vous voulez. Vous avez un cercueil ? demanda-t-elle en fouillant la pièce du regard, ses escarpins à la main.

— Peut-être, fit-il prudemment, car il n'avait aucune idée de ce qu'elle avait envie de l'entendre répondre.

Or il éprouvait un besoin étrange et primitif de l'impressionner. De la forcer à reconnaître qu'elle le trouvait attirant.

— Ce ne doit pas être désagréable, d'avoir assez d'argent et de temps libre pour pouvoir s'adonner à ce genre d'ineptie, observa- t-elle. C'est un peu comme un jeu de rôle, non ? Ou le paintball.

Elle réduisait neuf cents ans de vie à une bille de peinture bleue qui lui éclaterait sur la cuisse...

— Vous aimez le black-jack ? lui demanda-t-il bien que cela n'ait aucun rapport avec la conversation.

Il avait un peu de mal à reprendre le contrôle de la situation.

Au moins, sa question mit fin à cette curieuse digression.

— Pardon ? Le black-jack ?

— Oui.

Il prit une pile de jetons dans la réserve qu'il gardait toujours derrière le bar et la lui tendit.

— Vous ne voulez pas aller tenter votre chance aux tables ? Je fais descendre Brittany pour que vous puissiez parler.

Marquer des points en lui envoyant sa sœur. En lui accordant ce qu'elle voulait... Oui, bien joué. C'était très habile.

Alexia plissa les yeux d'un air soupçonneux, mais prit tout de même les jetons. Quand leurs doigts se frôlèrent, Ethan sentit une onde d'émotions humaines qui effaça d'un coup son sourire. Certes, il ne parvenait pas à lire dans ses pensées, mais il sentit très nettement la solitude qui émanait de tout son être.

Et il la reconnut d'autant mieux qu'elle ressemblait à s'y méprendre à la sienne.

Tout en discutant de l'exposition canine de Westminster avec Seamus Fox, Brittany se demandait si elle aurait le courage de lui enfoncer un pieu dans le cœur. Franchement, elle en doutait.

L'ennui, c'est qu'elle aimait vraiment bien Seamus, tout comme elle appréciait Ethan. Savoir que leur âme était vouée à rôtir en enfer lui faisait de la peine. Il fallait qu'elle trouve un moyen de les transformer, ou alors de les tuer, pour les sauver de la damnation éternelle.

— J'ai élevé des terriers pendant des années, racontait Seamus en dégustant un verre de vin rouge.

Bien qu'il soit servi dans une bouteille de merlot, elle savait que, en réalité, c'était du sang. Quand elle en avait demandé, on l'en avait dissuadée en lui affirmant que cela n'allait pas avec le menu et on lui avait offert du chardonnay à la place.

— Oh, j'adore les terriers ! J'avais un Jack Russell; malheureusement, il est mort d'un cancer il y a deux ans. Il s'appelait Brownie. C'est ma sœur, Alex, qui me l'avait offert pour mes seize ans.

Alexia s'était toujours donné beaucoup de mal pour pallier l'absence de leurs parents. Notamment en ne manquant jamais de la gâter et d'organiser une belle fête pour son anniversaire.

Brittany espérait qu'elle ne lui en voudrait pas, mais, pour l'instant, elle ne pouvait vraiment pas rentrer chez elle. D'une part, elle avait encore des employés du casino et de l'hôtel à examiner. Et, surtout, il fallait qu'elle découvre s'il existait un moyen de sauver Ethan et ses amis et collaborateurs qui étaient manifestement des vampires.

— N'oubliez pas de venir me voir demain, rappela-t-elle à Seamus. Je trouve Ethan très généreux d'offrir des consultations dentaires sur place aux gens qui travaillent pour lui.

Seamus fit la grimace.

— N'hésitez pas à donner mon rendez-vous à quelqu'un d'autre, proposa-t-il. Je n'ai pas vraiment besoin d'un détartrage.

— Ah, je vois. Vous avez peur du dentiste.

— Non, pas du tout ! se défendit-il en fronçant les sourcils d'un air outragé. J'ai beaucoup de travail, c'est tout, et il me semble que ma dernière visite ne remonte pas à très longtemps.

— Mais encore ? Au siècle dernier ? suggéra-t-elle en lui donnant un petit coup sur le bras.

Si, au moins, ils acceptaient de reconnaître qu'ils étaient des vampires, elle pourrait discuter avec eux de leur salut. Lors de la première semaine de son séjour à l'hôtel, à chaque fois qu'elle avait tenté d'aborder le sujet avec Ethan ou Seamus, elle s'était soudain embrouillée et retrouvée à parler d'autre chose. À l'évidence, ils contrôlaient ses pensées – cela faisait partie des dons que possédaient les vampires – mais, ces derniers jours, elle était presque sûre d'avoir réussi à les en empêcher.

— Oui, admit-il avec un sourire. Sans doute.

Maintenant que leur identité avait éclaté au grand jour dans la salle de réception, elle ne comprenait pas pourquoi ni Seamus ni Ethan ne voulaient reconnaître la vérité – à savoir que tous deux étaient probablement déjà de ce monde à l'époque où dentiste et barbier étaient un seul et même métier.

— Combien de temps ? insista-t-elle. Précisément.

Prise d'une subite envie d'aller aux toilettes, Brittany se mit à se tortiller sur sa chaise.

— Pas assez longtemps.

Bon. Elle n'obtiendrait pas de réponse claire, comprit-elle. Elle balaya la salle du regard. Ils étaient une dizaine à dîner dans la salle à manger privée, ce soir, mais il lui semblait qu'elle était la seule à vraiment manger. Elle soupçonnait fortement Seamus de boire le vin et la bisque, mais de laisser tomber les morceaux de saumon dans sa serviette car elle ne l'avait pas encore vu porter une seule bouchée à ses lèvres. Pourtant, le poisson disparaissait de son assiette.

— Je me demande ce qui retient Ethan et Alex, remarqua-t-elle. J'espère qu'elle ne lui fait pas passer un trop mauvais quart d'heure. Il lui arrive d'être un peu trop protectrice, parfois.

— Je suis certain qu'Ethan saura faire face à la situation, assura Seamus.

N'y tenant plus, elle fut contrainte d'oublier ses bonnes manières.

— Vous voulez bien m'excuser quelques instants, Seamus ?

— Certainement.

Il se leva en même temps qu'elle, ce qui, comme à chaque fois, la surprit un peu.

La galanterie n'était pas le point fort des hommes que l'on croisait à Las Vegas.

— Quel âge avez-vous ? lui demanda-t-elle.

Pour être d'une telle politesse, il avait dû être élevé dans l'Angleterre Régence.

— Trente-sept ans, répondit-il.

Fois dix.

Brittany entendit ces mots comme s'il les avait prononcés tout haut, ce qui n'était pas le cas. Elle en était certaine.

— Fois dix ? fit-elle en laissant tomber sa serviette sur la table.

Seamus ouvrit de grands yeux stupéfaits.

— Pardon ?

— Fois dix. Que voulez-vous dire par là ?

Elle le savait parfaitement, mais elle voulait l'entendre de sa bouche. Il avait dans les trois cent soixante-dix ans.

Seamus, qui ne s'était pas rassis, la fixait d'un air d'incompréhension.

— Je ne vois pas de quoi vous parlez.

Brittany se dandinait sur place. Elle n'allait pas tenir beaucoup plus longtemps.

— Peu importe, répondit-elle. Je reviens tout de suite.

Elle sortit de la pièce. Il y avait des toilettes un peu plus loin à gauche. Réservées à la salle à manger privée, elles étaient assez petites, mais Brittany aimait bien leur élégance très années quarante.

En entrant, elle s'arrêta net. Un couple était étendu là, sur le petit divan. L'homme recouvrait presque complètement la femme de son corps. Ils s'étreignaient en murmurant des paroles inintelligibles. Gênée, Brittany recula.

Elle devrait s'en aller, mais il n'y avait pas d'autres commodités à proximité. Or, son envie relevait maintenant de l'urgence. Les amoureux n'étaient pas à cinquante centimètres de la porte qu'elle devait ouvrir. Peut-être que, si elle passait très discrètement à côté d'eux, ils ne s'en rendraient même pas compte.

L'homme caressait les cheveux de la femme, lui faisait relever la tête. Elle avait les yeux fermés dans l'extase et Brittany se surprit à la regarder plus longuement qu'il n'était convenable. La scène aurait dû passer pour indigne, vulgaire. Au lieu de quoi elle lui parut d'une sensualité étrangement troublante. Il y avait quelque chose d'artistique et de révérencieux dans la façon dont cet homme touchait son amante.

Jusqu'au moment où il lui tamponna le bras avec un coton imprégné d'alcool.

Aïe, qu'est-ce que c'était que ça ?

Tout en lui murmurant des paroles tendres et en promenant les lèvres sur sa peau, il lui inséra une aiguille dans une veine du pli du coude et, lentement, emplit une fiole de sang.

Mon Dieu ! Elle était en train de regarder un tueur en série à l'œuvre ! Alors, prise de panique, elle se figea, le dos plaqué contre le mur. Que faire ? Si elle criait, il la tuerait à son tour. Elle n'avait pas son sac ni son téléphone; il n'y avait personne dans les parages. Le mieux serait certainement de filer chercher de l'aide.

Lentement, très lentement, elle recula de façon à pouvoir fuir sans qu'il la remarque.

L'homme sortit de sa poche de veste – car il était en costume, chose étonnante – une paire de gants en latex qu'il enfila. Il posa la fiole de sang sur un petit plateau de laboratoire et commença d'y tremper des bandelettes de papier identiques à celles qu'il lui était arrivé d'utiliser en cours de chimie.

Mais qu'est-ce que... ?

Elle commençait à flipper sérieusement. Si seulement Alex était là avec elle. Il ne lui faudrait pas deux secondes pour mettre le type hors d'état de nuire d'un bon coup de pied, lui casser le nez, sortir la malheureuse victime et appeler à l'aide. Brittany, elle, n'était pas assez courageuse pour cela. Affolée, elle n'arrivait plus à réfléchir, ne savait plus que faire.

La femme laissa échapper un gémissement. Cependant, elle ne rouvrait toujours pas les yeux.

— Chuuut, fit-il très doucement comme pour l'apaiser avant de l'embrasser dans le cou.

Et de la mordre.

Oui, la mordre. Beurk ! Elle était en train de regarder un vampire se nourrir ! Il se repaissait de la chair de cette femme en la serrant contre lui. Brittany avait les jambes en coton.

Savoir en théorie qu'il existait des buveurs de sang était une chose; en voir un à l'œuvre sous ses yeux en était une autre. Avant de pouvoir s'en empêcher, elle poussa un petit cri horrifié.

L'homme releva brusquement la tête. Ses lèvres pâles étaient rougies par le sang.

Aïe. Brittany se sentit devenir écarlate.

— Je... je..., bredouilla-t-elle.

— Allez-vous-en, dit-il. Vous ne m'avez jamais vu.

Il avait la voix grave, et un accent dont elle ne parvenait pas à identifier l'origine. Était-il français ? Canadien français ?

Lui aussi cherchait à contrôler son esprit, elle le sentait. Mais qu'est-ce qu'ils avaient, tous ? Elle en avait assez. Comme si elle allait laisser la malheureuse victime se vider de son sang sur le divan des toilettes sans réagir.

— Non, répondit-elle. Pas tant que je n'aurai pas la certitude qu'elle va bien.

— Pardon ?

Il parut décontenancé par sa réaction.

— Elle n'est pas en danger ? voulut-elle savoir. Vous êtes un bon ou un mauvais vampire ? Je ne vous ai jamais vu avec Ethan; sait-il que vous êtes ici ?

Au lieu de lui répondre, il ôta ses gants, glissa la fiole et les bandelettes dans les doigts retournés et remit l'ensemble dans sa poche.

— Allez-vous-en, répéta-t-il en tendant la main vers elle.

— Arrêtez, répliqua-t-elle. Je ne partirai pas. Je peux vous aider.

La compassion lui fit oublier sa peur. Faire face à l'éternité, sans âme et assoiffé de sang, ce devait être affreux. Aussi dur que de lutter contre une addiction à l'alcool ou à la drogue.

Il inclina la tête sur le côté et la fixa de ses yeux gris-vert qui brillaient d'un drôle d'éclat.

— Non, cela ne ressemble en rien à une dépendance, assura-t-il. Maintenant, dites-moi qui vous êtes et pourquoi je sens cette odeur de vampire partout sur vous.

Quoi ? Elle sentait le vampire ? Hm. C'était dégoûtant. Elle allait reprendre une douche avant de se coucher.

— Euh... Je m'appelle Brittany Baldizzi, répondit-elle. Pourquoi avez-vous analysé son sang ?

— Je ne peux rien vous dire.

Il secoua la tête tout en caressant le front de la femme.

— Vous appartenez à Carrick, ajouta-t-il.

— Comment cela ? demanda-t-elle en se rapprochant petit à petit de la femme.

Elle ne savait pas comment la protéger – si jamais elle était encore vivante. Mais il fallait qu'elle fasse quelque chose.

Il se pencha de nouveau vers sa victime, lui murmura quelque chose à l'oreille et disparut. D'un coup. Brittany poussa un cri d'effroi.

— Quoi ? fit la femme en se redressant, l'air désorienté. Qu'est-ce qui se passe ?

— Je suis désolée…, balbutia Brittany. J'allais aux toilettes quand je vous ai vue… avec lui…

Elle n'arrivait même pas à former une phrase cohérente.

— Oh ! s'exclama la femme en rougissant mais avec tout de même un sourire entendu. C'est pour cela qu'il est parti ? Il voulait être discret. Bah, tant pis. Je le retrouverai plus tard.

— Il… euh… il vous a fait mal ? demanda Brittany en essuyant ses mains moites sur sa robe.

— Il m'a fait du bien, surtout, répondit-elle en passant les mains dans ses cheveux blonds pour les recoiffer et en se rajustant. C'est une première, pour moi, avoua-t-elle dans un soupir de satisfaction. Jamais encore il n'avait suffi du baiser d'un homme pour me faire jouir.

— Oh !

Hm. Bon. Les prises de sang n'avaient jamais donné d'orgasme à Brittany non plus.

— Il vous fait cela souvent ? s'enquit-elle.

— Non. Cela fait des semaines que nous flirtons. Je l'attends au bar de l'hôtel; il vient presque tous les soirs. Aujourd'hui, je me suis pour ainsi dire jetée à sa tête. Et je suis bien contente qu'il m'ait attrapée. Dommage qu'il soit parti. Nous ne faisions que commencer.

— Désolée.

La blonde dont les formes généreuses menaçaient de faire éclater son haut à paillettes se mit à rire.

— Ne vous en faites pas. On ne peut pas vous reprocher d'avoir eu envie d'aller aux toilettes, quand même.

— C'est vrai.

Sauf que son envie était complètement passée.

Maintenant, de façon aussi soudaine et étrange, elle était affamée.

Quatre

Alexia savait qu'elle n'avait pas la plastique de Buffy. Cela dit, il fallait bien qu'elle se contente de ce que lui avait donné la nature. Si Ethan Carrick avait envie de jouer aux vampires, elle voulait bien jouer aussi. Et si c'était le rôle de vampire qu'il convoitait, pas de problème. Elle ferait la tueuse. Plastique de Buffy ou pas.

Maintenant, vêtue d'un jean et d'un petit caraco qui lui faisait une poitrine un peu plus avantageuse, elle glissait un jeton de temps en temps dans les machines à sous du casino tout en se rapprochant peu à peu des ascenseurs. Après avoir fait croire à Carrick qu'il l'avait convaincue de renoncer et de rentrer chez elle en laissant sa sœur chez lui, Alexia était effectivement retournée chez elle. Mais uniquement pour se changer et échafauder un plan.

Cinq minutes seule à seule avec Brittany. C'était tout ce qu'il lui fallait pour convaincre sa sœur de reprendre le cours ordinaire de sa vie, sans Ethan Carrick et sa petite équipe gothique bizarroïde.

La clé de la réussite, c'était le tête-à-tête. Perturbée par la présence d'Ethan, elle aurait plus de mal à la convaincre de s'en aller. Il fallait donc qu'elle arrive à lui parler sans témoin.

Après avoir gagné deux dollars à une machine, elle imprima son billet. Puis, d'un air délibérément décontracté – elle excellait dans ce genre de subterfuge –, elle se joignit à un groupe de femmes apparemment un peu pompettes qui montaient en gloussant dans l'ascenseur. Du moins, Alexia eut l'impression qu'elles avaient bu. Peut-être riaient-elles simplement parce qu'elles s'amusaient. Comme elle ne savait pas très bien s'amuser, elle n'en savait rien.

Elle appuya sur le bouton du vingt-deuxième étage.

— Zut, fit l'une des femmes avec un accent du Texas assez prononcé alors que sa robe venait manifestement de New York. Je n'aurais pas dû mettre de soutien-gorge.

— Eh bien, tu n'as qu'à l'enlever, lui suggéra une de ses amies. Depuis ton lifting, tu peux bien t'en passer.

— Je te signale qu'il y a du monde dans cet ascenseur, répliqua la première d'un ton très digne avant de s'écrouler de rire.

Le « monde » en question, c'était sans doute Alexia puisque toutes les autres avaient l'air de se connaître.

— Moi, cela ne me dérange pas, dit-elle, mais j'imagine qu'il y a une caméra de surveillance quelque part.

— C'est vrai ? Je n'y avais pas pensé.

Sur quoi la femme baissa le devant de son haut, arracha son soutien-gorge et se mit à agiter ses seins en tournant lentement sur elle-même.

— Il faut qu'elle me prenne sous tous les angles, précisa-t-elle. Je ne sais pas quel est mon meilleur profil, côté poitrine.

Ses amies et elles étaient pliées en deux. Quant à Alexia, elle la considérait mi-horrifiée, mi-envieuse. En trente ans de vie, elle n'avait jamais osé rien faire d'aussi impulsif, d'aussi dingue, d'aussi choquant.

Parce que la frivolité lui avait toujours semblé être le domaine de sa mère et que, depuis l'âge de cinq ans, elle faisait tout pour ne pas lui ressembler. Sauf qu'il existait une différence entre son irresponsable de mère et ces femmes qui ne faisaient que s'amuser. Superbes, la quarantaine rayonnante, elles profitaient de la vie.

Et Alexia, profitait-elle de la vie ?

Plus ou moins.

Elle aimait son travail. Gagner un procès lui procurait une réelle satisfaction.

Elle était fière de Brittany, qui avait mené à bien ses études, semblait heureuse et équilibrée et, en temps normal, ne lui causait aucun souci.

Mais, au fond, profitait-elle de la vie ?

Elle n'en était pas certaine.

La porte de l'ascenseur s'ouvrit au dix-neuvième étage et les autres femmes sortirent. La plus audacieuse s'était rajustée, mais avait laissé son soutien-gorge par terre dans la cabine « pour faire parler les curieux ».

Alexia l'évita précautionneusement. Pourvu que personne ne monte dans l'ascenseur et ne croie que c'était le sien… Elle ne s'imaginait pas faisant un geste aussi fou. C'était comme jeter trente dollars par la fenêtre.

Brittany avait raison; elle était trop coincée.

Un brin mélancolique et sur les nerfs, elle descendit au vingt-deuxième, regarda autour d'elle et laissa échapper un petit « Oh, je me suis trompée ! » faussement surpris au cas où quelqu'un la verrait. Puis, elle se tourna vers l'ascenseur privé.

En appuyant sur le bouton, elle croisa les doigts pour que James, le malabar de la sécurité, ne soit pas dans les parages. Il la reconnaîtrait forcément, même si elle s'était changée. Il n'était sans doute pas assez vif pour deviner ce qu'elle mijotait, n'empêche qu'il appellerait probablement Carrick.

Comme personne ne la hélait ni ne la saisissait par l'épaule, elle jugea que la voie était libre. Quand la porte de l'ascenseur s'ouvrit, elle se jeta à l'intérieur. Comme prévu, il n'allait qu'au vingt-troisième et au vingt-sixième étage. C'était le bon.

Elle ne savait pas ce qu'elle ferait si Brittany refusait de partir avec elle. Sans doute piquerait-elle une crise. Toute cette histoire la perturbait à bien des niveaux. Notamment parce que, jusqu'alors, Brittany lui avait toujours demandé conseil pour tout. Alexia avait pu l'influencer, la guider, l'aider à prendre les bonnes décisions. Voir sa petite sœur se mettre soudain à penser par elle-même lui faisait tout drôle. Et elle avait raison de s'en inquiéter puisque sa première décision avait été de s'installer avec un gourou gothique.

— Vingt-trois vingt…

Elle regarda à droite et à gauche pour voir dans quel ordre allaient les numéros des chambres.

Malgré l'épaisse moquette aux motifs Art déco noirs et blancs, elle avait l'impression que ses pas résonnaient terriblement fort dans le silence du couloir. Comme il s'agissait d'un étage privé, les portes étaient un peu plus espacées et légèrement en retrait, comme dans une alcôve. L'ensemble n'était pas de trop mauvais goût, pour un casino de Las Vegas, fut-elle forcée de reconnaître. Même, elle aimait bien l'esprit vieil Hollywood avec son élégant mobilier et son glamour.

Rien que pour un jour, il ne serait sans doute pas désagréable de troquer sa petite taille, ses formes un peu trop généreuses et son ton autoritaire de procureur contre de longues jambes, une robe moulante, un rouge à lèvres vermillon et une voix grave et sensuelle qui feraient tomber les hommes à ses pieds.

Bien sûr. Comme si cela avait la moindre chance de se produire.

De toute façon, elle ne voudrait surtout pas prolonger l'expérience au-delà d'une journée. À la longue, les regards de braise, ce devait être fatigant.

En revanche, elle n'aurait rien contre un rendez-vous de temps en temps. Sauf que les hommes avec lesquels elle avait généralement des contacts étaient soit des avocats, beaux parleurs par excellence, soit des criminels. Autant dire qu'il n'y avait rien à espérer de ce côté-là.

Elle en était là de ses réflexions quand un homme déboucha d'une alcôve.

— En voilà une surprise ! fit-il.

Elle sursauta et réprima un cri de frayeur avant de le reconnaître. Ethan Carrick. Zut ! Elle n'était qu'à une porte de la chambre de Brittany. Qui était donc dans la suite voisine de la sienne. Elle en avait presque la nausée. Comment sa petite sœur pouvait-elle coucher avec ce type ?

Et elle, pourquoi ne couchait-elle avec personne ?

— Bonsoir.

Même si son cœur battait un tout petit peu plus vite que d'habitude, elle le salua avec un sourire innocent et voulut passer son chemin comme si de rien n'était.

— Il me semblait que vous étiez rentrée chez vous, observa-t-il en se plaçant en travers de son chemin.

— C'est ce que j'ai fait, assura-t-elle en voulant le contourner.

Il se décala pour l'empêcher de passer.

— Pourquoi êtes-vous revenue, alors ?

Elle essaya de se glisser de l'autre côté; il la bloqua à nouveau.

— Vous voulez bien arrêter ce manège, jeta-t-elle exaspérée, et me laisser passer, à la fin ?

Ethan aussi s'était changé. Il portait un jean et un T-shirt noir qui mettait en valeur les muscles bien dessinés de ses bras et de son torse. Il y avait dans ses yeux une ombre qu'elle ne comprenait pas et qui ne lui disait rien qui vaille.

— Dites-moi ce que vous faites ici, si vous voulez que je m'écarte.

Autant jouer la carte de la franchise, décida-t-elle.

— Très bien. Voilà. Vous aimez faire semblant d'être un vampire. Alors, moi, je fais semblant d'être une tueuse de vampires. Et je viens récupérer ma sœur pour la ramener chez elle.

Elle s'attendait à une réaction un peu plus marquée que ce léger haussement de sourcils.

— Pourtant, on ne dirait pas que vous cachez un pieu sous ce petit haut moulant.

Pauvre type.

— Mais j'ai peut-être de l'eau bénite que je m'apprête à vous jeter au visage...

— N'hésitez pas, si cela vous fait plaisir. Je suis sûr que c'est très rafraîchissant.

— Vraiment, je crois que je vous déteste, lâcha-t-elle, excédée par sa désinvolture.

— Et moi qui avais l'impression que nous nous entendions si bien...

Pourquoi, en face de lui, se retrouvait-elle aussi impuissante et frustrée qu'une gamine de huit ans ?

Après une feinte à gauche, elle se jeta à droite avec une vivacité qui aurait fait l'admiration de n'importe quel joueur de football.

Sauf qu'Ethan ne se laissa pas prendre à sa manœuvre. D'un geste du bras plus rapide encore, il lui barra le passage. Et lui plaqua la main sur le sein. Elle poussa un glapissement de surprise.

Pour la première fois de la soirée, Alexia vit Ethan Carrick perdre son sang-froid. Le feu aux joues, elle se raidit et, dans le même temps, il laissa retomber sa main, l'air confus.

— Toutes mes excuses... je ne l'ai pas fait exprès...

Il fronça les sourcils, manifestement à court de mots. Elle jubilait.

Tant pis s'il avait fallu qu'elle se fasse peloter accidentellement pour en arriver là. Le jeu en valait largement la chandelle. C'était si drôle de le voir bredouillant et embarrassé... Du coup, il remonta de quelques degrés dans son estime. Il avait la décence d'être penaud de lui avoir touché le sein; cela en disait long sur lui.

Elle ne put se retenir de sourire.

— Hm... c'était bon, fit-elle. Et pour vous, ça a été ?

Il eut l'air un instant surpris, puis amusé.

— Drôle de sens de l'humour, observa-t-il. Il me semble que vous êtes plus spirituelle que votre sœur.

L'entendre évoquer Brittany aurait dû réveiller sa colère; ce ne fut pas le cas. Alexia avait l'impression d'avoir repris la main – ou, du moins, de se trouver sur un pied d'égalité avec Ethan –, ce qui la rendait moins violente.

— Brittany est assez naïve, expliqua-t-elle. Elle a l'esprit moins mal tourné que le mien. C'est pour cela qu'elle n'est absolument pas faite pour vous. Une fois que vous vous serez lassé de coucher avec elle, vous la jetterez. Or, je ne veux pas la voir souffrir.

— Mais vous savez qu'elle a envie de rester, objecta-t-il. Et, vous avez beau le nier, je crois que vous comprenez ce qui l'attire, chez moi.

Alexia leva les yeux au ciel.

— Vous affirmez qu'elle ne veut pas s'en aller; permettez-moi d'en douter. Et, quand je vous ai dit que c'était bon, c'était ironique. Une blague, vous voyez ?

— Je sais que cela vous a plu, insista-t-il avec un sourire satisfait.

— Non. Je ne vous trouve pas le moins du monde séduisant. Je ne suis pas sensible au charme des méchants.

— Mais je n'ai rien d'un méchant, se défendit-il.

— Il me semblait pourtant que c'était tout l'intérêt de votre petit club de vampires : le genre « Attention, c'est nous les méchants. Nous sommes dangereux. Vous n'avez pas intérêt à vous frotter à nous ».

Tout en parlant, elle était passée sous son bras pour gagner la chambre de Brittany.

— Allez, conclut-elle, arrêtez un peu votre cinéma.

Ethan la laissa faire deux pas avant de répondre.

— C'est d'accord, dit-il soudain. Je vais libérer Brittany, si vous y tenez. Et lui dire de rentrer chez elle.

Il s'adossa au mur sans la quitter des yeux. Il savait qu'il prenait un risque, mais Alexia Baldizzi l'intriguait trop pour qu'il résiste à la tentation. Il retrouvait chez elle des pans de sa personnalité – la détermination, la droiture, une capacité d'indignation hors norme – même si, aujourd'hui, son expérience de la vie avait peu à peu gommé sa violence et le côté va-t-en-guerre de sa jeunesse, et qu'il préférait la voie diplomatique pour parvenir à ses fins.

À neuf cents ans, il comprenait enfin que le monde n'était pas noir et blanc, comme le voyait Alexia.

Toutefois, malgré cette différence, elle éveillait chez lui une passion comme il n'en avait pas éprouvée depuis longtemps. Devant elle, il ressentait le besoin de frimer bêtement – par exemple de sauter du toit de l'hôtel, rien que parce qu'il en était capable, ou de s'envoler pour Paris sans prendre le jet, pour sentir le vent sur son visage. Mais, surtout, il avait envie de lui arracher ses vêtements, de la culbuter dans un grand lit et de la mordre partout.

Heureusement, elle ne semblait pas dans les mêmes dispositions.

Heureusement, ou malheureusement, car il n'arrivait pas à se défaire du désir de la convaincre qu'elle avait envie de lui. Ou de lui faire admettre qu'elle avait envie de lui, si c'était déjà le cas. C'était absurde. Cela dit, aucune femme ne l'avait jamais regardé droit dans les yeux en lui déclarant qu'il n'était pas séduisant. Franchement, c'était assez désagréable.

Et qui sait où risquait de le conduire son orgueil piqué au vif ?

— En quel honneur demanderiez-vous à Brittany de quitter l'hôtel ? l'interrogea-t-elle avec un certain cynisme. Parce que vous voulez que je vous supplie de le faire ? Vous pouvez oublier tout de suite. Il n'en est pas question une seconde.

— Non, non, corrigea-t-il. Inutile de me supplier. Je vous demanderai seulement de jouer le jeu à la place de Brittany.

Si elle tenait à croire que jouer au vampire était pour lui un loisir de riche, il allait la laisser faire. Pour l'instant.

— Hein ? s'écria-t-elle en plantant les poings sur les hanches. Vous avez fumé, ou quoi ? J'ai une vie, une carrière, des procès en cours. Je ne peux pas jouer les Barbies. De toute façon, je n'ai pas les jambes qu'il faut pour le rôle.

— Je ne vous demande pas non plus de renoncer à votre carrière, assura-t-il.

Il éprouvait encore une certaine fascination – certes démodée – pour les femmes qui exerçaient un métier d'homme. Toutefois, il devinait que, ergoteuse, tenace et convaincue d'avoir toujours raison comme elle l'était, elle devait faire un excellent procureur.

— Ce que je vous propose, précisa-t-il, c'est de rentrer ici tous les soirs. Nous dînerons ensemble, nous nous montrerons dans le casino et recevrons des invités. Et vous dormirez dans la chambre à côté de la mienne.

— Vous croyez que je vais coucher avec l'amant de ma sœur – vous ! – après qu'il l'aura plaquée ? C'est malsain. Complètement tordu.

Sans doute aurait-il dû éclaircir ce point plus tôt.

— Je ne suis pas l'amant de votre sœur, assura-t-il. Je n'ai jamais couché avec elle. Notre relation est purement amicale et platonique. Je vous prie de m'excuser de vous avoir induite en erreur, tout à l'heure.

— Pff, fit-elle en levant les yeux au ciel.

— Pourrions-nous parler de tout cela dans ma chambre, la pria-t-il. Brittany peut sortir dans le couloir à tout moment et je suis prêt à parier qu'elle n'apprécierait pas beaucoup notre discussion.

Il lui ouvrit la porte de sa suite en souriant.

— Ne refermez pas derrière nous, exigea-t-elle.

Manifestement, elle ne lui faisait pas confiance pour obtempérer, car elle prit la statue de chien de meute en céramique qui montait la garde dans le salon et la posa contre le battant pour le bloquer grand ouvert.

— Joli chien, commenta-t-elle ensuite.

— Merci.

— Entrez d'abord, dit-elle.

Pour ne pas la contrarier, il fit ce qu'elle disait, mais il resta debout devant le canapé. Il ne s'assiérait pas avant elle. Il ne se déferait jamais de l'éducation qu'il avait reçue dans son enfance. Les bonnes manières étaient devenues pour lui une seconde nature.

— On se croirait dans un manoir anglais, ici, observa-t-elle.

— J'ai cherché à reproduire le décor de ma maison en Angleterre, reconnut-il.

— Quand cela ? Au XIXe siècle ?

Elle se laissa tomber dans un fauteuil où elle s'assit de côté, adossée à un accoudoir, les jambes pendant par-dessus l'autre.

Il n'avait sans doute pas été très bien inspiré de l'inviter à entrer. Maintenant, sa suite allait être imprégnée de son odeur douce, humaine, et de celle de son sang tout chaud. Ce fauteuil, qui était son préféré, il allait sans doute devoir le brûler. Autrement, dès qu'il s'y assiérait, il aurait faim. Faim d'Alexia.

Il ne faisait jamais entrer de mortels chez lui. Sa femme de chambre elle-même était une vampire. Ainsi, elle pouvait faire le ménage la nuit, pendant qu'il vaquait à ses occupations, et elle ne s'évanouissait pas à la vue du sang conservé dans le réfrigérateur.

— Si vous ne me croyez pas, vous pouvez interroger Brittany. Nous n'avons pas... nous n'avons pas été intimes, assura-t-il en cherchant à formuler la situation avec le plus de délicatesse possible.

— Vous essayez de me faire gober que Brittany dort dans la chambre voisine de la vôtre depuis trois semaines et que vous ne vous l'êtes pas tapée une seule fois ?

Pour la délicatesse, il repasserait.

— Je n'essaie pas de vous le faire gober : je vous le dis. Je vous le répète, je suis désolé de vous avoir fait croire à une relation entre nous tout à l'heure.

Ethan savait quand seule l'honnêteté pouvait lui servir. Et il devinait que, s'il voulait avoir une petite chance d'attirer la délicieuse Alexia dans son lit, il fallait d'abord qu'il la rassure et qu'elle soit bien persuadée que sa sœur ne l'y avait pas précédée.

Non mais, qu'est-ce qui lui prenait ? Il n'était censé coucher avec personne. Il devait courtiser. C'était désormais un homme mûr et responsable, le président de la Nation vampire, qui avait renoncé à sa vie de séducteur et était prêt à se ranger et à se marier.

Dès qu'il se serait « tapé » Alexia.

— Dans ce cas, si vous n'êtes pas « intimes », pourquoi est-elle ici ?

Elle avait la même manie que Seamus de tracer des guillemets dans l'air en parlant. C'était d'autant plus agaçant que songer à son bras droit lui rappelait ses responsabilités, tout ce qu'on attendait de lui.

— Parce que je suis un maître vampire âgé de plus de deux cents ans, et que je suis donc éligible à la présidence de la Nation vampire. Brittany, elle, est à moitié vampire, fille d'une mère mortelle et d'un père vampire.

C'était plus qu'il n'avait prévu de lui dire, mais il avait eu envie de voir sa réaction. Et puis, dans la mesure où il ne parvenait toujours pas à lire dans ses pensées, il était bien forcé d'aller à la pêche aux informations.

Mais elle se contenta de s'étrangler de rire.

— Le père de Brittany était un fumier, certes, mais certainement pas un vampire, répliqua-t-elle.

— C'est comme cela que vous parlez de votre père ?

— Pas de mon père : de celui de Brittany. Nous avons la même mère, mais des géniteurs différents. Ni l'un ni l'autre ne valent la peine que l'on s'attarde sur leur cas, cependant. En matière d'hommes, ma mère avait un goût épouvantable.

Voilà qui expliquait bien des choses. Et qui laissait supposer qu'Alexia n'avait pas une goutte de sang vampire. Il ne pouvait l'affirmer avec certitude, puisqu'il ne parvenait pas à pénétrer dans son esprit et qu'il ne percevait rien la concernant, mais il paraissait plus que probable qu'elle soit une pure mortelle.

— C'est un jeu, n'oubliez pas. Et Brittany est à moitié vampire. Je compte la choisir comme épouse et faire d'elle la première dame de la Nation vampire.

Alexia le fixa d'un air éberlué.

— Vous ne croyez tout de même pas à ces salades, si ? Parce que, si c'est le cas, je vais appeler les flics et leur dire que vous avez enlevé ma sœur. Avoir des loisirs bizarres, c'est une chose. Mais, si vous nagez vraiment en plein délire, cela devient du ressort de la police.

— Je connais la différence entre fiction et réalité, assura-t-il d'un ton apaisant.

Il ne voulait surtout pas qu'elle fiche le camp en emmenant Brittany avec elle. Pas plus qu'il ne souhaitait avoir affaire aux forces de l'ordre.

S'il parvenait sans peine à duper presque tous les humains, il n'était pas certain de pouvoir cacher longtemps son état de vampire dans une cellule. Et dîner du sang des gardiens ne l'aiderait certainement pas à se faire libérer pour bonne conduite.

— Toutefois, ajouta-t-il, j'espère être réélu. Or je me suis fait connaître dans le passé pour mon caractère emporté et mes tendances au donjuanisme. Mon directeur de campagne et moi nous sommes dit qu'il faudrait que j'aie une femme à mes côtés. Pour adoucir mon image.

— Hm. Il est vrai que Brittany serait parfaite dans ce rôle – contrairement à moi.

Elle se prélassa dans le fauteuil en battant l'air de ses pieds.

Son petit haut de rien du tout avait glissé de côté, révélant le renflement d'un sein. Il pourrait y mordre à pleines dents, y planter ses crocs comme dans une pomme bien ferme… Il aurait aimé croquer bruyamment au lieu de s'enfoncer en silence dans la chair.

Qu'il serait satisfaisant de dévorer Alexia à belles dents !

Il croisa les jambes, en proie à une érection des plus inconfortables.

Inciter Alexia à prendre la place de Brittany ne faisait pas partie de son plan initial. N'empêche qu'il préférait largement cette option. L'excitation de la poursuite, la satisfaction de la capture : il rêvait des deux avec une impatience qui allait mal au vampire d'âge mûr qu'il était censé être devenu.

— En fait, vous seriez encore mieux, affirma-t-il. Sœur d'une Impure et préoccupée avant tout par votre carrière : vous seriez parfaite. Si j'avais auprès de moi une femme sûre d'elle et épanouie dans son travail, les électeurs se rendraient compte que j'ai atteint la maturité suffisante pour traiter mon épouse en égale dans notre relation.

Pourtant, cette maturité, il s'en sentait très loin. En ce moment, il se voyait plutôt dans la peau d'un adolescent cherchant à draguer une fille que dans celle d'un vampire adulte et raisonnable. À le voir, on aurait pu croire qu'il était célibataire depuis aussi longtemps que Seamus.

— Pour résumer, vous vous êtes toujours conduit comme un salaud autoritaire, limite dictateur, et, maintenant, vous voulez que les gens vous croient prêt à faire des compromis ?

Ce n'est pas ainsi qu'il l'aurait formulé, mais puisqu'il s'agissait de se montrer sous un jour aimable, voire charmant...

Il voulait cette femme. Seamus allait le tuer, mais tant pis. Ce nouveau plan échafaudé sans réfléchir avait toutes les chances d'échouer, mais tant pis. Il la lui fallait. Et il l'aurait.

— Exactement, répondit-il donc.

— Alors vous voulez jouer les maris soumis et, moi, je ferais la femme dominatrice ? Ça pourrait être amusant.

Elle sourit en glissant ses cheveux blonds derrière ses oreilles.

Ce devait être la crise des dix siècles, conclut-il. Autrement, il ne voyait pas pourquoi cette remarque le mettait dans un tel état d'excitation. Voilà qu'il se prenait à désirer des femmes beaucoup, beaucoup plus jeunes que lui. Bientôt, il allait acheter une voiture de sport et se faire faire un tatouage.

— Il me semble que, entre nous, il pourrait y avoir beaucoup de choses amusantes, repartit-il.

— Une semaine, déclara-t-elle. Je veux bien rester une semaine si vous vous engagez à laisser partir Brittany et à ne plus jamais avoir le moindre contact avec elle – ni personnel ni professionnel. J'aurai ma chambre à moi et personne ne pourra y avoir accès sans ma permission. Si je dois travailler tard, vous n'aurez pas votre mot à dire. Cependant, je serai là de 20 heures à 8 heures tous les jours, pendant sept jours. Je partirai le vendredi dix-sept à minuit parce que la soirée d'aujourd'hui compte comme première soirée. J'aurai la possibilité de dîner gratuitement dans les restaurants du casino et d'utiliser, également gratuitement, le service de pressing. Je vais rédiger un contrat que vous signerez. Au moindre manquement de votre part, je vous accuserai d'être à la tête d'une secte et de retenir les gens contre leur volonté. Vous avez bien compris tous les termes et vous les acceptez ?

Et lui qui craignait d'abuser de l'inquiétude d'Alexia pour sa sœur… Il n'avait pas de scrupules à avoir : elle savait parfaitement se défendre.

— Autre chose? demanda-t-il en tambourinant du pouce sur son genou.

— Oui. Juste pour que tout soit bien clair, je ne coucherai pas avec vous. Vous ne m'intéressez pas et notre arrangement ne comportera pas d'avantages en nature. Je sourirai à vos cinglés de copains, point final. Mon rôle n'ira pas au-delà.

Hm. C'était ce qu'elle croyait.

Ah bon, elle ne le trouvait pas attirant? Eh bien, il allait lui montrer qu'il savait y faire, avec les femmes.

— Loin de moi l'idée de vous demander autre chose, déclara-t-il d'un air scandalisé. J'avoue que je suis choqué.

Elle se redressa dans son fauteuil en levant les yeux au ciel.

— Je ne sais pas pourquoi, mais j'ai l'impression qu'il n'y a pas grand-chose qui puisse vous choquer. Vous êtes comme moi, sur ce plan. Nous avons tout vu.

— Vous êtes procureur, n'est-ce pas?

— Oui. Spécialisée dans les crimes sexuels. Il y a pas mal de tarés, en ce bas monde, Carrick, et j'en ai rencontré plus d'un. Alors sachez que vos petits jeux de vampires ne me surprennent pas. Tant que vous ne mordez pas les gens ni rien de dingue de ce genre, ce que vous faites ne regarde que vous. Mais n'y mêlez pas ma sœur. Je ne céderai pas sur ce point. J'exige que Brittany rentre chez elle.

— J'accepte toutes vos conditions.

C'était sans doute l'une des plus mauvaises idées qu'il ait jamais eues depuis la fois où il était allé faire de la luge en cercueil, en France, quelque neuf cents ans plus tôt. Mais c'était fait. Il n'y avait plus à revenir en arrière.

Et il se rendit compte qu'il avait vraiment hâte de faire plus ample connaissance avec Alexia.

Sang pour sang

Peut-être allait-il enfin pouvoir se libérer de l'ennui et de l'insatisfaction qui l'oppressaient chaque jour un peu plus et menaçaient de l'étouffer.

Une aventure avec Alexia apaiserait peut-être ses frustrations et lui éviterait de faire des choses idiotes comme se teindre les cheveux ou sortir avec sa secrétaire.

Non, la crise des dix siècles, ce n'était pas pour lui.

Cinq

Brittany commençait à se dire qu'elle n'aurait pas dû laisser Alexia la convaincre de s'en aller. Tandis qu'elles roulaient toutes les deux en direction de la maison de sa sœur, elle ne faisait que songer à cet homme – ce vampire – et à la façon dont il caressait sa compagne sur la banquette des toilettes, dont il la faisait gémir de plaisir tout en buvant son sang.

C'était comme si elle avait surpris un couple en train de faire l'amour. Elle avait trouvé cela à la fois gênant, choquant et... excitant. Troublant. Ce qu'ils faisaient, tous les deux, était mal. Cependant, ils la fascinaient. Et elle sentait qu'elle devait réagir.

— Il faut que je retourne là-bas, annonça-t-elle.

Si elle avait accepté de partir, c'était parce que Alexia l'avait menacée de ne plus jamais lui adresser la parole. Elles savaient l'une comme l'autre que c'était impossible, mais, si Alexia était suffisamment inquiète pour aller jusque-là, Brittany comprenait que la situation était grave. Or elle faisait tout, toujours, pour éviter de causer des soucis à Alexia. Alexia qui avait été privée de son enfance bien trop tôt et qui avait passé bien des années à s'inquiéter pour leur situation matérielle et pour Brittany quand elle aurait dû sortir et s'amuser.

Alors, elle avait accepté de quitter l'hôtel, parce qu'elle ne voulait plus revoir dans les yeux de sa sœur ce regard affolé, angoissé qui la faisait paraître bien plus vieille qu'elle ne l'était. N'empêche qu'elle ne parvenait pas à chasser de son esprit l'image de l'homme au costume parfaitement coupé, aux cheveux couleur de miel et au petit laboratoire de poche.

Il devait bien exister un moyen d'intervenir, de faire quelque chose pour lui, pour eux. Mais, d'abord, il fallait qu'elle apprenne tout ce qu'elle pouvait sur les vampires de Vegas. Si elle les comprenait, si elle comprenait leurs habitudes, elle trouverait comment les sauver. Or le meilleur moyen de mieux les connaître, c'était de passer du temps avec eux.

— Il faudra d'abord que tu me passes sur le corps, répliqua Alexia en s'engageant dans l'allée qui menait à sa maison en stuc.

Elle avait laissé la lumière du garage allumée. Elle avait à peine ouvert sa portière qu'elle poussa un juron furieux.

— Saleté de yucca ! Je déteste cette plante. Elle est affreuse, et, en plus, elle pique. Qu'est-ce qui a pris au paysagiste de la planter pile là où je me gare et où je descends de voiture ? Je la touche à chaque fois.

Elle dut forcer sur la portière pour sortir.

— Alex...

Brittany se mordit la lèvre.

Sa sœur arrêta de donner des coups de sac à main à l'arbuste et se pencha à l'intérieur de l'habitacle pour la regarder d'un air soupçonneux.

— Quoi ? Tu as ta voix de jolie petite fille qui a envie de quelque chose...

— Il faut que je retourne là-bas.

Des vies en dépendaient. Elle n'était que dentiste, peut-être, et, à en croire Alex, bien trop confiante, mais, si elle avait rencontré Ethan Carrick, ce n'était certainement pas par hasard. Et s'il l'avait invitée à son hôtel, ce n'était sans doute pas par souci de l'hygiène dentaire de ses employés, quoi qu'il puisse en dire.

Il lui lançait un appel au secours et elle se devait d'y répondre.

Alexia reconnut aussitôt la façon dont Brittany avançait le menton d'un air têtu et sa moue boudeuse. Elle ne connaissait que trop bien cet air-là, pour y avoir cédé bien des fois. Mais, là, il n'était pas question d'accepter le moindre compromis.

— Non, répondit-elle fermement.

— Dans ce cas, j'irai toute seule.

— Je vais t'enfermer dans la chambre d'amis.

— Non, tu en es incapable, répliqua sa sœur légèrement moqueuse.

Pff, elle avait raison. Alexia ne ferait jamais une chose pareille.

— Tu parles sérieusement ? voulut-elle savoir.

— On ne peut plus sérieusement, oui.

— Tu y retournerais sans moi ?

— Oui.

Dans ce cas, Alexia n'avait pas le choix. Elle soupira, s'appuya à la portière et croisa les bras.

Malgré sa conversation de tout à l'heure avec Ethan, une fois qu'elle était parvenue à faire sortir Brittany de l'hôtel, elle avait repensé le projet. Maintenant que sa sœur était seule avec elle et qu'elle se retrouvait libre d'exercer son pouvoir de persuasion sur elle, pourquoi avait-elle besoin de Carrick ?

Pour rien.

Si elle avait accepté de rester avec lui, c'était uniquement pour qu'il fasse partir Brittany. Puisque, désormais, c'était inutile, elle estimait que leur accord était nul et non avenu.

Sauf que la volte-face de Brittany changeait de nouveau la situation.

— D'accord. Et si c'était moi qui y retournais ? proposa Alexia. Tu restes ici et je prends ta place à l'hôtel pour avoir un œil sur eux.

Certes, c'était un peu vague. Mais, pour l'instant, elle se contentait de tâter le terrain.

Brittany ne fut pas dupe.

— Alex, protesta-t-elle, je veux découvrir comment les guérir. Pas les poursuivre en justice.

C'était là que cela devenait risqué.

— Qui parle de les poursuivre en justice ? se défendit-elle. Moi aussi, je peux les… les guérir. Je sais me montrer persuasive.

Peut-être qu'un bon coup de pied dans la tête résoudrait tous leurs problèmes…, ajouta-t-elle *in petto*.

— On peut dire ça comme ça…

Brittany ne sortait toujours pas de la voiture. Elle restait assise, ses longues jambes croisées dans sa robe de cocktail.

Alexia ne comprenait pas d'où lui venait son entêtement. En la matière, elle croyait avoir dévalisé le patrimoine génétique de la famille bien avant la naissance de sa cadette.

— Très bien. Alors, voilà.

Elle essuya ses mains moites sur son jean. S'il fallait en arriver là pour protéger sa petite sœur…

— Ethan m'a invitée à dîner, révéla-t-elle. Avec lui. En tête à tête.

Le visage de Brittany s'illumina.

— Alex ! Mais c'est génial ! À quand remonte la dernière fois que tu es sortie avec un homme ? Au moins six ans, non ?

Non, cela ne faisait pas aussi longtemps. Voyons… il avait dû y avoir quelqu'un… tiens, Jim, en fac de droit. Ah, oui, cela devait faire six ans. Mince, alors.

— Je me dis qu'il faut peut-être que je m'ouvre à de nouvelles expériences, expliqua-t-elle.

Pas mal, se félicita-t-elle. On aurait dit du Brittany tout craché. Cela semblait tout droit sorti d'un livre d'épanouissement personnel.

Sa sœur se décida enfin à descendre de voiture. Ouf.

— J'espère que tu vas aussi t'ouvrir à autre chose…, répliqua-t-elle avec un clin d'œil.

— Brittany Anne !

Zut, voilà qu'elle rougissait. Il faut dire qu'elle se revoyait soudain allongée sous Ethan, brûlante, le corps vibrant. Elle avait menti en disant qu'il ne l'attirait pas.

Brittany prit sa valise sur la banquette arrière en riant.

— Il s'agit d'un dîner; pas d'une nuit de folies.

— Je parie que les vampires sont capables de faire ça pendant des heures.

— Je n'en doute pas.

Sauf qu'Ethan n'était pas un vampire, puisque les vampires n'existaient pas. Et, de toute façon, elle n'avait pas l'intention de coucher avec lui.

— Si tu crois vraiment que c'est un vampire, observa-t-elle, tu ne devrais pas m'encourager à sortir avec lui.

— Pourquoi ? C'est un type extra. Charmant. Bien élevé. Tu pourrais tomber plus mal.

— Et s'il boit mon sang ?

— Il n'a pas encore essayé de boire le mien, fit valoir Brittany en portant sa valise jusqu'à la porte du garage. De toute façon, les vampires te charment avant de te mordre, de telle sorte que tu ne ressens rien que du plaisir.

— Je trouve ça complètement pervers – et, la perversion, ce n'est pas mon truc. Celui qui essaiera de me charmer aura affaire à moi !

De toute façon, c'était impossible puisque ces gens n'étaient pas des vampires. C'é-tait-un-jeu.

— S'ils veulent te charmer, tu ne peux pas les en empêcher, déclara Brittany. Mais ne t'en fais pas. Je ne pense pas que ce soit le genre d'Ethan. S'il t'a invitée à dîner, il est trop bien élevé pour faire de toi son dîner, si tu vois ce que je veux dire.

Seigneur ! Brittany allait lui donner la migraine, si elle continuait. Et puis, il fallait qu'elles cessent de parler d'Ethan, parce que sa libido menaçait de prendre le dessus.

Alexia ouvrit la porte intérieure du garage et pénétra dans sa cuisine blanc sur blanc.

— Tout ce que je vois, c'est que, un jour, tu te marieras avec un gentil comptable, que vous aurez une jolie petite maison en banlieue et d'adorables bébés aux cheveux noirs, et que je pousserai un énorme soupir de soulagement.

Elle jeta ses clés sur le comptoir. Que fallait-il qu'elle emporte, pour une semaine chez des dingues qui jouaient à une version grandeur nature de Donjons & Dragons ? Sa garde-robe manquait cruellement de capes de velours.

Pff, des vampires. N'importe quoi.

Elle sursauta, surprise, quand Brittany vint la serrer dans ses bras parderrière.

— Alex, tu sais combien je t'aime, dit-elle. Tu es la sœur la plus géniale de l'Univers, et je ne veux surtout pas te causer de souci.

Elle lui tapota affectueusement le bras et, honteuse, sentit des larmes brûlantes lui monter aux yeux.

— Moi aussi, je t'aime, Brit. Et je pensais ce que je t'ai dit sur le gentil comptable et…

— Oui, c'est ça, l'interrompit-elle en riant et en la libérant. J'épouserai un comptable le jour où tu épouseras Ethan Carrick.

Alexia fit la grimace. Quand même, elle regrettait bien de renoncer aux rêves d'avenir qu'elle avait faits pour sa sœur.

De son poste d'observation à la table de black-jack, Rick vit Ethan Carrick sortir de l'ascenseur privé avec son bras droit à 22 heures, comme tous les soirs. Carrick était un homme d'habitudes, ce que Rick ne manquait pas d'apprécier.

Cela lui simplifiait considérablement la tâche.

Rick prenait son travail très au sérieux. Trop, aux yeux de certains. Mais il ne faisait jamais rien d'idiot. Or, ce que voulait Donatelli était idiot. Il fit un signe de tête au donneur sans quitter des yeux Carrick qui se promenait dans le casino, s'arrêtant çà et là pour dire un mot à un employé. Puis, il tira une longue bouffée de sa cigarette avant de la poser dans le gros cendrier de verre.

C'était une des raisons pour lesquelles il aimait tant Las Vegas. Il pouvait fumer où il voulait. Il n'était pas obligé, comme ailleurs, de se geler, à côté d'une poubelle, devant un restaurant bondé, en compagnie d'une douzaine d'autres malheureux. Ici, il pouvait souffler la fumée au visage de qui il voulait. C'était le pied.

— Ça a l'air de bien se passer, pour vous, remarqua une voix féminine pleine d'entrain tout près de lui.

Il jeta un coup d'œil sur sa gauche et découvrit une brune très mince, qui avait pris le siège laissé libre par un ancien propriétaire de raffinerie de pétrole qui avait quitté la table au tour précédent. Elle était plus jolie qu'Arthur, certes, mais il avait horreur de bavarder quand il travaillait.

— Pas trop mal, concéda-t-il froidement.

— Assez pour m'offrir un verre, gloussa-t-elle.

Rick réprima l'irritation qui le gagnait. Il avait horreur des femmes qui gloussaient. Généralement, elles n'avaient rien dans le crâne.

Du reste, cette fille n'avait pas l'air d'être une lumière, même si elle avait un joli visage, des cheveux noirs bien brillants et des seins nettement trop gros pour aller naturellement avec sa silhouette frêle. Néanmoins, ce ne devait pas être une entraîneuse ni une prostituée. La malice qui faisait briller ses yeux semblait bien trop sincère, et il émanait d'elle une espèce d'avidité sensuelle qui était rare chez les professionnelles.

Bah, ce devait être une de ces filles complètement fauchées qui se faisaient offrir à boire – voire à dîner – par des hommes que, ensuite, elles plantaient sur place, haletants, fous de désir. Sauf que Rick n'était pas fou. Ni de désir ni d'autre chose. Depuis qu'il avait quitté les marines, laissant derrière lui la moitié de ce qui faisait de lui un humain, il n'avait plus envie de rien.

D'un rapide coup de poignet, il fit glisser vers elle un jeton de vingt dollars.

— Va te payer un verre, ma belle, et laisse-moi me concentrer avant d'avoir perdu toute cette pile parce que je t'aurai regardée au lieu de me concentrer sur le jeu.

— Merci, beau gosse, répondit-elle en prenant le jeton dans le creux de sa main et en le caressant du pouce. Je te rapporte la monnaie.

C'est ça, oui. Il était prêt à parier que la poupée allait empocher la monnaie, et pas la lui rapporter. Mais il s'en fichait, parce que, pour l'instant, elle lui cachait Carrick. Quand il reprit sa cigarette, elle lui envoya un baiser de ses lèvres vermillon humides et s'éloigna en ondulant des hanches.

Merde ! il ne retrouvait pas Carrick. Il avait dû quitter l'étage.

Cela n'avait pas grande importance, au demeurant. Carrick faisait la même chose tous les soirs et il ne quittait jamais le casino. Jamais. Il avait beau être jeune et riche, c'était un bourreau de travail qui vivait en reclus. Au lieu de le décapiter, comme le voulait Donatelli, ce qui était pure folie, Rick allait lui loger une balle dans le cœur. Mort pour mort, ce serait bien plus propre que de lui couper la tête.

L'Italien était un client excentrique – ne l'étaient-ils pas tous ? – et exigeant, mais Rick connaissait son métier. Il allait procéder à sa façon – la meilleure et la moins risquée.

La brune gloussante revint quelques instants plus tard avec un Martini dans une main et, dans l'autre, un billet de cinq dollars qu'elle posa devant lui.

— Me revoilà, je vous ai manqué ?

— Pas du tout, répondit-il franchement en restant concentré sur le jeu.

Elle gloussa de plus belle.

— Je m'appelle Kelsey, annonça-t-elle. Je travaille ici.

Si elle proposait de lui chanter une chanson, il allait péter les plombs.

— Ah.

C'était à peu près comme s'il avait répondu « Je m'en fiche pas mal », mais Kelsey ne se laissa pas démonter pour si peu.

— Je suis réceptionniste, précisa-t-elle. Mais je parie que vous m'avez prise pour une danseuse, pas vrai ? fit-elle avec un clin d'œil. Oh, je connais les hommes. Non, sérieusement, c'est vrai que je suis réceptionniste. Je travaille pour M. Carrick, le propriétaire du casino. Je réponds au téléphone, ajouta-t-elle comme s'il pouvait ignorer en quoi consistait le travail d'une réceptionniste.

Il écrasa son mégot dans le cendrier et se tourna un peu vers elle pour lui accorder quelques bribes de son attention.

— Et tu aimes ton travail, Kelsey ? M. Carrick est un bon patron ?

Il n'avait pas l'intention de la mêler à son plan, mais il pourrait peut-être obtenir d'elle une description des étages privés. Et si elle lui disait où Carrick dînait tous les soirs, puisqu'il ne fréquentait pas les restaurants de l'hôtel, ce serait encore mieux.

En revanche, si c'était sa maîtresse en plus d'être la réceptionniste, pourquoi hantait-elle le casino en quête d'un protecteur ? Avec son hôtel de deux mille chambres et son casino à dix millions par jour, Carrick devait faire l'affaire.

— Oh, c'est le meilleur des patrons ! Je ne le quitterai jamais, déclara-t-elle solennellement.

— Et voilà. Tu recommences à me distraire de la partie, la réprimanda-t-il.

— Pardon, fit-elle en riant et en léchant une goutte de Martini sur le bout de son bâtonnet. Je vais être sage, maintenant, et bien me tenir.

D'un vif mouvement de poignet, elle fit le geste de se zipper les lèvres.

C'était trop facile. La réceptionniste de Carrick qui lui tombait toute cuite dans le bec. Peut-être l'avait-on envoyée pour le distraire.

Sauf que cela semblait un peu tiré par les cheveux. Carrick ne savait même pas qui il était.

En revanche, il ne serait pas idiot de garder un œil sur Kelsey.

— Surtout pas, ma belle, ce serait trop dommage. Laisse-moi juste le temps de finir ma partie et nous allons nous chercher une table pour faire un peu mieux connaissance.

— Cool ! s'exclama-t-elle en oubliant aussitôt son vœu de silence et en se penchant vers lui pour lui planter un baiser sur les lèvres. J'aime bien ton odeur, ajouta-t-elle dans un murmure tout contre sa bouche.

Avant de se remettre à glousser.

Six

Alexia lisait et relisait l'emploi du temps que lui avait donné Carrick. Décidément, conclut-elle, ce type était encore plus cinglé qu'elle ne l'avait cru.

19 HEURES : ACCUEIL DANS LA SALLE SINATRA.
20 HEURES : DÎNER ORGANISÉ POUR COLLECTER DES FONDS, RÉSERVÉ AUX CONSERVATEURS FAVORABLES À LA RÉÉLECTION DU PRÉSIDENT CARRICK.
23 HEURES : CONCERT AU PROFIT DU FINANCEMENT DE LA CAMPAGNE AVEC, EN TÊTE D'AFFICHE, LES « BUVEURS DE SANG ».

Suivait une longue liste de ce qu'elle pouvait et ne pouvait pas faire. Il semblait impératif qu'elle porte un collant – comme si cela regardait qui que ce soit – et elle trouverait un collier de perles et des boucles d'oreilles dans le coffre de la chambre, dont la clé était posée sur la commode.

Encore, s'il s'agissait d'une candidature au Sénat ou à la fonction de gouverneur, elle pourrait comprendre.

Tandis que, là, on nageait en plein délire. Ces gens prétendaient élire le président d'une Nation vampire qui était le pur produit de leur imagination sérieusement dérangée. Heureusement que Brittany était en sécurité chez elle, loin de cette bande de cinglés.

Brittany croisait les doigts pour ne pas tomber sur Alex. Sa sœur la tuerait si elle découvrait qu'elle était revenue à l'Ava. Mais elle n'avait pas pu s'en empêcher. Il fallait qu'elle comprenne ce qui se passait. Il fallait qu'elle les aide, quitte à prendre des risques pour elle-même.

Ce qui ne suffisait pas à expliquer ce qu'elle faisait dans le couloir devant les toilettes, à l'endroit où elle avait vu l'homme et la femme la veille au soir. Elle promenait son regard autour de la petite pièce vide en se mordillant la lèvre.

S'était-elle vraiment imaginé qu'elle le trouverait ici ? Et d'où lui venait cette irrésistible envie de le revoir ?

D'accord, c'était évident. Elle le trouvait canon. Follement sexy.

Sauf que c'était un vampire. Il ne fallait surtout pas qu'elle l'oublie.

C'est pour cela qu'elle poussa un cri – enfin, un tout petit cri – quand il apparut deux secondes plus tard.

Lui aussi eut un mouvement de recul avant de s'arrêter et de l'étudier d'un regard scrutateur.

— Vous êtes la femme d'hier soir, observa-t-il. La femme de Carrick.

Son accent français ne l'aidait pas à rester concentrée. Elle serra fort ses jambes l'une contre l'autre et hocha la tête.

— Oui. Enfin, précisa-t-elle, je ne suis pas la femme de Carrick. C'est ma sœur.

Enfin, plus ou moins. Mais elle ne voulait pas que ce grand et beau Français aux airs ténébreux se méprenne sur son compte.

— Qui est votre sœur ?

— Alexia Baldizzi.

Brittany avala sa salive avec difficulté. Finalement, ce n'était peut-être pas une idée aussi géniale que cela. Il n'y avait pas un chat dans les parages.

— Elle est magistrat, précisa-t-elle. Procureur.

— Alors vous êtes Brittany ? avança-t-il.

Elle ne parvint qu'à hocher la tête en guise de réponse.

Sur quoi il tourna les talons, comme s'il allait partir.

— Attendez ! le rappela-t-elle, recouvrant soudain l'usage de la parole. Qui êtes-vous ? Pourquoi n'assistez-vous pas aux réceptions d'Ethan ? Et pourquoi avez-vous pris du sang à cette femme, hier soir ?

Alors qu'il était à plus d'un mètre, il se retrouva d'un coup tout contre elle, un doigt sur ses lèvres.

— Chut, Brittany ! fit-il dans un souffle. N'oubliez pas où nous nous trouvons.

Et elle fut projetée en arrière, si vite que le vent siffla à ses oreilles et que ses deux pieds décollèrent du sol.

Quand Ethan frappa et demanda poliment à entrer, Alexia lui ouvrit la porte de sa chambre.

— Pas question que je porte ces perles, déclara-t-elle avec un regard noir.

— Ah bon ? Pourquoi ?

Il pénétra dans la pièce d'un pas assuré et baissa les yeux sur son décolleté – uniquement pour regarder la pomme de discorde, espérait-elle.

— J'ai l'air de Barbara Bush. Je n'ai rien contre elle, mais elle doit avoir quarante ans de plus que moi.

Elle portait une robe bleue. En temps normal, elle trouvait cette couleur plutôt flatteuse pour ses cheveux blonds mais, ce soir, elle se sentait gauche, pas élégante. Ses jambes lui paraissaient plus courtes que jamais.

— Les perles iraient sans doute mieux sur une robe noire, remarqua-t-il.

Il se prenait pour l'arbitre des élégances, maintenant ? Eh bien, il n'était pas question qu'elle se change.

— Dommage, répliqua-t-elle. C'est la seule robe du soir que j'aie apportée. Je ne savais pas que vous preniez ces foutaises à ce point au sérieux. Finalement, nous ne sommes pas dans *Buffy contre les vampires*, mais dans *À la Maison-Blanche*. Sauf que ce ne sont pas des acteurs qui interprètent les personnages, ce sont des détraqués.

— Ce que je voulais dire, c'était que nous pourrions peut-être essayer un autre collier, rectifia-t-il.

Il se dirigea vers le coffre dissimulé dans le placard. Tout de même, il portait vraiment bien le smoking...

Alexia se fit une grimace dans le miroir en pied et rentra le ventre. Elle avait vraiment l'air d'une poire. Beurk. Ou d'une myrtille, vu la couleur de sa robe. Et pourquoi ses cheveux refusaient-ils obstinément de se laisser lisser sagement sans frisotter ? Mais qu'est-ce que ça pouvait faire, enfin ?

Elle était en train de devenir folle.

Il faut dire que sentir les doigts d'Ethan sur sa nuque ne l'aidait pas à garder ses esprits. Parfois, il se déplaçait trop vite pour son goût. Elle n'arrivait pas à anticiper ses mouvements. Elle avait l'impression qu'il avait tout juste ouvert le coffre et voilà qu'il lui touchait le cou, la caressait presque en lui ôtant les perles pour les remplacer par des diamants.

Eh ! Il était temps d'atterrir. Ce côté *Pretty Woman*, ce n'était vraiment pas son genre. N'empêche que, au fond, elle était forcée d'admettre que cela ne lui déplaisait pas complètement. Elle remarqua que ses yeux devenaient plus sombres quand il se pencha sur son épaule. Puis, il écarta ses cheveux et la regarda dans le miroir pour guetter sa réaction.

Elle devinait que, avec lui, elle n'aurait que des ennuis.

— L'intensité de votre regard signifie-t-elle que ces diamants vous plaisent ? voulut-il savoir.

— Non. Que je me demande ce qui fait le plus nouveau riche : le collier, ou vous ?

Il émit un petit rire.

— Vous êtes vraiment trop mignonne, commenta-t-il.

Ce mot avait le don de l'exaspérer. Mignonne. C'était bon pour les chiots. Pour les petits lapins. Pour les bébés. Les petites choses. Alors, quand il posa les lèvres à la base de son cou, elle le frappa au visage du revers de la main.

— Bas les pattes, Carrick, jeta-t-elle en s'écartant de lui. Allez, maintenant, descendons et finissons-en avec cette farce.

Ethan ne parut ni étonné ni contrarié de sa réaction.

— Vous êtes assez bonne, dans le rôle de la petite amie dominatrice, constata-t-il.

— Oui. Et vous n'avez pas intérêt à l'oublier.

Ethan accueillit en souriant un dignitaire sud-américain dont le titre lui échappait soudain, puis il posa la main sur le bas des reins d'Alexia.

— Alexia Baldizzi, se présenta-t-elle. Je suis très heureuse de faire votre connaissance, monsieur Raul-Fortunato. Vous avez fait bon voyage ?

— Excellent, répondit l'intéressé avec un grand sourire.

Ils continuèrent de bavarder quelques instants. Alexia débitait des platitudes en affichant un sourire serein comme si elle avait toujours été femme d'homme politique.

Cependant, lorsque M. Raul-Fortunato s'éloigna pour aller se joindre aux autres invités, elle marmonna :

— Cinglé.

Puis, après sa rencontre avec un ingénieur français, elle commenta :

— Encore un dingue.

— Arrêtez, lui conseilla Ethan. Quelqu'un va finir par vous entendre.

— Quoi ? se défendit-elle avec la même innocence feinte. Mais je suis tout ce qu'il y a de plus aimable. N'oubliez pas de me remonter avant l'arrivée du prochain invité. Vous voyez ? fit-elle en bougeant les bras comme un robot et en inclinant la tête avec raideur, je suis une poupée mécanique.

— C'est mieux qu'une poupée gonflable, repartit-il en se retenant de sourire.

— Là, je vais sourire à la cantonade en vous traitant de conard entre les dents. Regardez… voilà… je souris aux gentils invités… Ethan Carrick est un conard. Ça y est. Je suis même capable de faire plusieurs choses en même temps.

Un monsieur d'un certain âge qu'Ethan ne reconnaissait pas fit un petit signe à Alexia en captant son regard de l'autre bout de la salle.

Alexia lui répondit avec un enthousiasme joyeux.

— Salut, vieux fou, murmura-t-elle. Vous n'êtes tous qu'une bande de malades mentaux – et je ne vaux pas mieux, puisque je suis parmi vous.

Seamus jetait des regards noirs à Ethan qui se mordait les joues pour ne pas rire.

— Alexia, je vous suggère de vous détendre et de profiter de la soirée, dit-il sans pouvoir se retenir de lui caresser le bas du dos. Vous êtes très belle, ce soir, au fait. J'aime beaucoup votre derrière dans cette robe. Ça me démange de le caresser.

Ou de lui donner une bonne claque, sur sa peau nue de préférence. L'un ou l'autre lui allait.

— Essayez seulement, et vous êtes mort.

— Oh, allez… Reconnaissez que vous avez envie de moi; rien qu'un petit peu.

Elle se tourna vers lui, les sourcils haussés d'un air légèrement moqueur.

— Non, lâcha-t-elle. Désolée. Pas le moins du monde.

C'était un mensonge. Forcément. Aucune femme ne l'avait jamais éconduit ainsi, d'emblée. Cela commençait à l'agacer. Ou, plutôt, cela l'avait agacé dès qu'il l'avait rencontrée, mais c'était pire maintenant, parce qu'il portait un smoking, qu'il lui avait donné un collier de diamants et qu'elle continuait de le considérer avec le même mépris.

— À quelle heure le dîner sera-t-il servi ? s'enquit-elle. Je meurs de faim.

Il était temps pour elle d'accepter certaines réalités.

— Il n'y aura pas de dîner, répondit-il. Nous sommes des vampires. Nous n'avons pas besoin de nourriture.

Ce dont il avait besoin, c'était de sang. Il commençait de pressentir que seul celui qu'il prendrait à Alexia au cours d'un long et lent rapport sexuel pourrait le satisfaire.

— Rien à manger ? Ça craint, jeta-t-elle avec un regard mauvais. Je vais m'évanouir, si je n'avale pas quelque chose. Je n'ai mangé qu'un yaourt à midi parce que je pensais qu'il s'agissait d'un vrai dîner – je vous rappelle que c'est vous qui avez parlé de dîner. En principe, cela signifie qu'il y aura à manger. Vous auriez dû me prévenir que vous preniez tous une collation avant la soirée.

À l'évidence, ce n'était pas le sexe qui occupait ses pensées…, nota-t-il avec regret.

Au passage, elle saisit une flûte de champagne sur le plateau d'un serveur.

— Pff. Rien à manger. Quelle arnaque !

— Je suis désolé. J'avoue que je n'ai pas pensé à vous avertir. Je vais vous faire monter quelque chose d'un des restaurants du casino. De quoi avez-vous envie ?

— D'un steak au poivre bien saignant et d'une salade verte. J'ai les crocs. Vais-je devoir me cacher dans les toilettes pour manger sans vous faire honte ?

— Dans les toilettes ? répéta Ethan en riant. Mon Dieu ! Certainement pas. Vous pourrez aller dans la salle de repos du personnel de service, au bout du couloir. Et, si quelqu'un remarque votre absence, je dirai que vous êtes allée vous repoudrer le nez.

— Pendant que j'engloutirai mon dîner improvisé ? Génial. Génial, Carrick. Merci infiniment : vous êtes un hôte merveilleux. Je me demande vraiment comment j'ai pu imaginer que je passerais une mauvaise soirée…

C'était ironique, manifestement.

— Vous seriez plus contente si je vous embrassais ? proposa-t-il en essayant de l'attirer à lui.

— Poussez-vous, espèce de satyre.

Elle le fusilla d'un regard haineux.

— J'aime bien la façon dont vos lèvres s'entrouvrent quand vous êtes en colère, la taquina-t-il.

— Vous êtes fou à lier, lâcha-t-elle. Faites-moi monter à dîner.

Sur quoi elle le planta là et alla se mêler aux invités, ce qui revenait à sourire bêtement et faire des mines de candidate à un concours de beauté lorsque quelqu'un lui adressait la parole.

Après s'être rendu compte au bout de quelques secondes qu'il n'avait pas bougé et qu'il restait immobile à reluquer son petit derrière bien ferme, Ethan sortit son portable et lui commanda son steak au poivre. Bien saignant. Parce qu'elle avait les crocs.

Son humour lui plaisait autant que son fichu caractère.

Sept

Alexia parlait échecs avec un Russe plus timbré encore que les autres quand Ethan réapparut à côté d'elle.

— Écoutez, Peter, sauf le respect que je vous dois, vous ne pouvez pas roquer après avoir déplacé votre roi.

Il haussa les épaules avec cette nonchalance si typique de ses compatriotes.

— En quel honneur ?

— Mais c'est la règle !

— Quelle règle ? Vous l'avez sur vous ? Vous pouvez me prouver ce que vous dites ?

— Je n'ai pas la règle sur moi, dans ma robe, mais je peux certainement vous le prouver.

— Il est vraiment dommage que vous n'ayez pas la règle dans votre robe, car, maintenant, je peux vous traiter de menteuse.

Alexia se mit à rire. Peter l'amusait. Il lui faisait penser à un morse arrogant.

Ethan lui prit le bras.

— J'ai quelque chose à vous montrer, ma chère. Peter, si vous voulez bien nous excuser…

— Mais oui, mais oui. Ah, la passion naissante ! s'exclama-t-il avec un grand geste du bras. Rien de tel que les premières flammes du désir réciproque. Allez donc lui montrer votre petit secret, Carrick. Votre vieil ami russe comprend.

Hm. Quelle subtilité.

— Vous l'avez payé pour dire ça ? demanda Alexia à Ethan.

Elle ne savait pas pourquoi, elle l'en croyait capable.

— Non ! se défendit-il. Je suis choqué que vous imaginiez une chose pareille. Vous allez m'attirer des ennuis, mon vieux, ajouta-t-il en donnant un petit coup de coude à Peter.

— Ou la faire tomber dans vos bras, repartit ce dernier avec clin d'œil à Alexia.

— Dans ses rêves, dit-elle sans laisser à Ethan le temps de répondre.

Mais, au lieu de rire ou de se fâcher, il la couva d'un regard de braise – le même que quand il l'avait clouée au sol.

— Oh, mais oui, j'en rêve, fit-il. Souvent.

Zut ! Voilà qu'elle se sentait piquer un fard.

— Ça suffit. Emmenez-moi dîner, ordonna-t-elle. Un vrai dîner, ajouta-t-elle à l'adresse de Peter. Un steak au poivre.

Les épaules d'Ethan se secouaient convulsivement comme s'il se retenait d'éclater de rire. Alexia ne pouvait même pas le réprimander, parce qu'elle était dans le même état.

Au moment où ils sortaient dans le couloir, une grande fille maigre toute en jambes et en cheveux noirs leur fondit dessus.

— Kelsey ! s'exclama Ethan en levant les deux mains pour l'arrêter. Où vas-tu à cette vitesse ?

Tout ce qu'elle parvint à émettre, ce fut un petit cri étranglé.

— Calme-toi, lui enjoignit-il. Qu'est-ce qui se passe ?

Génial, songea Alexia. Voilà qu'une ex allait lui faire une scène. Et elle allait devoir y assister pendant que son dîner refroidissait elle ne savait même pas où.

La brune laissa échapper un sanglot avant de rejeter ses cheveux en arrière, révélant ses joues d'albâtre et ses lèvres rouges. Vraiment rouges. Comme sanguinolentes. Et si brillantes qu'elles semblaient humides. Cependant, son rouge à lèvres ne devait pas être de très bonne qualité, car il avait filé aux commissures et…

— Essuie-toi la bouche, Kelsey, ordonna Ethan en sortant un mouchoir et en le faisant à sa place, comme pour un enfant.

— Oh, pardon, fit-elle avant de fondre en larmes.

Elle pleurait bruyamment, tout le corps agité de soubresauts, et sa poitrine semblait sur le point de faire éclater sa minuscule robe noire.

Alexia jeta des coups d'œil de droite et de gauche en se demandant où pouvait être son dîner et s'il serait mal élevé de poser la question à Ethan. Elle n'avait aucune envie d'assister à la conversation qui allait s'ensuivre.

— Qu'est-ce qui se passe, Kelsey ? répéta-t-il en remettant son mouchoir dans sa poche et en serrant la main de la jeune femme.

— Oh, c'est affreux… Je suis tellement contente de vous avoir trouvé… J'étais avec lui, en train de… euh… manger, quand… quand je l'ai entendu. Il va vous tuer !

Sur quoi elle se remit à sangloter de plus belle.

Voilà qui était bien théâtral. Et bizarre. Bah, de la part d'Ethan et compagnie, cela ne l'étonnait guère.

— Tuer Ethan ? dit-elle. Quelqu'un a proféré des menaces verbales contre M. Carrick ? Cet homme est-il armé ? Faut-il appeler la police ?

— Ce ne sera pas nécessaire, affirma Ethan en frictionnant les bras de Kelsey et en la regardant dans les yeux.

La jeune femme brune fronça les sourcils et inclina la tête sur le côté comme si elle réfléchissait ou tendait l'oreille.

— D'accord, fit-elle. Je sais que je ne dois pas, mais il était… Désolée. Je ne recommencerai pas. De toute façon, ajouta-t-elle avec un frisson, c'était nul. J'avais l'impression qu'il était complètement vide, vous voyez ce que je veux dire ?

— Chut. Descends donc prendre un verre dans la salle de réception. Trouve Seamus et répète-lui ce que tu viens de me dire. Comment l'as-tu laissé ?

Les joues très pâles de Kelsey se colorèrent de rouge.

— Je suis partie, c'est tout. Je l'ai laissé près de mon bureau. Je n'ai pas réfléchi... Oh, je suis idiote, gémit-elle en se cachant le visage dans les mains.

Alexia s'impatientait.

— Si quelqu'un vous a menacé, il faut appeler la police, insista-t-elle. Il arrive que des gens perdent leurs économies de toute une vie au casino, qu'ils deviennent fous et qu'ils tuent le propriétaire ainsi que la moitié des gens présents – employés et clients. Vous ne pouvez pas prendre ce genre de chose à la légère.

— Je ne prends rien à la légère, assura-t-il en lâchant Kelsey pour se tourner vers Alexia. Je vais m'en charger moi-même, avec le service de sécurité du casino. Retournez au cocktail avec Kelsey, s'il vous plaît. J'arrive.

Sans rien ajouter ni attendre de réponse, Ethan se dirigea vers l'ascenseur en sortant son portable et en composant un numéro.

Alexia regarda Kelsey. Elle était encore un peu troublée et mal à l'aise.

— Eh ! remarqua-t-elle soudain. Ce n'est pas vous, la réceptionniste ? Je me souviens de vous; je vous ai vue, hier.

Kelsey hocha la tête.

— Oui, c'est moi. Kelsey.

— Bonsoir, Kelsey. Je m'appelle Alexia. Où avez-vous laissé ce type ? Près de votre bureau, avez-vous dit ? Vous l'avez attaché, ou quelque chose ?

Kelsey se mordit la lèvre et secoua lentement la tête.

Alexia surveillait les chiffres lumineux au-dessus de l'ascenseur. En moins de trente secondes, il était descendu du vingt-sixième au vingt-deuxième, où il venait de s'arrêter. Ethan allait affronter le type en personne. Quel imbécile !

— Vous restez ici, Kelsey-la-réceptionniste, ou vous descendez avec moi ? Parce que, moi, je vais suivre Ethan.

Certes, elle ne l'aimait pas beaucoup, et alors ? Ce n'était pas une raison pour le laisser se faire casser la figure, ou même tuer, sans réagir. Même s'il était très fort, un petit coup de main d'Alexia Baldizzi, ceinture noire de taekwondo, pourrait lui être utile.

— M. Carrick m'a dit d'aller trouver M. Fox. Il faut que je lui obéisse, sinon je risque de me faire renvoyer. De toute façon, je n'ai pas envie de le revoir, ce… cet homme.

— Qui est-ce ? s'enquit Alexia en appelant l'ascenseur.

— Je ne sais pas. Il ne m'a pas dit son nom. Je l'ai rencontré au casino, à la table de black-jack, et nous sommes montés au bureau pour… euh…

Kelsey eut l'élégance de rougir.

— Les détails ne m'intéressent pas, l'interrompit Alexia en levant une main. Vous êtes certaine de ne pas vouloir venir avec moi ? demanda-t-elle en montant dans l'ascenseur.

Kelsey secoua la tête presque violemment.

— Il faut que j'aille voir M. Fox.

— Comme vous voudrez. À tout de suite.

Quand la porte se fut refermée, Alexia ôta ses escarpins à talons aiguilles. Elle en laissa un par terre et brandit l'autre en guise d'arme.

Tout semblait calme au vingt-deuxième étage quand la porte de l'ascenseur s'ouvrit. Mais, au dernier moment, son instinct de conservation la retint. Ne ferait-elle pas mieux de laisser cela à des spécialistes ? Elle risqua tout de même un coup d'œil hors de l'ascenseur – et découvrit Ethan étendu sur le sol de l'accueil.

— M… !

Elle laissa tomber sa chaussure et fit en courant les vingt mètres qui la séparaient de lui.

— Ethan ? l'appela-t-elle en tombant à genoux à côté de lui. Ethan, ça va ?

Les veilleuses qui restaient allumées toute la nuit ne suffisaient pas à éclairer vraiment.

Elle se pencha sur lui, la gorge nouée. Il avait les yeux fermés et ne bougeait pas du tout. Une odeur étrange et familière à la fois flottait dans l'air. Il lui fallut un instant pour la reconnaître. C'était celle du sang. Du sang ! Mon Dieu ! Elle lui palpa la tête pour chercher où il était blessé, puis les épaules, avant d'écarter les pans de sa veste.

— Oh, Seigneur…

Elle eut un haut-le-cœur en découvrant que sa chemise était trempée.

— Ethan ?

On lui avait tiré dessus. La balle l'avait atteint tout près du cœur, à en juger par la déchirure de sa chemise et la tache de sang qui s'étendait à vue d'œil. Par deux fois, peut-être, car il semblait y avoir un second trou légèrement plus haut et à droite. Elle s'empressa de refermer sa veste pour le couvrir et appuya de toutes ses forces sur la plaie pour tenter de contenir l'hémorragie.

Elle sentit le goût brûlant de la peur panique envahir sa bouche. Elle n'avait pas son portable sur elle. Heureusement, le bureau de l'accueil était juste derrière elle.

— Tenez bon, Ethan, j'appelle les secours.

En se relevant, elle se prit les pieds dans l'ourlet de sa robe et heurta la table. Elle décrocha le téléphone en manquant de le faire tomber et appela le 911. Un sifflement lui résonna à l'oreille. Zut ! Il fallait peut-être faire le 9 ou le 0 pour obtenir une ligne extérieure. Elle dut s'y reprendre à trois fois pour réussir à joindre quelqu'un, expliquer la situation et dire où elle se trouvait dans le casino.

— Si son cœur bat encore ? Je ne sais pas.

Elle tira au maximum sur le fil de l'appareil pour se rapprocher d'Ethan et chercher son pouls.

— Je ne sens rien.

C'était mauvais signe.

— Je vous envoie quelqu'un tout de suite, annonça l'opératrice.

— Merci.

Alexia raccrocha et se remit à tâter le cou d'Ethan en quête de son pouls. Il fallait qu'elle le trouve. Il fallait que son cœur batte encore. Il ne pouvait pas être mort. C'était inconcevable.

Il y a cinq minutes encore, il l'exaspérait. Ce n'était pas possible qu'il soit mort.

— Où est votre pouls, nom d'un chien ? Je ne vous aime vraiment pas, vous savez. Mais, tout de même, je ne veux pas que vous mouriez !

Elle ne percevait ni pouls ni battements de cœur. Elle voyait bien que sa poitrine ne se soulevait pas non plus, ce qui aurait indiqué qu'il respirait encore. C'est alors qu'elle sentit les larmes lui monter aux yeux – et cela lui fit un choc. Elle qui ne pleurait jamais, voilà qu'elle sentait de grosses larmes couler sur ses joues. La vue complètement brouillée, elle s'était remise à appuyer sur la plaie. Elle était dans tous ses états.

— D'accord, d'accord, bredouilla-t-elle, je mens. Je vous aime bien. Et je vous ai menti quand je vous ai dit que je ne vous trouvais pas attirant. À chaque fois que vous me regardez, je ressens un drôle de petit frisson de désir. Et, vous avez beau être cinglé, vous restez toujours très poli et vous semblez bien traiter vos employés. Donc vous n'êtes pas un complet salaud, et vous ne méritez pas vraiment de mourir. Vous n'êtes pas mort. Dites-moi que vous n'êtes pas mort.

Elle attendit un instant, même s'il en avait tout l'air et que sa chemise, sa veste et la ceinture de son pantalon étaient maintenant imbibées de sang.

Elle ferma les yeux et retira ses mains.

— Vous n'êtes pas mort, répéta-t-elle d'un ton suppliant. Si ?

— Non. Vous voulez bien appeler Seamus pour moi ? Son numéro est enregistré dans mon portable. Dans la poche de mon pantalon.

Alexia poussa un cri et rouvrit les yeux. Ethan s'était redressé, en appui sur les coudes, les yeux grands ouverts.

— Ethan ! s'exclama-t-elle d'une voix blanche. Comment ? Oh, j'hallucine ! J'ai dû m'évanouir, c'est ça ? Vous voyez, je n'ai pas dîné et j'ai bu trop de champagne. Maintenant, mes rêves l'emportent sur la réalité.

Elle n'avait encore jamais eu d'accès de délire; c'était donc la seule explication possible.

— Très bien, laissez tomber, je vais l'appeler moi-même.

Avec des gestes saccadés, Ethan sortit son téléphone, l'ouvrit et appuya sur un bouton.

— C'est moi. Tu peux intercepter les secours qui vont arriver, s'il te plaît ? On m'a tiré dessus et Alexia a appelé le 911. Oui, tout va bien, merci.

— Hm...

Alexia se mordait l'intérieur de la joue en prenant sur elle pour ne pas céder à une crise d'hystérie.

— Comment se fait-il que vous soyez assis ? Que vous parliez ? Il y a une minute, vous n'aviez même plus de pouls !

Ethan enlevait sa veste et sa chemise trempées de sang. Quand il fut torse nu, elle poussa un cri. Il avait une horrible plaie béante juste au-dessus du cœur.

Cette chair plissée, tout ce sang coagulé, c'était franchement répugnant.

— Quelle horreur ! On se croirait dans le laboratoire de biologie le jour du cours de dissection ! Vous devez souffrir atrocement. Mais comment faites-vous pour tenir assis ? Et pourquoi avez-vous demandé à Seamus d'intercepter les secours.

À mesure qu'elle parlait, sa voix devenait de plus en plus stridente car, là, sous ses yeux, sa blessure était en train de se refermer.

Elle cligna des yeux. Bon. Le champagne, c'était fini. À moins que quelqu'un ait versé une drogue dans sa coupe à son insu.

— Je ne me sens pas très bien, avoua-t-elle.

Car, quand elle rouvrit les yeux, la plaie avait disparu. Elle s'était effacée, sans laisser de trace, comme s'il n'avait même jamais été blessé.

— Alexia, expliqua Ethan en essuyant son torse ensanglanté avec sa chemise roulée en boule et en la regardant droit dans les yeux, je suis un vampire. Vraiment. Je ne joue pas. Je ne fais pas semblant. Je suis un vampire et l'on ne peut pas me tuer avec une balle.

Elle allait se trouver mal, c'était sûr.

— Ha, ha, repartit-elle. Très drôle. C'est un truc, oui. Une farce. Tiens, faisons une bonne blague à cette brave Alexia.

Sauf qu'elle savait que ce n'était pas le cas. Comment Ethan aurait-il pu empêcher son cœur de battre, ou lui faire croire qu'il ne battait pas ?

On lui avait tiré une balle dans le cœur et la plaie s'était refermée. Ce n'était possible que si...

— Je suis un vampire, répéta-t-il.

Et elle qui l'avait copieusement insulté, traité de fou et de menteur. Qui lui avait crié après. Qui l'avait frappé.

— Bon. D'accord. Eh bien, vous en avez, de la chance.

Elle essaya de rire mais ne parvint à émettre qu'une espèce de hennissement.

— En l'occurrence, oui, concéda-t-il en se tâtant la poitrine avec une petite grimace. Je vous assure que mon intention n'était pas de vous tromper. Mais il m'a semblé plus simple de vous laisser croire que nous jouions à une sorte de jeu de rôle.

— Et vous êtes tous des vampires ? Seamus, Kelsey, Peter aussi ?

Elle se sentait trahie, comme si tout le monde était dans le coup, sauf elle. Comme le jour du bal de promo.

— Oui. Tous ceux qui assistent à la réception de ce soir sont des vampires, confirma-t-il. Il s'agit réellement d'une soirée organisée pour collecter des fonds, et je suis réellement président de tous les vampires inscrits sur les listes électorales.

— Chouette.

Quitte à copiner avec des vampires, autant choisir le grand patron. N'empêche qu'elle allait sans doute avoir un peu de mal à s'adapter. Un peu beaucoup.

Ethan ferma un instant les yeux et s'étendit de nouveau sur le sol.

— Excusez-moi. J'ai encore la tête qui tourne un peu. J'ai dû perdre trop de sang.

Alexia ne savait que répondre à cela. « Désolée » lui semblait un peu banal. Du reste, elle ne savait pas comment on redonnait du sang à un vampire qui en avait perdu. Euh... si, elle le savait. Berk.

Ethan était très pâle, immobile, les lèvres entrouvertes, le visage contracté par la douleur. Alexia leva un instant les yeux au ciel. Puis elle essuya ses paumes moites sur sa jupe. Comment avait-elle pu croire fût-ce un instant qu'elle menait une vie ordinaire et monotone ?

— Euh..., proposa-t-elle, cela vous ferait-il du bien de... enfin, vous voyez... si je vous en donnais un peu du mien ? Mais rien qu'un peu, hein !

Quand il rouvrit les yeux, elle avait les joues en feu.

— Vous me proposez votre sang ? demanda-t-il en la scrutant de son regard bleu de nuit. Décidément, vous m'étonnez, Alexia.

Gênée, elle voulut faire machine arrière.

— Eh bien, il s'agit de circonstances exceptionnelles. Je vous le propose pour cette fois parce que, manifestement, vous souffrez, mais ce n'est pas renouvelable. Vous semblez vraiment dans un sale état. Je ferais la même chose pour n'importe qui.

Mensonge.

Il sourit.

— Ce n'est donc pas du tout parce que vous me trouvez attirant ? Ni parce que vous m'aimez bien ? Ni parce que, quand je vous regarde, vous ressentez un drôle de petit frisson de désir ?

Ethan dut faire un effort considérable pour ne pas éclater de rire devant l'air scandalisé et horrifié d'Alexia. Ce n'était pas bien de la taquiner ainsi. N'empêche que, même à peine conscient, il s'était délecté de sa déclaration.

Ainsi, elle était attirée par lui. Il savait donc encore y faire, avec les femmes. Au demeurant, depuis leur rencontre, aucune autre n'avait eu la moindre place dans ses pensées. À près de mille ans, il avait enfin trouvé celle qui le captivait suffisamment pour qu'il songe à elle quasiment à chaque instant.

Et elle l'aimait bien. Cela suffisait presque à lui faire oublier la douleur causée par la balle qui lui avait déchiré la poitrine.

— Si vous n'étiez pas blessé, contra-t-elle, je peux vous dire que c'est moi qui vous ferais mal.

— Je m'en doute. Vous m'éclateriez la tête, c'est ça ?

— Exactement, confirma-t-elle les lèvres tremblantes. Et je vous signale que, sous l'effet du stress, on peut se mettre à dire un peu n'importe quoi. Alors n'allez pas vous imaginer des choses à propos de cette histoire de frisson de désir.

— Bien entendu. Je comprends.

Ethan restait allongé alors qu'il aurait été capable de se relever, qu'il aurait dû le faire sans tarder pour aller visionner l'enregistrement des caméras de sécurité. L'homme qui lui avait tiré dessus devait avoir été filmé en compagnie de Kelsey et au moment où il était monté dans l'ascenseur.

Mais il avait trop envie de profiter encore un peu de la sympathie d'Alexia. Cela faisait une éternité qu'une femme n'avait pas été aux petits soins pour lui. Il aurait fallu pour cela une intimité qui était depuis longtemps absente de sa vie et de ses relations.

— Alors, mon sang, vous le voulez ou pas ?

Il commençait de percevoir une certaine irritation dans sa voix alors qu'elle laissait planer ses mains au-dessus de lui comme si elle avait envie de lui caresser la tête, de l'apaiser.

Il la fixa du regard et tenta de pénétrer dans son esprit. Il n'y parvint pas plus que d'habitude.

— Je ne peux pas, Alexia. Cela vous ferait mal.

Elle fronça les sourcils d'un air d'incompréhension et glissa une mèche de ses cheveux derrière son oreille.

— Comment vous nourrissez-vous, alors, en temps normal ? Vous ne pouvez pas vous servir à droite et à gauche en faisant mal aux gens. Cela se saurait, si les vampires passaient leur temps à mordre tout le monde.

L'image était amusante… Il se redressa un peu.

— Notre nourriture provient essentiellement des banques du sang. Cependant, lorsque nous nous alimentons à une source vivante, nous faisons en sorte qu'elle ne souffre pas. Soit au moyen d'un charme, soit en lui donnant du plaisir pour la distraire.

Voyons comment elle allait prendre cela...

— Un charme ? Comme une transe ? Pas question.

Elle réagissait exactement comme il s'y était attendu.

— De toute façon, avec vous, je ne pourrais pas parce que je ne peux pas lire dans vos pensées. Vous êtes le premier être que je rencontre qui me soit complètement fermé.

Ethan commençait à se douter de la raison, hélas.

— C'est vrai ? Ouah ! Tant mieux. Je n'aimerais pas du tout que vous lisiez dans mes pensées. Cela me mettrait vraiment très en colère.

— Ne vous en faites pas : j'en suis incapable.

Elle le considéra d'un air pensif.

— Alors, pas de charme. Quant à cette histoire de plaisir... je ne suis pas d'humeur, pour le moment. D'ailleurs, je ne sais même pas si vous parviendriez à m'exciter.

En déplaçant son coude sur la moquette humide de sang, il émit un petit grognement.

— Oh, que si, j'y parviendrais, assura-t-il. Mais, pour ne rien vous cacher, je ne suis pas vraiment d'humeur non plus. C'est un peu comme si j'avais reçu une balle dans le corps.

Alexia leva les yeux au ciel.

— Vous ne voulez pas m'accompagner dans ma chambre que je prenne une poche de sang dans le frigo ? enchaîna-t-il en riant. Je vous recommanderai quelque chose à manger parce que, à l'heure qu'il est, votre steak doit être froid. Je vais demander à Seamus de m'excuser auprès de mes invités et nous pourrons dîner pendant que le service de sécurité visionnera les bandes pour trouver les images de mon agresseur. Je veux savoir comment il a réussi à entrer armé dans mon casino.

Alexia sembla avaler sa salive avec difficulté, mais hocha la tête.

— Nous pouvons dîner ensemble ? s'étonna-t-elle. Cool. Un steak, du sang, c'est presque la même chose, au fond.

— Oui, confirma-t-il en souriant.

Elle ne manquait pas de cran, en tout cas. C'était une qualité qu'il admirait.

— Il faut que je vous appelle monsieur le président ? demanda-t-elle en se relevant et en rajustant sa robe.

— Non. Ethan. Mais, si vous avez envie de fredonner *Hail to the Chief* quand j'entre dans une pièce, ne vous gênez pas.

Sur quoi il lui fit son sourire le plus charmeur et se leva. Pas aussi vite que d'ordinaire parce qu'il était un peu affaibli, mais bien plus vite que n'importe quel mortel. À une vitesse que la plupart des yeux humains étaient incapables de suivre.

Elle cligna des yeux.

— Frimeur, l'accusa-t-elle. C'est la dernière fois que je vous offre mon sang; manifestement, vous n'en avez pas besoin.

Pris d'un étourdissement, sans doute dû à tout le sang qu'il avait perdu, il se couvrit les yeux de l'avant-bras et grimaça, avant de se plier en deux.

— Quoi ? Qu'est-ce qu'il y a ? s'écria-t-elle en lui passant un bras autour de la taille. Vous saignez de nouveau ?

Il laissa retomber son bras et lui sourit.

— Non. C'est seulement que j'ai été un instant aveuglé par votre beauté.

Elle resta une seconde bouche bée avant de jeter :

— Espèce d'idiot.

Mais il se rendit compte qu'elle résistait de toutes ses forces pour ne pas rire avec lui.

Huit

Brittany observait le vampire qui se tenait en face d'elle et attendait qu'il lui explique pourquoi il s'était envolé avec elle sur le toit du casino d'Ethan.

Elle n'avait jamais vécu d'expérience pareille à celle-ci, était-elle forcée de reconnaître. Filer dans les airs à une vitesse telle qu'elle ne voyait plus où ils allaient et ne sentait même pas s'ils montaient ou descendaient avait quelque chose de vertigineux et d'éblouissant à la fois. Elle aurait pu comparer cela à des montagnes russes ultrarapides ou, mieux, à cet instant d'exaltation intense qui précédait la jouissance. Sauf que cela faisait deux bonnes minutes qu'ils avaient atterri, qu'elle avait déjà remis de l'ordre dans ses cheveux, qu'elle s'était assise les jambes croisées sur la petite cheminée sur laquelle il l'avait posée et que, maintenant, elle attendait qu'il lui dise quelque chose.

Mais lui restait planté là, à regarder le Strip en dessous d'eux.

— Vous souhaitiez me parler ? lui demanda-t-elle pour l'aider.

On n'était pas toujours à l'aise devant les gens que l'on venait de rencontrer, après tout. D'autant que, la première fois qu'ils s'étaient vus, il avait les crocs plantés dans le cou d'une femme. Ce n'était pas la plus ordinaire ni la plus simple des entrées en matière.

En guise de réponse, il haussa les épaules.

Il devait faire à peu près la même taille qu'elle. Il portait ses cheveux bruns aux reflets caramel un tout petit peu trop longs. Tout de noir vêtu, il était élégant, avec quelque chose d'européen. Il n'avait rien du joueur moyen.

Elle se leva et vint à côté de lui. Malgré la chaleur de la nuit du désert, il faisait délicieux, ici. C'était comme s'ils se trouvaient au-dessus de la touffeur, caressés par un vent léger et très doux. Brittany prit une profonde inspiration. L'air était frais, débarrassé des odeurs et des gaz d'échappement d'en bas.

— Voilà le Stratosphere. Et l'Excalibur, remarqua-t-elle en désignant les grands hôtels du Strip.

La vue était magnifique. Il y avait une certaine magie dans ces millions de lumières qui piquetaient le ciel.

Il la regarda.

— Vous avez toujours vécu à Las Vegas ? s'enquit-il.

— Oui. Ma mère était strip-teaseuse, répondit-elle en souriant. Alexia piquerait une crise si elle m'entendait raconter cela. Elle voudrait faire comme si nous étions nées par génération spontanée. Mais notre mère avait aussi de bons côtés.

— De qui tenez-vous votre sang vampire ? lui demanda-t-il le plus tranquillement du monde.

— De personne.

Elle voulait qu'il la regarde, mais il restait absorbé dans la contemplation de la ville.

— Je n'ai pas de sang vampire, ajouta-t-elle.

Elle en était certaine. Ethan n'avait pas essayé de la mordre une seule fois, encore moins de lui donner du sang.

— Qui est votre père ?

— Je ne sais pas. Un homme avec lequel ma mère a eu une aventure. Je crois qu'elle l'a rencontré au club où elle travaillait.

— Ethan Carrick ne vous a rien dit.

Ce n'était pas une question.

— Si vous voulez savoir si c'est lui qui m'a dit qu'il était un vampire, non. Je l'ai découvert toute seule.

Il émanait de cet homme tant de tristesse, de calme et d'intelligence qu'elle n'y tint plus. Elle lui toucha le bras.

— Comment vous appelez-vous ? Pourquoi n'assistez-vous jamais aux réceptions d'Ethan ?

Il finit par lui accorder son attention.

— Jean-Baptiste Corbin, se présenta-t-il en se penchant très légèrement en avant.

— Vous avez failli vous incliner, n'est-ce pas ? Mais vous vous êtes retenu au dernier moment.

Il hocha la tête.

— Pas de problème : vous pouvez vous incliner devant moi autant que vous en avez envie, assura-t-elle.

Elle pensait même que cela lui plairait beaucoup.

— C'est démodé, objecta-t-il avec un accent français assez prononcé.

— Cela m'est égal. Je ne crois pas que boire du sang soit très à la mode non plus, vous savez. Alors, Jean-Baptiste, quel bon vent vous amène à Las Vegas ? Et pourquoi ne répondez-vous jamais à mes questions ?

— Je suis ici parce qu'il n'y a aucun autre endroit où j'aie envie d'être.

Encore une fois, il ne lui répondait pas vraiment.

— Pourquoi m'avez-vous amenée sur cette terrasse ?

— Parce qu'il faut que vous compreniez que vous ne pouvez pas parler des gens comme moi en présence de mortels. Il faut rester très discrète. C'est tout.

— D'accord.

Il y avait autre chose, elle le sentait. Autre chose qui le tracassait.

— Non, il n'y a rien d'autre, assura-t-il.

— Je n'ai rien dit.

— J'ai capté ce que vous pensiez, précisa-t-il en lui tapotant la tempe de l'index. On perçoit très clairement ce que vous pensez et ce que vous ressentez. J'ai l'impression de lire en vous à livre ouvert.

Elle qui croyait avoir appris à fermer son esprit aux vampires... Pourvu qu'il ne découvre pas combien elle le trouvait séduisant. Ni qu'elle songeait à la femme de la veille au soir et à son expression...

— Quoi ? Quelle expression ? jeta-t-il brusquement en la regardant. Je ne lui ai pas fait mal.

Elle n'avait donc droit à aucune intimité ?

— Je sais que vous ne lui avez pas fait mal. À vrai dire, elle m'a révélé que pendant que vous..., enfin, que vous la mordiez... Elle a eu un orgasme, conclut-elle en le regardant en face.

Jean-Baptiste parut atterré.

— Il ne faut pas parler de ces choses-là ! protesta-t-il.

— Comment voulez-vous que je vous aide, si nous n'en parlons pas ?

Voilà qu'elle avait blessé son orgueil masculin, se rendit-elle compte. Il se hérissa.

— Je n'ai pas besoin de votre aide. Ne vous mêlez pas de mes affaires.

Brittany regarda par-dessus la balustrade. La rue était très loin en dessous d'eux.

— Si je tombais, voulut-elle savoir, vous me rattraperiez ?

Il passa vivement le bras devant elle comme s'il craignait qu'elle saute.

— Bien sûr ! répondit-il.

— C'est bien ce qu'il me semblait, fit-elle dans un soupir satisfait en rejetant ses cheveux en arrière.

« Elle est vraiment très étrange... »

Les pensées de Jean-Baptiste flottèrent jusqu'à elle et elle sut, elle sentit qu'il n'était pas insensible. Sans doute était-il aussi humain qu'elle. Elle lui sourit.

— Et vous savez de quoi vous parlez. Vous êtes encore plus étrange que moi.

— Vous arrivez à lire dans mes pensées ?

— C'est une première, assura-t-elle comme il paraissait horrifié.

— Je pourrais vous tuer.

— Mais vous ne le ferez pas.

— Je pourrais vous vider de votre sang et vous emplir du mien pour que vous deveniez vampire à votre tour.

— Mais vous ne le ferez pas.

Il ne répondit pas tout de suite.

— Je vous ramène, finit-il par dire. Il ne faut pas que vous soyez vue avec moi.

Brittany regarda autour d'elle. Il n'y avait pas un chat.

— Vue par qui ?

— Personne. Je suis banni.

Oh. Elle se rassit.

— Voilà qui a l'air fort intéressant, déclara-t-elle. Dites-moi, Jean-Baptiste Corbin, qu'avez-vous fait pour mériter d'être mis au ban de la société vampire ?

Si elle voulait le savoir, c'était pour pouvoir l'aider, bien sûr. Non, non, elle n'avait pas envie d'effacer d'un baiser la petite ride soucieuse et contrariée qui se dessinait entre ses yeux.

— Il n'en est pas question ! rugit-il. Pour le coup, nous serions tués tous les deux.

— Vous êtes déjà mort, souligna-t-elle.

— Mort pour de bon, pas mort-vivant. Rayé de la surface de la Terre. J'ai certes beaucoup de défauts, mais je ne suis pas suicidaire.

— Quel soulagement ! Venez vous asseoir et raconter à tante Brittany ce qui vous est arrivé, suggéra-t-elle en se tapotant les genoux.

Il haussa les sourcils d'un air surpris. Il n'avait pas l'air de la trouver mignonne, ce qui la déçut. En général, les hommes la jugeaient plutôt attirante. Malgré elle, elle se sentit faire une moue boudeuse. Par réflexe.

Parce que, neuf fois sur dix, avec Alex, cela lui permettait d'obtenir ce qu'elle voulait.

Mais pas avec Jean-Baptiste.

Il secoua la tête – et enjamba la balustrade.

Instinctivement, elle cria. Avant de se rappeler qu'il ne se ferait rien, puisqu'il savait voler.

Dans la foulée, une autre pensée lui vint.

— Jean-Baptiste ! appela-t-elle. Vous ne pouvez pas me laisser là ! Je n'ai aucun moyen de descendre du toit.

Assise dans un fauteuil de cuir bordeaux, Alexia écoutait couler l'eau de la douche en s'efforçant de se reprendre.

Bon. Elle était avec un vampire. Et alors ?

Tout le monde avait ses petites bizarreries. Dieu sait qu'elle-même n'était pas parfaite. Au fond, être vampire, était-ce un défaut ? On pouvait aussi se dire que c'était comme avoir les cheveux bruns plutôt que blonds. Elle n'avait aucune raison de s'enfuir en hurlant de terreur.

Elle n'était pas une mauviette. Il lui était même arrivé de se faire agresser physiquement par des accusés après que le verdict avait été prononcé. Alors, franchement, les vampires ne lui faisaient pas peur.

Ce n'était pas parce qu'elle était petite et menue qu'elle devait se conduire comme une poule mouillée.

Alors, elle posa ses pieds nus sur le canapé et glissa un coussin écossais derrière son dos. Elle aimait bien l'écossais; c'était l'antithèse du velours rouge de l'atmosphère de maison close dans laquelle elle avait grandi. Alors que toutes les autres mères du quartier portaient les tailleurs-pantalons écossais à la mode dans les années soixante-dix, la sienne préférait les shorts très courts, les hauts façon bikini et les talons hauts.

Elle cessa aussitôt de songer à elle quand Ethan revint dans la pièce, ses cheveux blonds encore mouillés, vêtu d'un jean et d'une chemise ouverte. Oooh. Tout à l'heure, il avait le torse couvert du sang qui coulait par sa plaie béante, si bien qu'elle ne prêtait pas attention à grand-chose d'autre.

Maintenant que sa blessure s'était complètement effacée et qu'il n'y avait plus rien pour la distraire, elle était forcée de remarquer qu'il était vraiment très bien bâti. Un peu pâle, mais superbe.

— Vous vous sentez mieux ? lui demanda-t-elle en croisant les jambes en une attitude de défense instinctive.

Parce que, de nouveau, il avait ce regard de braise, cet air terriblement sensuel.

— Un peu fatigué, mais plus propre, en tout cas, répondit-il. Merci. Je suis navré que vous m'ayez vu dans cet état. Et je vous remercie de la rapidité de votre réaction, même s'il n'était pas nécessaire d'appeler les secours.

Il s'assit à côté d'elle sur le canapé et lui sourit.

— Bah, fit-elle, c'est tout naturel.

— Je vous ai commandé à dîner, annonça-t-il. Votre steak devrait arriver d'une minute à l'autre.

— Merci.

Alexia ne pouvait détacher les yeux de son torse. C'était plus fort qu'elle. Elle savait ce qu'elle avait vu. Elle était convaincue qu'Ethan lui disait la vérité sur ses particularités génétiques mais, tout de même, c'était un peu difficile à avaler.

— Vous pouvez toucher, si vous voulez, proposa-t-il. Vous vous rendrez compte qu'il n'y a aucune lésion définitive.

Cela suffit à la faire regarder ailleurs.

— Il n'est pas question que je touche ! répliqua-t-elle.

— Vous avez peur que cela vous plaise trop ?

Oui.

— Non, mentit-elle. Je vous en prie. Vous vous prenez pour qui, Carrick ?

Il se mit à rire.

— Je trouve que vous faites face aux événements de la soirée avec un sang-froid remarquable. En général, quand un mortel découvre la vérité sur mon compte, il pique une crise de nerfs.

Alexia ne savait pas comment elle parvenait à garder son calme, mais elle en était heureuse.

— Cela arrive souvent ? voulut-elle savoir.

— Non, répondit-il en s'adossant à l'accoudoir et en posant une jambe sur le canapé. Cela a dû se produire deux ou trois fois, en plus des quelques personnes auxquelles je l'ai dit. En général, nous nous efforçons de nous fondre dans la masse.

Ce qu'elle aurait voulu, c'est qu'il se fonde dans le canapé pour ne plus le voir, exposé devant elle comme le fruit défendu. Elle avait un mal fou à se retenir de le regarder là où il ne fallait pas. Si elle fixait son torse, elle s'imaginait en train de le caresser. Son entrejambe... mieux valait ne pas s'aventurer sur ce terrain. Ses jambes : elle se voyait en train d'enrouler les siennes autour de sa taille. Et, quand elle plongeait dans ses yeux d'azur, c'est tout un strip-tease qui se chorégraphiait dans son esprit.

Soit il s'était emparé de ses pensées, bien qu'il ait juré être incapable de le faire avec elle, soit elle était complètement détraquée – comment expliquer, autrement, qu'elle puisse être attirée par un vampire ?

Pourquoi n'était-il pas plutôt loup-garou ? Au moins, elle ne l'aurait pas trouvé aussi sexy, elle en était certaine. La fourrure, cela n'avait jamais été son truc.

— Alors... quel âge avez-vous ? Et comment faites-vous pour vous fondre dans la masse en dormant toute la journée et en buvant du sang toute la nuit ?

Combien lui fallait-il ? Avalait-il de grands verres à intervalles réguliers ? Devait-il siroter du sang en permanence ? Ou pouvait-il tenir toute une semaine sans y toucher ?

— Je ne bois pas toute la nuit, répondit-il. Et je suis né en 1107. Mon père était un seigneur normand et ma mère, sa femme, une Anglo-Saxonne.

Alexia avala sa salive, plus perturbée qu'elle ne voulait bien l'admettre.

— La vache ! C'est carrément vieux. Quand je pense que vous faites à peine la trentaine.

— Vous aussi, repartit-il avec un sourire en lui donnant un petit coup de son pied nu dans la jambe.

— Mais, moi, j'ai trente ans, fit-elle valoir. Le millénaire, c'est la nouvelle trentaine, alors ? Vous vous sentez aussi en forme qu'autrefois ?

— À vrai dire, je deviens de plus en plus fort avec l'âge. Dans notre jeunesse, nous sommes relativement faibles.

— Vous devriez faire une fête pour vos mille ans. Ce serait cool.

— Bonne idée. Je n'ai pas vraiment eu le temps d'y penser. J'étais trop occupé par la campagne électorale.

— Je peux avoir quelque chose à boire ? demanda-t-elle.

Il lui faudrait au moins un double whisky, voire toute une bouteille de gin pour se détendre.

C'est alors qu'on sonna à la porte.

— J'ai une meilleure idée, assura-t-il en allant ouvrir. À table.

Un instant plus tard, il posait son steak devant elle. Il était servi avec des pois gourmands et des pommes de terre sautées. Cela sentait très bon, mais il lui semblait grossier de manger devant lui.

— Vous avez déjà… hm… mangé ?

— Non. J'attendais que votre dîner arrive.

— Allez-y. Vous allez mourir d'inanition, avec tout le sang que vous avez perdu.

Même sans le faire exprès, elle le faisait rire.

— Jeu de mots involontaire, assura-t-elle.

— Si vous voulez bien m'excuser un instant, je vais chercher quelque chose à boire, dans ce cas, dit-il.

— Je vous en prie.

Affamée, Alexia attaqua son steak. Un instant plus tard, elle fut surprise de voir Ethan revenir les mains vides.

— Vous ne prenez rien ? s'étonna-t-elle.

— J'ai bu une gorgée dans la cuisine. Je ne voulais pas vous couper l'appétit. Il faut un peu de temps pour s'habituer à l'aspect, l'odeur…

— Je ne pense pas que cela me dérange, assura-t-elle. Ce n'est pas comme si vous faisiez monter un groom pour le mordre comme une vipère. Vous buvez dans une poche, j'imagine ? Souvent ?

— Non, pas dans une poche. Je me sers un verre quand j'ai soif. Quelquefois tous les soirs, quelquefois un soir sur deux. Ou même une fois par semaine. Cela dépend de mon humeur et de ce que je fais.

— Y a-t-il des arômes différents ? Préférez-vous le B+ au O-, par exemple ?

Alexia se prit à se demander quel goût aurait son sang à elle. Un goût de steak au poivre ?

Ethan s'étrangla de rire.

— En neuf cents ans, personne, pas une seule personne ne m'a posé cette question.

— Je suis naturellement curieuse. C'est ce qui fait de moi une bonne magistrate.

— Curieuse, ou fouineuse ?

— Non, pas fouineuse. Vous êtes un peu mordant, je trouve. Non, non ! Ce n'est qu'une expression, se reprit-elle aussitôt.

Ethan rit de plus belle. D'un index rapide, il lui essuya le coin des lèvres. Son geste l'effraya et l'excita tout à la fois. Mais il ne fit rien d'autre que se lécher le doigt.

— Vous aviez une goutte d'eau…, expliqua-t-il.

Alexia se sentit rougir.

— Ne me léchez pas ! protesta-t-elle. Cela ne se fait pas.

— Je ne vous lèche pas, je lèche le doigt avec lequel je vous ai touchée. Et j'ai l'impression que cela vous rend un peu nerveuse. Est-ce parce que je suis un vampire ?

— Je ne suis pas nerveuse, se défendit-elle. Mais, si je l'étais, oui, ce serait parce que vous êtes un vampire. Reconnaissez que c'est un peu étrange, tout de même. Je vous vois saigner comme un bœuf, et, une demi-heure plus tard, vous êtes là, tout mignon, en train de me faire la conversation comme si de rien n'était.

— Je suis mignon? fit-il d'un air ravi. Ma mère me disait toujours que j'avais l'air d'un ange.

Alexia leva les yeux au ciel. Manifestement, même à neuf cents ans, les hommes avaient besoin que l'on flatte leur ego...

— L'amour maternel rend aveugle, sans doute, mais vous n'êtes pas trop vilain, je l'avoue.

— Sois sage, ô mon cœur.

— Mais comment se fait-il que vous soyez blond alors que tous vos petits camarades ont les cheveux noirs? Vous ne correspondez pas à l'image que l'on se fait habituellement des vampires.

— Peut-être. Ce sont eux qui me donnent cet air angélique, sans doute, et digne de confiance. Si mon entourage a les cheveux noirs, c'est pure coïncidence – même si le contraste est un plus. Comme cela, je me détache nettement de la scène politique.

Alexia continua de dîner, pensive. Elle ferait vraiment mieux de regagner sa chambre, de s'éloigner d'Ethan Carrick. Mais, il avait raison : elle était curieuse, limite fouineuse. Elle avait encore un bon milliard de questions à lui poser.

Dans ce cas, il fallait commencer par le commencement : se mettre à l'aise.

— Je n'en peux plus de cette robe, déclara-t-elle. Il faut que je l'enlève.

— Je n'y vois aucun inconvénient, assura-t-il. Même, je trouve l'idée plutôt séduisante, ajouta-t-il avec un sourire lascif.

— Attention, Carrick. Je ne suis pas une petite stagiaire de la Maison-Blanche prête à faire les quatre volontés du président.

— Ah non? Tant mieux. Je n'aimerais pas que vous soyez facile, répondit-il en se levant. Cela dit, si vous le souhaitez, je peux vous proposer quelque chose de plus confortable.

Porter des vêtements d'Ethan ? Hm. Proposition dangereuse. Sa chambre était juste à côté; se changer ne lui prendrait pas cinq minutes. Cependant, si elle se hâtait trop de revenir, elle aurait l'air impatiente de le retrouver, ce qui n'allait pas. Mais l'idée de porter les vêtements d'un puissant vampire à même sa peau que personne n'avait touchée depuis si longtemps avait quelque chose de bien tentant.

— Merci, répondit-elle. Je veux bien.

Brittany serait fière d'elle : elle avait complètement perdu la tête et agissait par impulsion !

— Finissez de dîner pendant que je vous trouve quelque chose. Le pantalon sera trop long, prévit-il. Il faudra faire des revers.

— S'il vous plaît, n'en rajoutez pas. Je suis déjà suffisamment consciente de ma petite taille.

En piquant un morceau de viande, elle le suivit des yeux jusque dans sa chambre.

Pour un vampire, il avait de belles fesses, nota-t-elle. Mais il fallait tout de même être sérieusement détraquée pour être attirée par un homme né avant la découverte du Nouveau Monde, non ? Il était tout de même très, très vieux. Trop pour lui inspirer des coquineries.

Si elle sortait plus, fréquentait plus d'hommes, elle n'en serait pas là.

— Je vous ai mis des affaires dans la salle de bains, annonça Ethan en revenant. Vous pouvez y aller quand vous voulez.

— Tout de suite, alors. Merci pour le dîner, c'était délicieux.

— Je vous en prie.

Comme il restait sans bouger dans le petit couloir, elle dut se glisser à côté de lui et le frôla au passage.

Elle frémit.

— Vous avez froid ? Je peux vous passer aussi un sweat-shirt.

Alexia se trouva hypnotisée par sa bouche, si près de la sienne bien que nettement plus haute…

— Nous sommes au mois d'août, à Las Vegas. Je n'ai pas froid.

Sur quoi elle lui claqua la porte de la salle de bains au nez avant d'être trop tentée de lui sauter dessus.

La pièce était grande et luxueuse, blanc sur blanc avec une robinetterie en nickel. Toute une collection de gels, de savons et de shampooings était alignée dans la douche, et il y avait des perles de bain à côté de la baignoire Jacuzzi.

— Un peu de douceur dans ce monde de vampires..., murmura-t-elle avec un sourire amusé en dégrafant sa robe et en la laissant glisser à terre.

Elle ne portait pas de soutien-gorge. C'était potentiellement dangereux, mais elle ne pouvait pas y faire grand-chose pour l'instant. En petite culotte, elle tendit la main vers le T-shirt qu'Ethan avait laissé pour elle sur le comptoir de marbre. Mais elle avisa une balance électronique sous la coiffeuse. Incapable de résister à la tentation de se faire peur, elle la tira de sous le meuble et monta dessus.

Horreur ! Elle était énorme ! Elle rentra le ventre et jeta un regard assassin aux chiffres lumineux. Elle déplaça un peu ses pieds. En vain. Au désespoir, elle ôta sa culotte. La précision, c'était essentiel.

En remontant sur la balance, elle eut la satisfaction de constater que le petit écran indiquait quelques grammes de moins.

— Ah ! Quand même, marmonna-t-elle. On n'imagine pas combien c'est lourd, la dentelle.

Entendant frapper à la porte, elle sursauta et glissa de la balance sur le sol dans un grand bruit de raclement du métal sur le carrelage.

— Alexia ? Vous avez besoin d'autre chose ?

Eh ! Elle était toute nue. Avec Ethan à moins d'un mètre, de l'autre côté d'une malheureuse porte de bois même pas blindée. Cette seule idée suffisait à faire palpiter la jonction de ses cuisses. La nudité était réservée au bain et au sexe; à l'évidence, c'était la seconde option que son corps souhaitait retenir. Et elle n'avait pas pensé à verrouiller la porte.

— Tout va bien, merci.

Elle s'empressa d'enfiler le T-shirt vert pomme et ramassa sa petite culotte. Une fois l'essentiel caché aussi bien qu'il pouvait l'être par un string de dentelle noire, elle se sentit un peu mieux. Si elle mettait le verrou maintenant, Ethan entendrait le clic et se vexerait sûrement.

— Parfait. Je viens de parler au responsable de la sécurité. Je lui ai demandé de monter les enregistrements des caméras.

— Bonne idée; il faut trouver ce type au plus vite. Vous voulez bien lui demander de monter aussi mes chaussures ? J'en ai laissé une dans l'ascenseur et l'autre quelque part entre l'ascenseur et votre corps ensanglanté. Dans tout cela, je les ai oubliées.

— O.K.

— Euh… Ethan ?

En enfilant le pantalon de survêtement, elle fut mortifiée de découvrir qu'il n'était même pas trop large pour elle. Une femme de sa taille ne devrait-elle pas être plus fine qu'un homme grand comme lui ?

— Vous avez une vue particulièrement perçante ? lui demanda-t-elle. Des yeux laser ? Un truc du genre ?

Mieux valait savoir jusqu'au bout à qui et à quoi elle avait affaire…

Il lui sembla l'entendre sourire quand il répondit :

— Je ne suis pas Superman, ma belle, si c'est ce que vous voulez savoir. Ce n'est pas l'envie qui m'en manque, mais je ne vois pas votre corps nu à travers cette porte.

— Ah.

Elle retroussa le bas du pantalon et, comme Ethan l'agaçait, fit un doigt d'honneur en direction de la porte.

— Vue ! lança-t-il de l'autre côté du battant.

Alexia en eut le souffle coupé. S'il l'avait vue glisser, nue, de la balance, elle allait mourir de honte.

— Vous avez dit que vous ne me voyiez pas ! s'indigna-t-elle.

Cette fois, il éclata d'un rire franc.

— Non, c'est vrai, je ne vous vois pas. Mais vous avez quelque chose de grossier. Je le sens.

Elle avait horreur, absolument horreur que quelqu'un ait le dessus sur elle.

— Dans une minute, je vous casse la figure, le prévint-elle. Ça aussi, je peux vous dire que vous allez le sentir.

— Je meurs d'impatience.

Neuf

Quelques minutes plus tard, en ouvrant la porte de sa suite à son responsable de la sécurité, Ethan souriait toujours. Alexia le faisait rire comme il n'avait pas ri depuis des siècles. Littéralement. Il était devenu trop sérieux, ces derniers temps. Il s'était appliqué à tenir la bride courte à ses émotions, ses besoins, son instinct, ses sautes d'humeur.

Du coup, il en avait oublié de rire, et c'était bien dommage.

— Je vous apporte le CD à visionner, monsieur Carrick.

— Merci, William. Apparaît-il dessus ?

— Oui, confirma l'intéressé en entrant dans la chambre avec un grand carton. Je ne savais pas quelles chaussures étaient celles de Mlle Baldizzi, alors je les ai toutes apportées.

— Comment cela, vous les avez toutes apportées ? fit-elle en s'approchant. Cela vous arrive souvent d'en trouver dans l'ascenseur ?

— Environ trois paires par jour, mademoiselle, répondit-il sans sourciller.

La façon qu'Alexia avait de se tenir à côté de lui, légèrement en arrière, comme s'ils étaient ensemble, plaisait beaucoup à Ethan. Elle donnait l'impression d'être à l'aise en sa compagnie, sous sa protection. Peut-être prenait-il ses rêves pour des réalités, mais elle lui toucha même le bras en tendant la main vers le carton. Elle commença par pêcher un soutien-gorge rouge qu'elle jeta aussitôt par terre.

— Mon Dieu ! Ça, ce n'est pas à moi, en tout cas.

Gardant cette fois les deux mains derrière le dos, elle se pencha sur la boîte.

— Il y a encore trois soutiens-gorge et un string. Pour six ascenseurs ? Mais qu'est-ce qui se passe donc, dans les cabines ?

Ni Ethan ni William ne répondirent.

— Il vous a fallu combien de temps pour accumuler tout cela ?

— C'est ce que nous avons récolté depuis hier, mademoiselle, lâcha le second avec un léger rictus.

Alexia porta la main à sa gorge et fit une moue dégoûtée.

— Il n'y a donc que des dépravés, ici, à part moi ?

— Allons, Alexia, je suis certain que vous êtes capable d'autant de dépravation que n'importe qui, protesta Ethan.

Elle lui jeta un regard noir.

— Retrouvez-vous vos chaussures ? s'enquit William qui semblait prêt à repartir.

— Je les vois, mais elles sont sous un caleçon que je n'ai aucune envie de toucher. Je crois que j'en rachèterai une paire le mois prochain. Merci.

Ethan aurait voulu lui en offrir une, mais il devinait qu'elle l'enverrait promener.

Le responsable de la sécurité ramassa le soutien-gorge et le remit dans le carton.

— Désolé, mademoiselle Baldizzi.

— Ce n'est pas votre faute. Merci pour votre aide.

Elle se tourna vers Ethan et tapota le CD qu'il tenait à la main.

— On voit votre agresseur, là-dessus ?

— Il paraît. Nous allons vérifier. Je vous tiens au courant, William. De votre côté, prévenez-moi quand vous l'aurez identifié.

— Ce sera fait, monsieur Carrick.

Quand il fut sorti, Alexia fit face à Ethan et croisa les bras sur la poitrine pour lui cacher ses tétons.

— Juste une question… vampire ou mortel ?

— William ? Vampire. La plupart des vigiles sont des mortels mais, en tant que responsable de la sécurité, il doit avoir accès à certaines informations.

— Eh bien, j'espère qu'il trouvera vite celui qui vous a agressé. On ne peut pas laisser les gens entrer comme cela dans un casino et tirer sur le patron – ou sur quiconque. Si vous l'avez sur les enregistrements, mon bureau pourra engager des poursuites. En principe, je ne m'occupe pas d'homicides, mais je pourrai assister le procureur général dans son travail. J'ai quand même un taux de condamnations de quatre-vingt-quinze pour cent, vous savez.

Elle avait beau réagir avec beaucoup de maîtrise, elle n'avait manifestement pas songé à toutes les implications de cette affaire.

— Alexia, vous ne pourrez pas engager de poursuites. Il n'y a ni rapport de police ni victime, lui rappela-t-il. Je ne peux pas subir d'examen médical de mortels. C'est pour cela que j'ai demandé à Seamus d'intercepter les secours. Officiellement, aucun crime n'a donc été commis ici. Si nous voulons connaître l'identité du tireur, c'est pour savoir si j'étais réellement sa cible ou s'il m'a touché par accident. Dans un cas comme dans l'autre, nous effacerons sa mémoire pour éviter les soupçons.

— Pff, c'est nul. J'aurais bien voulu envoyer cette ordure en prison.

Elle lui prit le CD et s'approcha du téléviseur.

— Votre lecteur de DVD peut lire ce disque ou il faut le mettre dans un ordinateur ?

— Non, le lecteur, c'est très bien. Mais d'où me vient cette impression que vous adorez mettre les hommes en prison ?

Elle avait l'air franchement déçue, ce qui n'allait pas bien avec ses jolis cheveux blonds, son nez retroussé et ses lèvres roses à croquer. Dans son survêtement et son T-shirt, elle ressemblait davantage à une écolière échappée du cours de gym qu'à un procureur.

N'était l'étincelle dans son regard, qui trahissait l'enquêtrice.

Elle appuya sur le bouton « play » de la télécommande. Il aimait bien sa façon de faire comme chez elle. En général, il intimidait les femmes et elles attendaient qu'il prenne toutes les initiatives. Peut-être pas au lit, pas toujours, mais dans le reste de la vie, oui. Depuis sa mère, aucune ne s'était jamais conduite ainsi chez lui.

Tout compte fait, l'agressivité des femmes modernes avait du bon.

En tout cas, l'attitude d'Alexia lui plaisait beaucoup.

À moins que ce ne soit à cause de tout le sang qu'il avait perdu ?

— Bon. Alors que cherchons-nous ? lui demanda-t-elle sans quitter l'écran des yeux.

Ethan étudia l'image. Un homme d'une trentaine d'années, mince, habillé avec élégance et discrétion, sortait de l'ascenseur. Penché de côté, il parlait en faisant des gestes d'une main.

Alexia inclina la tête d'un air étonné.

— Il parle tout seul ou quoi ?

— Non, à Kelsey. C'est elle qui l'a fait monter, vous vous rappelez ?

Cela constituait une faute grave pour laquelle il pourrait la licencier. Mais Kelsey n'était pas une lumière et il lui avait toujours semblé qu'il valait mieux la garder sous un contrôle relatif que la lâcher dans la nature. Vampire depuis trente ans seulement, elle était encore très attirée par le sang frais. Et puis elle l'avait prévenu de la présence de l'agresseur, même si, sans le vouloir, elle l'avait conduit jusqu'à lui.

— Quoi ? Mais je ne la vois pas ! Elle est avec lui et elle n'apparaît pas sur le film ? C'est trop bizarre.

Elle se laissa tomber dans le fauteuil juste en face de l'écran plat.

Certes, il était curieux de voir un homme parler tout seul. Mais Ethan s'intéressait plus à son visage qu'à ses mains de marionnette qui s'agitaient dans le vide. L'image n'était pas parfaite, loin de là, et les veilleuses n'éclairaient pas suffisamment. Cependant, il avait la quasi-certitude de ne l'avoir jamais vu auparavant.

Alors, pourquoi ce type souhaitait-il sa mort ? S'il croyait qu'une balle pouvait faire l'affaire, soit il ignorait qu'Ethan était un vampire, soit il ne savait pas ce qu'il fallait pour tuer un vampire. À sa façon de tourner la tête, de sourire avec une bonne dose de dédain, de palper ce qui devait être le derrière de Kelsey, Ethan comprit qu'il n'avait affaire ni à un fou, ni à un tueur de vampires autoproclamé. Il n'y avait pas la moindre étincelle dans ses yeux. Rien que du désespoir. Et un froid glacial.

C'était un tueur à gages. Il en était certain.

Maintenant, il paraissait enlacer Kelsey, se plaquer contre elle, l'embrasser. Elle dut heurter le bureau de la réception parce qu'il bougea et que le téléphone tomba sans autre raison apparente.

— C'est vraiment gênant, dit Alexia. J'ai l'impression de regarder un porno paranormal.

De fait, elle était un peu pâle.

— Vous voulez que j'éteigne ? proposa-t-il.

— Non ! Vous voulez rire ? Il faut que je voie ce qui s'est passé.

Pour sa part, Ethan trouvait quelque peu excitant de regarder cette vidéo plus qu'équivoque en compagnie d'Alexia qui, en outre, portait des vêtements à lui. La tête légèrement inclinée sur le côté, elle gardait les yeux rivés à l'écran.

— Le voilà qui remonte les mains sous sa jupe, on dirait ! Oh, il vaudrait peut-être mieux appuyer sur la touche « avance rapide »...

— Comment pouvez-vous dire ce qui se passe alors que vous ne voyez pas Kelsey ?

Bon, d'accord, concéda-t-il intérieurement en se concentrant de nouveau sur les images, il n'y avait pas un gros effort d'imagination à faire pour reconstituer la scène.

— Il fait des gestes saccadés de bas en haut comme s'il tirait sa jupe, expliqua-t-elle en s'adossant à l'accoudoir de son fauteuil. Oh ! Non ! Pitié ! Pas ça ! s'écria-t-elle en levant les deux mains. Il ne va quand même pas sortir son... oh, non ! Beurk !

L'homme avait ouvert sa braguette et brandissait une érection de taille tout à fait honorable face à la caméra. Ethan fit la grimace. Maintenant, l'inconnu donnait des coups de reins. Mieux valait ne pas savoir vers quelle partie du corps de Kelsey…

— Zut ! où est passée la télécommande ? Moi non plus, je ne tiens pas à voir ça.

Tandis qu'il cherchait autour de lui, presque frénétiquement, Alexia se couvrit le visage d'un coussin et se mit à rire. Le tissu étouffait ses hoquets, mais elle avait les épaules agitées de soubresauts.

— Qu'y a-t-il de si drôle ? voulut savoir Ethan.

Il avait fini par mettre la main sur la télécommande mais avait, par mégarde, appuyé sur « arrêt sur image » au lieu de « avance rapide ».

— Zut ! pesta-t-il.

C'était Seamus qui s'y connaissait en électronique; pas lui. Il était bien trop vieux. C'est tout juste si la roue existait, quand il était petit. On ne pouvait tout de même pas lui demander de suivre toutes les avancées technologiques.

Alexia écarta un peu le coussin de son visage pour le regarder appuyer frénétiquement sur tous les boutons de l'appareil et se mit à rire de plus belle.

— Désolée, fit-elle, c'est tellement bizarre et tellement dégoûtant qu'on ne peut qu'en rire. La prochaine fois que je verrai Kelsey, je ne saurai plus où me mettre.

Ethan finit tout de même par trouver le bon bouton et l'homme rejeta la tête en arrière en roulant des yeux extasiés. Hm. Lui non plus ne verrait plus tout à fait sa réceptionniste comme avant, maintenant qu'il avait eu ce petit aperçu de sa vie sexuelle. D'autant que, maintenant, elle buvait le sang de son amant.

Même sans la voir à l'image, il n'avait pas de mal à le deviner. L'homme avait la tête inclinée de côté, le cou tendu. L'extase se lisait sur ses traits. De petites gouttes de sang apparaissaient sur sa peau pour disparaître aussitôt. Et puis, soudain, son visage se tordit comme s'il gémissait de détresse. Les yeux fermés, il était penché, comme suspendu au-dessus du bureau.

C'était le moment où Kelsey s'était enfuie, le laissant à la réception sous un charme insuffisant.

— Mon Dieu, fit Alexia d'une voix sombre en comprenant ce qui se passait. Elle l'a planté là, c'est ça ?

— Oui.

Ethan était gêné. Ce à quoi ils avaient assisté… ce n'était pas la façon dont il voulait présenter son monde à Alexia. Cela n'aurait pas dû avoir d'importance à ses yeux et, cependant, il tenait à ce qu'elle sache que les choses n'étaient pas toujours aussi brutales ni aussi bestiales.

— Alexia…

Elle lui jeta un coup d'œil et l'interrompit.

— Vous vous apprêtez à dire quelque chose d'horriblement gênant pour nous deux, du genre : « Ce n'est pas toujours comme cela, je vous assure… Le nourrissage peut être un échange d'âme à âme, une expérience aussi pure, aussi douce, aussi sensuelle que de faire l'amour avec celui ou celle qu'on aime. »

Il l'aurait dit de façon moins mièvre, mais, dans l'idée, c'était exactement cela. Manifestement, elle l'avait compris et ne souhaitait pas l'entendre l'exprimer à voix haute.

— Non, répondit-il donc avec légèreté. J'allais dire que, quand vous riez, on dirait qu'on torture un corbeau.

Elle se remit à rire, mi-amusée, mi-soulagée, sans doute. Et elle lui asséna un coup de coussin sur le bras.

— Espèce d'idiot !

Un idiot, peut-être, mais qui savait quand faire machine arrière avec les femmes. Il fit avancer le film jusqu'au moment où l'inconnu retombait sur le bureau.

Il regarda autour de lui en remuant les lèvres comme s'il parlait. Sur ses traits, le plaisir avait fait place au trouble et à la colère. Il s'essuya les mains sur son pantalon et se rebraguetta. Puis, il rajusta sa veste et sortit de sa poche des gants de cuir qu'il enfila. Il contournait le bureau quand la porte de l'ascenseur s'ouvrit.

Même s'il n'était pas visible sur l'enregistrement, Ethan savait que c'était lui, qui venait voir ce qui se passait.

D'un geste rapide et précis, l'homme glissa la main dans sa poche intérieure, dégaina un revolver et tira deux fois.

Alexia sursauta.

— Vous avez eu mal ? demanda-t-elle d'un ton inquiet.

— Oui, confirma-t-il. Au moment où j'ai été touché. Ensuite, j'ai perdu connaissance.

Le tireur s'avança en évitant la mare de sang qui se formait sur le sol carrelé. Ethan se rendit compte qu'il avait oublié de demander à William d'envoyer les services de ménage nettoyer. Bah, le responsable de la sécurité était suffisamment intelligent pour penser tout seul à ce genre de détail.

— Le voilà qui fait le signe de croix sur votre corps, murmura Alexia. Avec son arme. Quand je vous dis qu'il y a de vrais dingues, en ce bas monde…

Juste après avoir fait ce geste – bien étrange, en effet, dans de telles circonstances – l'homme rengaina tranquillement son revolver, ôta un gant, appuya sur le bouton de l'ascenseur de l'autre main et disparut.

Toute la scène confirmait les soupçons d'Ethan : c'était du travail de professionnel. Même quand Ethan était apparu, le prenant sans doute au dépourvu, il n'avait pas hésité un instant, ne s'était pas affolé.

Restait la question la plus importante : qui pouvait souhaiter sa mort ?

— Maintenant que je vous ai vu gisant sur le sol dans une mare de sang et que je viens d'assister à cette scène où, même si vous n'apparaissez pas à l'image, on voit comment vous vous êtes fait tirer dessus, il me semble que j'ai le droit de vous poser cette question…, déclara Alexia en repliant les jambes sous elle.

— Laquelle ?

Il ne voyait vraiment pas ce qu'elle allait lui demander.

— Qu'est-ce qui vous a pris, enfin, d'y aller tout seul ?

Soudain, il s'était senti rouillé, enfermé dans une vie monotone qui ne lui convenait pas. Il avait voulu maîtriser la situation par lui-même, pour prouver qu'il en était encore capable. Et puis, distrait par son attirance pour Alexia, il n'avait pas réfléchi. Il avait cédé à une impulsion.

— Vous vous souvenez tout de même de ce que Kelsey a dit, non ? poursuivit-elle. Elle a affirmé qu'il voulait vous tuer, qu'il était vide à l'intérieur. Son rouge à lèvres qui semblait filer était, en réalité, du sang. Vous voyez ce que je veux dire. Vous saviez qu'elle avait mordu un homme dont elle croyait qu'il en avait après vous. Mais vous êtes tellement arrogant que vous avez voulu faire le malin, que vous y êtes allé seul et que vous vous êtes fait tirer dessus.

Le feu aux joues, Alexia gesticulait en parlant.

— Vous vouliez mourir ? Et s'il avait eu un pieu, une épée, une lampe à bronzer ou Dieu sait ce qu'il faut pour tuer un vampire ?

Ethan appuya sur le bouton « éjecter » pour sortir le DVD du lecteur.

— Avec une lampe à bronzer, il n'aurait pas pu me tuer. Et il m'aurait fait moins mal qu'avec une balle, c'est sûr.

Cette idée lui donnait envie de rire. Cependant, il était touché qu'Alexia s'inquiète à ce point pour lui.

— Vous savez parfaitement ce que je veux dire ! répliqua-t-elle. Heureusement que je vous ai suivi.

— Oui, d'ailleurs, qu'est-ce qui vous a poussée à le faire ? Vous n'êtes pas plus maligne que moi. Et si le tireur avait encore été là ? À l'heure qu'il est, vous seriez morte.

Elle pâlit mais releva le menton d'un air têtu.

— Alors vous allez vous contenter de lui ôter la mémoire, c'est ça ? demanda-t-elle. Cela ne me semble pas un châtiment très sévère, pour un homme qui a tenté d'en tuer un autre.

— Vous êtes bien plus sanguinaire que nous, ma parole ! repartit-il. Écoutez, nous avons des lois. Nous ne tuons pas les humains. Nous allons le maîtriser. S'il ne sait pas comment m'éliminer, il ne représentera guère plus qu'une petite contrariété jusqu'à ce que nous l'ayons trouvé. Ensuite, comme je vous l'ai dit, nous le maîtriserons et effacerons de sa mémoire tout ce qui a trait à moi.

Alexia ne paraissait guère satisfaite de sa réponse, elle se mordillait la lèvre et ne cessait de tripoter le coussin sur ses genoux.

— Combien êtes-vous ? s'enquit-elle. Assez nombreux, en tout cas, pour avoir mis sur pied une espèce de système de gouvernement...

Ethan n'hésita qu'un instant. En principe, il ne devait rien révéler aux mortels. Toutefois, avec Alexia, il avait le plus grand mal à respecter les règles.

— Dix mille, répondit-il donc.

— Hou-là. C'est beaucoup plus que je n'imaginais.

Il s'assit à côté d'elle et lui prit le coussin. Elle n'avait absolument pas peur, nota-t-il, amusé.

— Dix mille, ce n'est pas beaucoup. Quand on pense, par exemple, qu'il y a deux milliards de Chinois...

— Hm. C'est vrai.

— Nous sommes suffisamment peu nombreux pour arriver à nous fondre dans la société tout en formant un peuple organisé. La Nation vampire a été fondée afin que nous ne soyons pas découverts et que nous puissions vivre une vie tranquille et heureuse.

Le système fonctionnait bien, assurait le maintien de l'ordre et évitait que le chaos règne chez les morts-vivants. Il permettait également le suivi et la formation des jeunes vampires. Ethan, qui avait connu le monde avant la fondation de la Nation, n'avait aucune envie de revivre l'âge sombre des vampires isolés et malfaisants et des massacres d'humains.

Hélas, ce sens des responsabilités se révélait parfois un fardeau assez lourd à porter.

Ces derniers temps, il avait même mis un frein brutal à sa vie sexuelle.

Il était grand temps que cela change.

Alexia n'avait jamais tellement songé à la question des vampires. Les rares fois où cela lui était arrivé, elle avait toujours imaginé des hommes maussades, vivant dans la solitude, dans des châteaux en ruine, et mordant des animaux quand l'occasion d'attraper au hasard une victime humaine ne se présentait pas.

Ethan ne correspondait pas vraiment à cette image.

Et il ne lui était jamais venu à l'esprit que les vampires pussent être organisés en système démocratique.

— Quelle est votre plate-forme électorale? voulut-elle savoir. Qu'est-ce qui vous différencie de votre adversaire?

Elle n'avait aucune idée des problèmes auxquels pouvaient être confrontés les vampires d'aujourd'hui. La sécurité? Les plans de financement? Les scanners corporels des aéroports?

Il se racla la gorge et posa les pieds sur la table basse. Il n'avait toujours pas boutonné sa chemise. À la distance où il se trouvait, elle aurait pu toucher son torse nu. C'était tentant, pour elle qui n'avait pas eu d'amant depuis six ans. Elle avait le plus grand mal à se concentrer.

— Eh bien, nous sommes favorables à un contrôle de la population alors que notre adversaire est pour un accroissement du nombre de vampires, expliqua-t-il. Il souhaite aussi un retour au nourrissage par contact direct alors que nous estimons qu'il est plus sûr de faire appel aux banques de sang. En gros, je suis pour que les choses restent en état, en améliorant simplement certains points concernant la création d'identité et la sécurité sociale.

— Hm. Et vous croyez que vous allez gagner?

— Seamus, qui a toujours le nez dans les statistiques, estime que oui – mais de peu. Cela dit, dans ce domaine, les prévisions ne sont jamais fiables à cent pour cent, d'autant que Donatelli appartient à une minorité.

— Il est Italien? C'est ce que vous appelez une minorité?

Le président rit de bon cœur de sa question et passa le pouce sur sa lèvre inférieure qu'elle trouva soudain à croquer.

— Ce n'est pas parce qu'il est Italien qu'il appartient à une minorité, c'est parce que c'est un Impur. Autrement dit, il est né mi-vampire, mi-mortel et est devenu vampire plus tard. C'est la voix d'un peuple qui se développe très rapidement.

— Un Impur ? Pas très politiquement correct, comme nom. En mille ans, vous n'avez rien trouvé de mieux ? Pas étonnant qu'ils grinchent et réclament plus de droits. À leur place, j'en ferais autant. Y a-t-il des gens qui militent pour les droits du vampire ? Une Déclaration des droits du vampire et du citoyen ? Tiens, et quel âge faut-il avoir pour être autorisé à voter ? Deux cents ans ? avança-t-elle au hasard.

— Dans des moments comme celui-ci, je trouve assez pénible de ne pas pouvoir lire dans vos pensées. Je suis incapable de comprendre ou de prévoir ce qui va sortir de votre bouche.

Cette remarque lui procura un certain plaisir.

— C'est assez sexy, non ? fit-elle. Cela vous rend fou de ne pas pouvoir fouiller dans mon esprit. Je parie que cela vous excite, même...

La fatigue lui faisait faire n'importe quoi, songea-t-elle aussitôt. Appâter un vampire n'était sans doute pas la meilleure idée qui soit. D'autant qu'il mordit à l'hameçon sans hésiter.

— Oui, cela m'excite, confirma-t-il. À vrai dire, c'est vous qui m'excitez.

Holà ! À quel moment, au juste, avait-il posé la main sur sa cuisse ? Elle ne l'avait même pas vu bouger. En revanche, maintenant, elle la sentait parfaitement glisser sur le coton du pantalon de survêtement qu'elle portait. Le pantalon d'Ethan. Sous lequel elle ne portait qu'un tout petit string.

Se sentant sur le point de céder à la panique, elle se leva.

— Vous savez, dit-elle, je crois que je ferais bien d'aller dormir. Je me sens un peu... submergée.

Ethan lui fit un petit sourire entendu et ironique à la fois.

— Bien sûr. Permettez-moi de vous raccompagner à votre chambre.

Il la prenait pour une idiote, ou quoi ?

— Oh, non, merci. Ça va aller.

En tout cas, cela irait mieux quand elle se serait éloignée de son corps à damner une sainte et de son regard bleu perçant. Elle avait toujours eu un faible pour les yeux bleus.

Elle allait sortir, après avoir ramassé au passage sa pochette sur la table, quand, en un clin d'œil, Ethan se retrouva devant elle et lui ouvrit la porte avec un charmant petit salut.

— Eeeeh ! protesta-t-elle en s'arrêtant net. Ne faites pas cela. Vous voulez que j'aie une crise cardiaque ?

Elle passa à côté de lui en ayant soin de ne pas même le frôler, sortit dans le couloir et se précipita vers sa chambre. Avec la même hâte, elle fouilla dans son sac en quête de sa carte-clé en espérant qu'il n'aurait pas le temps de la suivre.

Peine perdue.

— Laissez-moi faire.

Avant qu'elle ait pu reprendre son souffle pour protester, il avait glissé la main dans sa pochette et ressorti la carte qu'il avait passée dans le lecteur.

Sa rapidité commençait à l'angoisser vraiment. À ce train-là, il pourrait lui faire l'amour avant qu'elle se rende même compte qu'il était dans la pièce – mais quel intérêt ?

— Vous voulez bien ralentir un peu pour la mortelle de base que je suis ? le pria-t-elle. Vous me donnez le vertige.

Ethan ouvrit la porte et, de l'autre main, écarta les cheveux qui barraient le front d'Alexia.

— Excusez-moi, dit-il. Et merci d'avoir appelé les secours quand vous avez cru que j'étais en train de mourir. J'apprécie vraiment votre sollicitude.

Elle aurait dû chasser sa main d'une tape dédaigneuse, mais elle ne parvenait pas à faire venir la colère, ou au moins la contrariété qu'elle aurait dû ressentir. Pour tout dire, elle avait même envie de soupirer d'aise.

— Je vous en prie, répondit-elle. Je ne pouvais pas vous laisser vous vider de votre sang sans réagir.

Il lui avait posé la main sur l'épaule, maintenant, profitant de leur différence de taille. Il la fixait d'un regard sérieux, scrutateur.

— Si vous avez envie de partir, Alexia..., je comprendrai. Ce n'est pas ce que vous aviez imaginé. Il ne s'agit pas d'un jeu.

Cela la fit sourire.

— Je ne vaux pas grand-chose, comme tueuse de vampire, observa-t-elle toujours sur le seuil. Au lieu de vous éliminer, j'ai essayé de vous sauver.

— Je vous trouve bien plus séduisante que cette maigrichonne de Buffy. Tout n'est pas noir et blanc, dans la vie, Alexia. Les bons et les méchants ne sont pas toujours clairement marqués.

Elle s'en était déjà rendu compte bien souvent dans son métier. C'est pourquoi elle n'avait pas envie de sauter sur cette occasion de quitter l'Ava et Ethan Carrick. Il la fascinait. Et puis, cette histoire de gouvernement vampire secret en plein Las Vegas excitait sa curiosité.

Bref, elle ne voulait pas partir. Elle n'avait pas encore obtenu de réponse à toutes ses questions. Certes, elle pouvait s'interroger sur ce qui la poussait à agir aussi impulsivement; toutefois, il lui semblait aussi parfaitement logique de vouloir comprendre le monde d'Ethan.

Elle répondit donc :

— Je vous ai promis de rester et de me faire passer pour votre petite amie. Je serais une dégonflée et une menteuse si je revenais sur ma parole. Et puis, je n'ai pas encore fini de vous cuisiner.

Il haussa les sourcils d'un air surpris.

— Mm. J'avoue que cette perspective n'est pas déplaisante. J'y vois quelque chose d'assez sexuel, un peu pervers sur les bords...

— Attention ! le mit-elle en garde en lui donnant une tape sur le bras. Je suis ceinture noire de taekwondo, n'oubliez pas.

— Oh, je ne risque pas de l'oublier, assura-t-il.

Mais il n'avait pas l'air inquiet. Il semblait se rapprocher d'elle, comme s'il allait...

Oh ! Il l'embrassait. Et c'était merveilleux, cette rencontre parfaite, lente, sensuelle de leur bouche, la douceur un peu autoritaire, l'assurance de ses lèvres sur les siennes. Il avait glissé la main dans ses cheveux. Hormis cela, ils ne se touchaient pas et c'était agréable de s'embrasser ainsi, sans tâtonnement, sans doute, sans hésitation.

Leur baiser se répercutait dans tout son corps en ondes lentes et paresseuses. Et puis, des étincelles de désir s'allumèrent, et, en quelques secondes, s'embrasèrent. Elle ouvrit la bouche, prête à en recevoir plus. C'est alors qu'il se détacha d'elle.

— Bonne nuit, Alexia, dit-il d'une voix râpeuse et chargée de désir.

De crainte de laisser un gémissement sortir de sa bouche, elle se contenta de hocher la tête. Gênée d'entendre son souffle haletant résonner dans le couloir, elle se plaqua une main sur la bouche et rentra dans sa chambre. Les deux poings serrés, Ethan avait un air farouche qu'elle ne lui connaissait pas encore. Il donnait l'impression d'être prêt à la saisir et à la prendre contre le mur si elle ne s'éloignait pas tout de suite.

Elle n'hésita qu'une seconde, prête à l'attirer à elle. Parfois, il était bon de ne pas traîner.

Mais, au même instant, il entrouvrit les lèvres pour prendre une inspiration et, alors qu'il tendait les bras vers elle, elle entrevit ses canines. Des canines vraiment très longues. Des crocs.

Horreur ! Il avait des crocs. Ils n'étaient pas là tout à l'heure, elle en était certaine.

— Bonne nuit, balbutia-t-elle en lui claquant la porte au nez.

Elle n'était pas encore prête à aller jusqu'à la morsure.

Dix

— Je viens d'avoir confirmation par notre contact, monsieur Donatelli. C'est fait.

Plongé dans le Jacuzzi de sa suite au Venetian, Roberto ne daigna même pas soulever les paupières. Descendre dans un hôtel qui tentait d'imiter son pays d'origine avec autant d'opulence que d'inexactitude l'amusait au plus haut point. Ici, quand il parlait italien aux femmes, cela les faisait glousser à tous les coups.

— Merci, Smith, répondit-il à son bras droit. Voilà une bonne nouvelle. Dans combien de temps sera-t-elle officielle, à votre avis ?

— Vingt minutes maxi.

— Parfait.

Roberto s'autorisa un sourire. L'eau brûlante glissa sur sa poitrine quand il changea légèrement de position.

La première étape était accomplie. Excellent.

Il était temps de passer à la deuxième.

Jean-Baptiste s'en voulait un peu d'avoir laissé la fille sur le toit. Tout de même, elle aurait sans doute assez de jugeote pour prendre l'escalier qui lui permettrait de descendre à l'étage inférieur où elle retrouverait les ascenseurs…

Soudain, il s'était senti incapable de rester là, avec elle, un instant de plus. Son enthousiasme enfantin, sa candeur, sa gaieté, ses encouragements avaient fait monter en lui des émotions d'une intensité qui le surprenait. En proie à un mélange de colère, d'agacement et d'attirance, il avait cru étouffer. Il ne savait plus où il en était.

Il était banni. Pour l'éternité. Ses niaiseries de « tante Brittany » n'y changeraient rien.

Plaqué contre le mur, il bougea les pieds. D'une douzaine de centimètres de large seulement, le rebord de la fenêtre de l'étage en dessous n'était pas très confortable. Les taches juste à côté de son coude ressemblaient désagréablement à des fientes d'oiseaux. Le monde était vraiment trop sale.

Cependant, de là où il était, il pouvait surveiller la fille et s'assurer qu'elle avait trouvé l'escalier. Elle n'avait pas l'air du genre à s'affoler, mais l'instinct de survie n'était pas non plus son fort, apparemment. Il suffisait de voir comment elle était restée avec lui si calmement, sans la moindre crainte, à lui proposer son aide – comme si elle pouvait faire quoi que ce soit pour lui. Et comme s'il en avait besoin.

— Gna-gna-gna, fit-il tout haut parce que cela le soulageait.

Il y a cent ans, Jean-Baptiste n'aurait jamais imaginé se retrouver en plein désert, ébloui par les néons, perché sur une fausse fenêtre. Sans doute était-ce le châtiment qu'il méritait pour avoir enfreint les lois de ses semblables.

Grâce à son ouïe très perçante, il entendit Brittany marcher sur le toit. Elle ne l'avait appelé qu'une fois. Depuis, elle pestait à mi-voix contre la grossièreté des hommes en général et la sienne en particulier.

Il est vrai que l'abandonner ainsi n'était pas très galant. Mais elle s'était mise à lui parler d'orgasmes comme à sa femme de chambre, puis avait voulu l'embrasser sur le front comme un gamin en culottes courtes. Il y avait tout de même des limites, et elle les avait franchies.

— Alex ? C'est Brit.

Jean-Baptiste fronça les sourcils. À qui s'adressait-elle donc ?

— Je sais qu'il est tard, poursuivit-elle, mais je voulais savoir comment s'était passée ta petite soirée avec Ethan. Je veux tous les détails. Et je n'attendrai pas jusqu'à demain. Alors raconte.

Il ignorait qui était Alex, mais, ce qu'il avait surtout envie de savoir, c'était comment Brittany faisait pour entretenir une conversation à sens unique avec quelqu'un depuis le toit du casino.

Il sauta sur le côté du bâtiment et s'accrocha au rebord de façon à pouvoir la voir, mais que seule sa tête dépasse du toit. Et il découvrit qu'elle parlait à son téléphone portable.

Évidemment. Il aurait dû y penser. Mais il raisonnait encore souvent comme au XIXe siècle.

— Tu crains ! lança-t-elle dans le minuscule appareil rose.

Elle parlait, étendue sur le dos, les yeux rivés au ciel.

Elle était grande et longiligne, les seins moulés dans son T-shirt, les hanches bien galbées. Une bande de peau dénudée apparaissait au-dessus de sa ceinture. Ses épais cheveux noirs encadraient son visage et tombaient en cascade autour de ses épaules.

C'était une belle femme, pleine de vie, enjouée. Voilà qu'elle riait, en laissant un peu rouler sa tête de côté. Qu'elle souriait. Il percevait l'odeur riche et alléchante de son sang. Son pouls fort et régulier. Il y avait du vampire en elle, sur elle. Pourtant, elle semblait l'ignorer.

Elle était la raison pour laquelle il avait fait ce qu'il avait fait. Elle, et les gens comme elle, débordants de vie humaine.

Et la douleur qui sourdait en lui quand il la regardait.

C'est alors qu'une chose lui vint à l'esprit. Elle serait idéale pour son expérience.

— Tu veux bien me dire ce qui te prend, nom d'un chien ?

Ethan grimaça face à la colère de Seamus. Ils se trouvaient dans le bureau d'Ethan, une grande pièce somptueusement décorée. Confortablement installé dans un profond fauteuil de daim, il sirotait un verre de sang millésimé.

Pendant ce temps, son conseiller faisait les cent pas devant la grande fenêtre. Encore en smoking, il avait tout de même dénoué sa cravate. Ils étaient amis de très longue date. C'était d'ailleurs Ethan qui avait fait de Seamus un vampire, et il était navré de l'avoir contrarié à ce point.

Mais il ne regrettait pas ce qu'il avait fait. Pas vraiment. Parce que, l'essentiel, c'est que, pour la première fois depuis au moins cinquante ans, il se sentait excité, revigoré.

— Je ne pense pas que ce soit aussi grave que tu sembles l'imaginer, Seamus, assura-t-il. Brittany ne s'intéresse pas à moi, de toute façon.

— Tu n'as même pas essayé de la séduire ! Et sa sœur ne convient absolument pas pour la remplacer, Ethan. Elle n'a pas de sang vampire. Cela doit être ton unique raison de sortir avec une femme pour le moment.

Ethan en voyait bien d'autres, et de meilleures.

— D'accord, Alexia n'est pas une Impure. Mais quelle importance ? C'est une mortelle. Cela fait très bien aussi de l'avoir à mes côtés.

Seamus ne parut nullement apaisé. Il brandit son BlackBerry en direction d'Ethan.

— Les sondages sont sans équivoque. Il est vrai que les électeurs veulent un président raisonnable et non-violent. Mais les Impurs sont inquiets; ils veulent avoir la certitude que tu les défendras. Que tu te préoccupes de leur situation. T'afficher avec une mortelle ne résout pas ce problème qui est par ailleurs considérable. Tu représentes la vieille école et tu es opposé à Donatelli qui est partisan, lui, d'un ordre nouveau. Les Impurs sont de plus en plus nombreux à être découverts et transformés en vampires; leur population augmente sans arrêt. S'ils décident de ne pas voter pour toi, tu peux dire adieu à la présidence.

— Je comprends parfaitement.

Et cela ne lui était vraiment pas indifférent.

— Cependant, ajouta-t-il, je ne peux pas séduire une femme uniquement parce que cela va servir ma carrière politique. Je ne peux pas m'obliger à ce genre de manipulation.

— Tu changes de compagne tous les dix ans ou à peu près. Franchement, en quoi est-ce si pénible de faire la cour à une jolie femme ? Elle est gentille, attentionnée, un peu naïve, mais charmante. Je ne vois pas où est le problème.

Ethan fronça les sourcils et inclina son verre pour examiner la robe du sang à la lumière.

— Les femmes avec qui j'ai eu des liaisons, je les désirais. Je ne désire pas Brittany, et cela me met mal à l'aise. Je ne peux pas feindre de m'intéresser à elle. Et je ne peux pas coucher avec elle en lui mentant sur mes sentiments.

— Oh, quelle noblesse ! ironisa Seamus.

Ses cheveux noirs étaient coupés très court, mais il parvint à les décoiffer en passant la main dedans.

— Tu ne le ferais pas non plus, se défendit-il, admets-le. C'est mal. Si Brittany me plaisait, ce serait différent. Mais, celle qui me plaît, c'est Alexia.

Seamus fit la grimace.

— Pff, tu as raison. Je ne le ferais pas non plus. Hélas, je pressens qu'Alexia va être plus un handicap qu'un atout. Elle est un peu… vive.

Ethan se mit à rire. C'était un doux euphémisme.

— C'est précisément ce qui m'excite tant, chez elle.

— Épargne-moi les détails de ton excitation, tu veux ? le pria Seamus en levant les deux mains en l'air. Cependant, si Alexia est déjà au courant de ce que nous sommes, c'est un plus. Être marié avec une mortelle, c'est mieux que de ne pas être marié du tout. Et puis, c'est tout de même la sœur d'une Impure. Il faut que tu parles à Alexia de Brittany, tu sais. Sinon, elle sera furieuse quand elle l'apprendra.

— Il y a beaucoup de choses dont il faut que je lui parle, confirma-t-il. Mais j'essaie d'y aller en douceur.

Ce soir, il avait bien failli lui sauter dessus, pourtant. Mais il était trop tôt, il le savait, même si son corps semblait d'un autre avis. Il devrait être reconnaissant à Alexia de lui avoir claqué la porte au nez.

— Assieds-toi, enjoignit-il à Seamus, et prends un verre. Tu es bien trop tendu, et tu commences à me taper sur les nerfs.

Tout en buvant, il réfléchit à ce que lui avait dit son ami. Certes, il avait discuté avec Seamus d'une stratégie concernant Brittany. Cependant, au fond de lui, il n'avait jamais réellement envisagé de l'épouser. Même avant de savoir qu'ils n'étaient pas du tout faits l'un pour l'autre.

En plus de neuf cents ans, il ne s'était jamais marié, même avec une mortelle. Du reste, la perspective d'épouser une mortelle ne le tentait pas plus aujourd'hui qu'autrefois. Certains vampires convolaient avec des humains pour une courte période – dix, vingt ans –, puis ils les quittaient ou divorçaient quand leur conjoint vieillissait et devenait mal à l'aise de leurs différences physiques. Ces unions provisoires avaient toujours paru trop peu satisfaisantes à Ethan. Il lui semblait que, au bout du compte, on se retrouvait plus seul encore qu'on ne l'était auparavant.

Toutefois, les mariages entre vampires étaient plus rares encore, car il s'agissait d'un lien qui ne pouvait être rompu. Beaucoup hésitaient donc, et c'était compréhensible, à s'engager pour l'éternité. Comment tenir encore six siècles ou plus une fois les flammes des débuts éteintes ? Certains, cependant, s'y risquaient. Ceux-là parlaient d'une certitude d'avoir trouvé leur moitié. Leur destin. Leur grand amour.

Pour Ethan, c'était cela, ou rien. Certainement pas, en tout cas, un mariage tiède avec une mortelle quand il pourrait vivre une passion éternelle avec une vampire.

— Ne nous emportons pas, Seamus. Je ne suis prêt à demander personne en mariage pour l'instant. Il est vrai que je suis fasciné par Alexia Baldizzi, mais c'est tout.

Même s'il avait quelques soupçons. En l'embrassant, il avait éprouvé une chose qu'il n'avait encore jamais ressentie. Et qui le troublait profondément. Une… une certitude.

Comme s'il avait rencontré son élue, sa moitié.

Seamus le considéra quelques instants, les mains enfoncées dans les poches de son pantalon de smoking.

— Tu pourrais la transformer en vampire, suggéra-t-il.

Ethan ne pouvait nier l'excitation qui le gagnait à cette idée. Une idée qui lui était d'ailleurs déjà venue – et à laquelle, passé le premier moment d'enthousiasme, il avait mûrement réfléchi… avant de la rejeter.

— Peut-être, répondit-il, mais ce serait mal, et tu le sais.

— Il ne s'agit pas uniquement de toi, Ethan, mais de nous tous. De notre vie. De notre avenir.

Il s'étrangla de rire.

— Doucement sur le mélo ! repartit-il. La fin du monde tel que nous le connaissons ne repose pas sur ma vie amoureuse. Et, si jamais c'est le cas, notre espèce mérite de disparaître.

Seamus ne rit pas. Ethan se rendit compte que, tous les deux, ils étaient devenus bien coincés. Jusqu'à ce qu'Alexia fasse irruption dans sa vie.

— Bon, parlons d'autre chose. De celui qui a essayé de te tuer, par exemple.

— Bonne idée. Donne-moi le rapport du service de sécurité; je meurs d'envie de savoir qui a fait le coup.

— Très drôle, fit Seamus sans conviction. Tu sais que tu es mignon, quand tu t'y mets ?

Ethan secoua la tête, amusé. Il lui semblait que tout, que toutes ses pensées le ramenaient à Alexia.

— Tu es la deuxième personne, aujourd'hui, à me dire que je suis mignon…

Quand c'était elle qui l'avait dit, cela lui avait bien plu…

Surpris, il se frotta le menton.

Grands dieux ! c'était pire qu'une crise existentielle. Il était en train de tomber amoureux.

S'il n'y prenait pas garde, il allait bientôt lui offrir des fleurs, mettre un genou à terre, se ridiculiser. Il lui réciterait des vers et lui demanderait une boucle de ses cheveux. Il la suivrait partout et son envie de la mettre dans son lit virerait à l'obsession.

Ce serait l'enfer.

Il n'était pas question qu'il cède à ce genre d'impulsion débile. Il avait vécu neuf cents ans sans tomber amoureux; il devrait pouvoir tenir encore au moins autant.

Sauf si Alexia était la femme de sa vie. Dans ce cas, le choix ne lui appartiendrait plus.

Il se rappela la façon dont la tête lui avait tourné, dont son cœur s'était gonflé d'émotion quand il avait posé les lèvres sur les siennes. La façon merveilleuse dont elle s'était laissée aller contre lui en soupirant et comment son corps à lui s'était tendu d'impatience. Combien elle le fascinait...

Hm. Il semblait bien parti pour se ridiculiser.

— Il n'y a rien à raconter, affirma Alexia à Brittany pour la troisième fois en faisant les cent pas dans sa suite, toujours vêtue du T-shirt et du pantalon de survêtement d'Ethan. Nous avons assisté à une espèce de réception avec des types très collet monté en smoking.

Ensuite, Ethan s'était fait tirer dessus, lui avait révélé son vampirisme et l'avait embrassée. Mais il ne s'était rien produit d'important dont il faille mettre Brittany au courant.

— Où es-tu, Brit ? lui demanda-t-elle. On dirait que tu es sur la piste d'atterrissage d'un aéroport et qu'un avion gros-porteur te passe au-dessus de la tête.

— Non, je suis dans mon patio – et un avion passe effectivement au-dessus de ma tête.

— Ah. Eh bien, va te coucher. Tu ne travailles pas, demain ?

Alexia était bien contente d'avoir pris une semaine de congé. Elle ne voyait pas comment elle pourrait se concentrer sur une affaire d'agression quand elle avait l'esprit occupé par le fantastique. Une campagne électorale chez les vampires. C'était dingue.

— Demain, c'est dimanche, lui rappela sa sœur. Donc, non. Mais tu es bien sûre qu'il ne soit rien arrivé d'intéressant ? J'ai comme l'impression qu'Ethan est très attiré par toi. Il n'a pas essayé de t'embrasser, ni rien ?

— Si, une fois.

Elle aurait préféré ne pas le révéler, mais elle était incapable de mentir à sa sœur. Personne ne comptait plus dans sa vie. Elle avait toujours joué franc-jeu avec elle, même quand leur mère avait fait cette overdose fatale.

Le cri surexcité qu'elle poussa faillit percer le tympan d'Alexia.

— Aleeeeex ! C'est troooop...

Il y eut un bruit confus. Alexia attendit en se massant les tempes. La situation était affreusement gênante. Elle avait embrassé un vampire. Voilà ce qui arrivait quand on restait trop longtemps célibataire.

— Brit ? Tu as lâché le téléphone ?

— Non, je n'ai pas besoin d'aide. C'est ma sœur. Enfin, merci, c'est gentil.

— À qui parles-tu ?

À un voisin, sans doute, qui avait dû s'inquiéter en l'entendant hurler à 1 heure du matin.

— Hm ? Oh, je suis si contente qu'Ethan et toi vous entendiez bien... Je crois qu'il a vraiment besoin de quelqu'un comme toi.

Selon Ethan, ce qu'il lui fallait, c'était une épouse. Il n'était pas question qu'elle s'engage dans cette voie. Elle avait toujours su qu'elle ne se marierait jamais. Au demeurant, il n'avait rien suggéré de tel. Mais, si elle perdait la tête au point d'envisager de convoler, ce ne serait certainement pas avec un mort-vivant.

— Oui, il est sympa, concéda-t-elle. Maintenant, je voudrais aller me coucher, s'il te plaît.

— Pas de problème. On se voit demain ?

Il y eut de nouveau un bruissement quand sa sœur écarta le téléphone de son oreille et dit :

— Ne partez pas. Je raccroche.

— À qui parles-tu ?

Alexia l'avait arrachée de force à la compagnie des vampires. Si c'était pour apprendre qu'elle se trouvait maintenant avec un quelconque rustre, elle allait être très, très contrariée.

— À toi, répondit Brittany avec un rire de gorge. Non, pas à vous. À elle.

— Tu sais quoi ? grogna Alexia. Cette conversation me dépasse. Je vais me coucher. Bonne nuit. Je t'aime. Ferme bien ta porte à clé. À demain.

— Bonne nuit, Alex. Moi aussi, je t'aime. À demain.

Après avoir raccroché, Alexia se rendit dans la salle de bains pour se brosser les dents.

L'esprit encore agité de mille pensées, craignant de ne pas pouvoir s'endormir, elle décida de relever ses e-mails sur son téléphone portable.

— Dix-sept messages seulement, remarqua-t-elle tout haut. Soirée tranquille.

Il n'y avait rien d'intéressant. Que des messages idiots de ses collègues qui étaient incapables de prendre une décision seuls et des spams. Plus une invitation à rejoindre un groupe.

Qu'est-ce que c'était que ce truc ? Expéditeur : Le Rédempteur. Ce ne devait pas être pornographique. La curiosité l'emportant sur la raison, elle cliqua sur le message.

> « Bonjour ! Vous avez reçu une invitation de tueursdevampires@yahoogroups.com. Nous faisons partie d'un groupe ayant pour but la destruction des morts-vivants. Rejoignez-nous sur ce forum privé pour des discussions animées et l'élaboration de stratégies. Cette invitation expirera dans sept jours. »

Alexia relut le message pour s'assurer qu'elle avait bien compris. C'était trop bizarre. Elle double-cliqua sur le nom de l'expéditeur (Le Rédempteur). Son adresse e-mail apparut. leredempteur@yahoo.com. Cela ne lui apprenait pas grand-chose, si ce n'est qu'il avait une haute opinion de lui-même.

Instinctivement, elle jeta un coup d'œil aux rideaux ouverts de sa chambre et les ferma. Elle était au vingt-troisième étage, mais tout de même. On ne savait jamais. D'ailleurs, elle se sentit mieux. Cet e-mail lui donnait l'impression un peu angoissante que quelqu'un l'observait.

Qui pouvait savoir qui elle était ? Connaître son e-mail ? Savoir qui était Ethan ?

Elle prit la clé de sa chambre et son téléphone, sortit dans le couloir et frappa à la porte d'Ethan. Il fallait qu'il voie cela.

Elle eut beau tambouriner, il ne répondit pas. Évidemment. Puisque c'était un vampire, il devait dormir le jour et travailler la nuit. Impossible de savoir où il se trouvait.

— Zut ! maugréa-t-elle tout haut.

Elle retourna dans sa chambre et prit un Coca dans le minibar. Elle ouvrit la canette et but une gorgée si longue qu'elle lui fit venir les larmes aux yeux. Puis, elle s'assit dans le canapé du petit coin salon.

Et elle cliqua sur le bouton « Rejoindre ce groupe ! ».

Quatre heures plus tard, le sommeil finit par l'emporter et elle s'endormit sur le canapé, son téléphone à la main.

Onze

Ethan se réveilla en sursaut. Il s'assit dans son lit en balayant du regard sa chambre plongée dans l'obscurité, cherchant à analyser ce qu'il avait senti. Fils de guerrier, il avait lui-même lutté sur les champs de bataille. Et son instinct de mort-vivant l'avait déjà averti de maints dangers. Bien qu'il n'ait plus besoin d'arme, car il était capable de terrasser n'importe quel mortel ou jeune vampire à mains nues si nécessaire, il conservait tout de même l'habitude de chercher son poignard derrière sa tête.

Nu, le bras tendu, dans le même état que si on lui avait jeté un seau d'eau glacée à la figure, il se rendit compte que l'on frappait brutalement à sa porte.

— Ethan ! Levez-vous, nom d'un chien !

Il se détendit aussitôt et soupira en se frottant les yeux. Il ne s'agissait pas d'une menace; c'était simplement Alexia qui ne respectait ni son sommeil ni son intimité pourtant sacrés. Peut-être que, s'il ne réagissait pas, elle s'en irait. Le sommeil était un luxe qu'il avait découvert assez tard dans la vie – quand il avait eu suffisamment de temps et d'argent et que sa sécurité était assurée –, et auquel il s'était vite attaché. Désormais, il aimait dormir huit heures d'affilée sans être dérangé.

Là, il devait en être à quatre.

Il resta immobile et retint son souffle. Il n'y avait plus de bruit. Avec un peu de chance, elle était retournée dans sa chambre. C'était l'un des inconvénients des relations avec les mortels : ils étaient éveillés le jour, ce dont il avait perdu l'habitude.

Il se concentra pour essayer de pénétrer dans son esprit. Comme elle ne le voyait pas, elle se méfiait peut-être moins. Mais il ne trouva rien. Ni sentiments, ni bribes de pensée. Pas même une indication de son tempérament, de son humeur ou de son attitude. Rien.

Qu'il était frustrant de ne pas valoir mieux qu'un quelconque mortel, en face d'elle ! De se trouver privé de l'un des dons les plus précieux des vampires !

Sauf si le silence indiquait qu'elle était repartie.

— Ethan ! Allez, il faut que je vous parle !

Pff, on pouvait toujours rêver. Il se leva et s'étira en grognant. Il se sentait léthargique, fatigué. Peut-être à cause de tout le sang qu'il avait perdu la veille au soir. Ou à cause de ce petit bout de femme obstinée et bruyante qui l'avait arraché au sommeil.

Sans prendre la peine de s'habiller, il alla à la porte. Puisqu'elle le forçait à se lever, il allait falloir qu'elle le prenne comme il était. En tenue d'Adam.

La perspective de la choquer lui procurait une excitation certes un peu perverse. Malgré ses neuf cents ans, il manquait encore un peu de maturité dans ses rapports avec les femmes…

Il ouvrit, conscient d'afficher sans doute un sourire narquois.

Alexia se figea, la main en l'air, prête à frapper de nouveau. Elle portait un jean et un débardeur qui flattait tout particulièrement sa poitrine et lui donna envie de lui sucer, de lui mordre les seins jusqu'à la faire gémir.

— Ah, dit-elle en battant des cils d'un air innocent, vous voilà. Vous dormiez ?

— Oui. En quoi puis-je vous être utile, ma chère ?

Il s'appuya à l'encadrement de la porte et croisa les bras et les chevilles.

Elle baissa les yeux. Alors qu'il s'attendait à la voir rougir et prendre des airs de délicatesse exagérée, elle le regarda fixement et inclina un peu la tête sur le côté. Il y avait un peu de surprise, peut-être, dans son expression – mais surtout un vif intérêt.

Qui déclencha chez lui une réaction immédiate.

Ce que voyant, elle se passa le bout de la langue sur les lèvres en remettant une mèche blonde échappée derrière son oreille. Certes, il ne parvenait pas à lire dans ses pensées, mais il n'avait aucun mal à déchiffrer le désir sur son visage. Ou, en tout cas, une curiosité sexuelle… flagrante.

— Érection matinale ? demanda-t-elle sans détourner les yeux.

— Sans doute.

— Hm.

Elle émit un petit bruit de gorge.

— Impressionnant, commenta-t-elle. Je suis forcée de l'admettre.

On lui avait déjà fait compliment de ses discours politiques. On avait admiré sa bravoure sur les champs de bataille. La Nation vampire l'avait choisi comme chef. Pourtant, rien de tout cela n'avait flatté son ego autant que ce regard admiratif qu'elle posait sur sa virilité.

— Entrez, Alexia, fit-il en la prenant par le bras.

— On ne tire pas ! protesta-t-elle en se dégageant brusquement.

— Je ne tirais pas, se défendit-il, exaspéré. Je vous encourageais à avancer.

En guise de réponse, elle leva les yeux au ciel d'un air excédé.

— Quelle heure est-il ? grommela-t-il en claquant la porte dès qu'elle fut entrée.

— Dans les 15 heures, répondit-elle en allant ouvrir le minibar – qu'elle referma aussitôt avec un cri étouffé. Beurk ! il n'y a que des poches de sang, là-dedans. Moi qui espérais trouver un soda light…

— Alors, qu'est-ce qui me vaut le plaisir de votre visite ? s'enquit Ethan en s'asseyant dans le canapé. Je ne vous attendais pas avant ce soir.

Au fond, il était heureux qu'elle soit en avance. A tel point qu'il ferait bien de se demander pourquoi.

— Vous ne comptez pas vous habiller, on dirait ? Remarqua-t-elle en se relevant, une main sur la hanche.

— Non. Dès que vous serez partie, je me remettrai au lit.

— Ah ? Vous ne dormez pas dans un cercueil, alors ?

— J'ai arrêté au XVIIe siècle, et je peux vous dire que cela ne me manque pas. On ne dort pas très bien, sur une planche de bois.

— J'ai lu sur Internet que les vampires ne pouvaient pas rester éveillés le jour. Qu'ils tombaient dans un sommeil semi- comateux. Cela vous arrive ?

Cette fois, ce fut lui qui fut tenté de lever les yeux au ciel.

— Je vous parais dans le coma ?

— Non. Vous avez l'air tout à fait prêt à l'action…

— Eh bien, cela répond à votre question. C'est peut-être le moment de dissiper quelques malentendus concernant les vampires.

— D'accord. Mais je veux d'abord savoir si vous avez du nouveau sur le type qui vous a tiré dessus.

— Non, pas encore. J'imagine que nous en saurons plus ce soir.

— Cela arrive souvent, que l'on essaie de vous tuer ?

— Presque jamais, assura-t-il. Rarement plus d'une fois par siècle.

Elle fronça les sourcils et esquissa une petite moue délicieuse qui lui donna envie de lui dévorer les lèvres.

— Ethan, qui est au courant, pour vous ? Les vampires, je veux dire. Qui sait qu'il y a des vampires à Las Vegas ?

— Personne.

Sin City – la cité du vice – constituait une couverture idéale. Dans une ville de néon où tout, des casinos aux boutiques, en passant par les restaurants ou les banques, était ouvert vingt-quatre heures sur vingt-quatre, personne ne s'étonnait de le voir se promener dans son établissement la nuit plutôt que le jour.

Toutefois, sa réponse ne sembla pas enchanter Alexia. Elle se mit à tirer nerveusement sur son débardeur.

— Vous vivez tous ici ?

— Non. Il y a des vampires partout dans le monde. Éparpillés, nous sommes moins repérables. Et puis, nous sommes issus de cultures différentes, nous ne parlons pas tous la même langue. La plupart d'entre nous souhaitent rester près de l'endroit où ils sont nés et ont vécu leur vie de mortel.

Elle faisait les cent pas dans la pièce, manifestement agitée. Il lui fallait des réponses, Ethan en avait conscience. Cependant, il savait aussi que trop d'informations trop vite risquait de la submerger et de l'éloigner de lui. Ce qu'il voulait à tout prix éviter.

— Alexia, avez-vous envie de visiter le casino ? proposa-t-il. Si je vous servais de guide, cela nous donnerait l'occasion de bavarder.

— Je ne joue pas. Je ne bois pas. Je déteste les numéros de strip-tease. Et je ne raffole pas non plus de la fumée, ni du bruit des machines à sous.

— Pourquoi habitez-vous à Las Vegas, alors ?

Elle s'arrêta net et le regarda, surprise.

— Je ne sais pas, avoua-t-elle. Sans doute parce que j'y suis née et que j'y ai passé mon enfance. Je n'ai jamais vécu ailleurs. Et aussi à cause de Brittany.

Il se demanda si c'était le moment d'aborder le sujet délicat du statut d'Impure de sa sœur. Alexia semblait avoir complètement oublié ce détail qu'il avait évoqué lorsqu'elle croyait encore qu'il s'agissait d'un jeu.

— Votre père et votre mère habitent toujours ici ?

Elle eut une moue ironique avant de répondre :

— Non. Mon père est parti quand ma mère lui a appris que sa petite fille qui venait de naître, Brittany, n'était pas de lui. Et il n'a plus jamais donné signe de vie. Alors que, moi, j'étais bien sa fille légitime.

Ethan se leva. Soudain, il regretta d'être nu. Il aurait voulu la prendre dans ses bras. Sous cette carapace dure et déterminée, il se rendait compte que, au fond d'elle, elle avait beaucoup souffert, et qu'elle souffrait encore terriblement. Il n'était pas du genre à traîner derrière lui toutes les blessures de son passé; cependant, il comprenait sa solitude.

— Quant à ma mère, poursuivit-elle, elle est morte d'une overdose. Elle était strip-teaseuse, ajouta-t-elle avec un regard de défi empreint d'une certaine fierté.

Il n'alla pas plus loin. Elle n'apprécierait certainement pas sa pitié qui ne ferait que l'éloigner de lui.

— Ça rapporte bien, non ? observa-t-il avec une nonchalance appuyée. Ce n'est pas mal, pour élever deux enfants, quand on est mère célibataire.

C'était ce qu'il fallait dire, même si cela allait à l'encontre de son instinct protecteur.

Alexia laissa échapper un éclat de rire.

— Taisez-vous et mettez un pantalon, Carrick.

N'empêche qu'il l'avait vue sourire juste avant de tourner la tête. Et il eut soudain l'impression qu'il venait de lui arriver une chose qui aurait des conséquences très profondes.

Le moment était venu d'apprendre des vers.

Il avait trouvé une femme à sa mesure.

Quand Ethan lui tourna le dos pour se rendre dans la salle de bains, offrant à sa vue des fesses irréprochables, bien musclées et, pour tout dire, très sexy, Alexia siffla, deux doigts entre les lèvres, rien que pour le déstabiliser.

Il s'arrêta.

— Vous savez, lui lança-t-il par-dessus son épaule, pour une femme qui affirme qu'elle ne me trouve pas attirant, vous avez quand même beaucoup tendance à me reluquer.

Quelquefois, il faisait vraiment très vieux jeu.

Et pour cause… Cela lui rappela à qui elle avait affaire. Tout aurait porté à croire qu'ils jouaient à faire semblant. Sauf qu'Ethan s'était vidé de son sang sous ses yeux et que, vingt-quatre heures plus tard, il se trouvait devant elle en pleine forme, sans une égratignure. C'était donc la réalité.

Elle ne put aller plus loin dans sa réflexion, car elle se retrouva brusquement plaquée contre le corps nu d'Ethan.

— Qu'es…

Il lui coupa la parole d'un baiser, un baiser à pleine bouche qui lui fit ravaler sa question et l'incita à se serrer plus étroitement encore contre lui.

— Vous m'excitez, vous savez, murmura-t-il en l'embrassant dans le cou.

Elle laissa retomber sa tête en arrière, l'entrecuisse en feu, le souffle court, au comble de l'excitation. Oh, il savait ce qu'il faisait. Les siècles d'expérience, sans doute…

Quand il lui lécha l'oreille, elle se sentit toute chaude, humide, envahie.

— J'ai beaucoup de mal à vous résister, avoua-t-il dans un souffle.

— Il me semble que vous n'y arrivez pas du tout…, observa Alexia qui en profita pour plaquer les deux mains sur ses fesses.

Oh, qu'elles étaient fermes…

— C'est vrai.

Il tira sur son débardeur pour le faire descendre et suça le renflement de son sein.

— Mm…, fit-elle.

Elle avait les jambes en coton. Le désir faisait pointer ses seins. Dieu ! que c'était bon. Rien ne valait ces brûlants baisers de vampire.

Quand il prit son téton dans sa bouche à travers son soutien-gorge, elle crut qu'elle allait entrer en lévitation.

Et, tout en traçant des cercles du bout de la langue autour de son mamelon durci, il parvint à glisser son érection entre ses cuisses. C'était parfait. Malgré la barrière de son jean, Alexia le sentait, brûlant contre son clitoris. Et, quand elle enfonça les doigts dans la peau nue de ses bras, il se mit à aller et venir.

Le souffle court, elle poussa un gémissement d'abandon déchirant. Elle n'aurait su dire à quel instant elle avait lâché prise, mais plus rien ne la retenait.

Jusqu'au moment où il se dégagea, si vite qu'elle faillit s'écrouler.

— Excusez-moi, dit-il en se passant les mains dans les cheveux.

Elle le fixa d'un regard incrédule, en proie à une frustration si intense qu'elle en aurait hurlé.

— Ce n'est pas ce que je voulais faire, assura-t-il. Excusez-moi d'être allé aussi loin, aussi vite.

Il avait l'air un peu penaud. À l'évidence, aussi longtemps qu'ils vécussent, les hommes ne changeraient jamais.

— J'aurais cru que, ayant vécu des siècles, vous sauriez qu'aucune femme n'a envie qu'un homme qui vient de l'embrasser lui fasse des excuses. Si elle ne vous a pas giflé ni donné un coup de genou dans les parties, si elle vous a rendu votre baiser, il y a toutes les chances pour qu'elle en ait eu envie. Alors, exprimer des regrets devient carrément désobligeant.

— Quoi ?

— Habillez-vous et allons faire cette fameuse visite guidée, jeta-t-elle, agacée qu'il ait l'air sincèrement perplexe devant sa réaction.

— Excellente idée, répondit-il en disparaissant d'un coup.

Encore ces trucs de vampire, maugréa-t-elle intérieurement, les lèvres encore humides et gonflées de son baiser, les mains enfoncées dans les poches de son jean.

— Pff… Excellente idée, mon œil. Ce qui serait une excellente idée, ce serait de vous coller un coup de pied dans les fesses, oui.

— Eh ! Je vous ai entendue, la prévint-il de sa chambre au bout du petit couloir.

— Hein ? fit-elle innocemment avant de marmonner tout bas : Des excuses ? Non mais je t'en ficherais, des excuses.

— Alors, vous allez le faire ? murmura Ethan juste derrière elle, la bouche tout près de son oreille.

Elle entendit le bruissement de ses vêtements quand il s'inclina en avant pour lui saisir les bras.

— Ça semble très prometteur, assura-t-il.

— Arrêtez de faire votre coup du type plus rapide que la lumière, c'est très agaçant.

Elle ponctua ses mots en se laissant aller en arrière et en frottant les fesses contre lui, pour rire.

— Excusez-moi de m'être excusé, fit-il très doucement en lui baisant la tempe.

— D'accord. C'est oublié. Et moi, peut-être que je suis désolée de vous avoir réveillé.

— Non, ce n'est pas vrai.

Alexia avait un problème : elle était incapable de mentir.

— Vous avez raison, reconnut-elle. Je ne le regrette pas du tout.

Autrement, elle n'aurait pas découvert que, malgré leur grand âge, les vampires n'avaient pas besoin de Viagra.

Au reste, elle n'avait nullement l'intention de coucher avec lui.

Mais, enfin, c'était bon à savoir, au cas où.

Il fallait bien se rendre à l'évidence. Si elle n'avait pas averti le forum de tueurs de vampires de sa situation, ni de la présence de centaines de vampires à Las Vegas en ce moment, ce n'était pas sans raison. Et ce n'était pas sans raison non plus qu'elle s'était ravisée et n'avait pas informé Ethan de l'existence de ce forum, même si ses motivations, en l'occurrence, étaient sans doute plus troubles. Elle avait en quelque sorte l'impression de le protéger – de protéger quelqu'un, en tout cas. Et puis, Ethan et elle s'entendaient bien. Elle ne voulait pas que cela s'arrête.

Si elle n'avait pas d'homme dans sa vie, c'était parce que ceux qu'elle rencontrait lui paraissaient superficiels, condescendants et étroits d'esprit.

Depuis plusieurs années, Ethan Carrick était le premier à éveiller son intérêt. À éveiller quoi que ce soit chez elle.

Il la prit par la taille et lui mordilla le lobe de l'oreille.

Mm... Décidément, il savait s'y prendre pour l'exciter...

Tout compte fait, elle avait très envie de coucher avec lui.

Rick pénétra dans le hall du Venetian. Il avait horreur qu'on le convoque. Donatelli n'échappait pas à cette règle.

Il l'avait engagé pour un travail qu'il avait exécuté. Il n'avait plus aucune raison d'avoir de contact avec lui autre que pour le règlement – en cash – de sa mission. Or il savait que ce n'était pas l'objet de ce rendez-vous. Il avait reçu l'ordre de se présenter à l'hôtel de Donatelli, pour révision des termes du contrat, d'après ce que lui avait dit le factotum de l'homme d'affaires.

Rick s'apprêtait donc à envoyer promener Donatelli. S'il travaillait seul, c'était justement parce qu'il voulait n'avoir de comptes à rendre à personne. En quittant l'armée, il avait abandonné pour toujours le rôle de lèche-bottes.

Heureusement que le service de sécurité de l'hôtel était en dessous de tout, parce qu'il avait son calibre sur lui.

Le coup ne s'était pas déroulé comme prévu, mais il était suffisamment intelligent et expérimenté pour savoir saisir une occasion quand elle se présentait. Ce qu'il ne comprenait pas, en revanche, c'était ce qui s'était passé au cours des minutes précédentes. Alors qu'il était en train d'emballer cette Kelsey qui n'arrêtait pas de glousser, il s'était soudain retrouvé le membre à l'air avec un redoutable torticolis. Seul.

Il ne perdait pas connaissance sans raison. Cela signifiait qu'elle avait dû mettre quelque chose dans son verre. Sauf qu'elle ne lui avait pas volé son portefeuille. Il ne voyait pas ce qu'elle pouvait vouloir d'autre – et il était bien décidé à le découvrir.

Mais il fallait qu'il commence par résoudre ce petit problème administratif.

La porte de Donatelli s'ouvrit avant qu'il ait eu le temps de frapper.

— M. Donatelli vous attend sous la véranda, lui fit-on savoir.

Rick passa à côté du portier sans lui prêter attention et sortit par la baie vitrée. Dehors, une bouffée de chaleur le saisit. Donatelli était installé, à l'ombre, sur une chaise longue en fer forgé, un verre de vin rouge à la main. Il portait des lunettes noires de marque italienne.

— Columbia, dit-il en guise de salut.

— Donatelli, répondit Rick.

Au lieu de le regarder, son client continua de fixer un point de l'autre côté du Strip et porta sa cigarette à ses lèvres.

— Il n'y aura pas de paiement, annonça-t-il. Tu n'as pas fait ce que je t'ai demandé.

Rick avait beau ne pas être du genre émotif, la nonchalance condescendante de l'Italien l'exaspéra. Cependant, il se contenta de hausser les épaules et de se pencher sur le balcon

— Si, répondit-il. Je l'ai tué.

— J'avais posé des conditions spécifiques que tu n'as pas remplies. Tu ne l'as ni tué ni décapité.

— Je l'ai touché. Quand je suis parti, il était mort.

Soudain, Rick se mit à douter. Si Kelsey l'avait drogué, peut-être avait-il manqué son tir. Il était persuadé d'avoir touché sa cible deux fois, en plein cœur. Et si ce n'était pas le cas ?

S'il exigeait d'être payé par Donatelli sans avoir réussi le coup, sa réputation en pâtirait. Ce qui serait mauvais pour ses affaires.

— Inutile de discuter plus longtemps, déclara son commanditaire. Va à l'Ava voir si tu l'as tué ou pas. Je te donne jusqu'à demain pour faire ce que tu as à faire. Ensuite, je ferai appel à quelqu'un d'autre.

— Très bien, parvint à articuler Rick entre ses dents serrées.

Cette fois, il était bien décidé à ne plus s'approcher d'aucune jolie brune susceptible de le distraire de son travail.

Les femmes étaient synonymes de suicide professionnel. Et Rick n'avait aucune envie de mourir.

Douze

— Vous êtes très riche, alors ? demanda Alexia tandis qu'ils entraient dans la salle de jeu principale, au rez-de-chaussée.

— Je ne vois pas en quoi cela vous regarde, répondit Ethan avec un regard amusé.

— Oh, allez… Si je dois jouer le rôle de votre compagne électorale, il faut que je sache tout de vous, repartit-elle en le considérant avec une curiosité non dissimulée.

— Très bien. Voilà. L'hôtel et le casino ont ouvert en 2000 pour succéder à une autre affaire que j'avais créée au début des années quatre-vingt-dix, quand Vegas a décidé de devenir *clean* et de s'ouvrir aux familles. Affaire qui avait elle-même remplacé un plus petit hôtel que je possédais dans les années soixante-dix. L'Ava a la splendeur et le faste des autres établissements de luxe du Strip. Nous disposons de plus de deux mille suites et chambres, huit bars, six restaurants, un spa, trois piscines, deux salles de musculation et une galerie marchande couverte conçue comme des studios de Hollywood des années trente et quarante.

Avec ses trois salles, notre cinéma propose en permanence deux nouveautés et un classique en noir et blanc. Notre établissement connaît un grand succès auprès de la clientèle.

Les bras croisés, Alexia cessa un instant de passer la salle en revue pour le regarder.

— Vous êtes très fier de votre hôtel, observa-t-elle.

— Oui, confirma-t-il.

Il aimait et les défis qu'il lui imposait de relever et sa somptuosité sans doute un peu excessive. Plus il avançait dans son existence d'immortel, plus il avait envie de se lier à la terre, de se faire connaître des gens, d'être autre chose qu'une ombre traversant la vie dans l'anonymat.

— Comment trouvez-vous le temps de gérer une entreprise de cette importance et d'assumer vos fonctions de président ?

— La présidence est loin de m'occuper à plein-temps. Je ne passe guère plus d'une vingtaine d'heures par semaine au bureau. Certes, la campagne prend plus de temps, mais Seamus gère mon emploi du temps. C'est lui qui me dit où je dois me rendre, quand, et je lui obéis.

— C'est aussi lui qui vous dit quoi dire ?

Il sentit bien ce que sa question pouvait avoir d'insultant.

— Pas toujours, répondit-il. Il m'arrive de penser par moi-même.

Elle s'étrangla de rire, ce qui l'obligea à réagir.

— Par exemple, Seamus n'est pas pour que j'aie une petite amie mortelle. Mais je lui ai affirmé que cela m'était égal. Que je vous voulais, vous.

Comme il l'escomptait, elle saisit parfaitement l'allusion. Elle plissa les yeux en le fixant de plus belle. Malgré ses escarpins à talons, elle restait nettement plus petite que lui. Quand elle passa le bout de la langue sur sa lèvre inférieure légèrement renflée, il eut envie de changer l'itinéraire de la visite pour la ramener directement dans sa chambre. Mais, à cet instant, elle détourna le regard et se remit à marcher.

Son pas décidé quand elle pénétra dans la pièce sans l'attendre attira l'attention. Le responsable de l'étage parut troublé de le voir. Il faut dire qu'Ethan ne faisait pour ainsi dire jamais d'apparition en plein après-midi.

Et moins encore en compagnie d'une femme – dans les salles de jeu, en tout cas. En règle générale, il ne faisait pas étalage de sa vie privée. Ces derniers mois, d'ailleurs, il n'avait pas eu de vie privée, à cause de l'élection. Il avait été d'une sagesse exemplaire.

Et il n'en pouvait plus. La chasteté, ce n'était pas pour lui.

— Monsieur Carrick, quelle surprise ! Puis-je faire quelque chose pour vous ?

— Non, merci, Jason. Je fais visiter l'Ava à une amie.

— Je suis sa petite amie, rectifia Alexia en tendant la main au responsable. Alexia Baldizzi.

Elle lui serra la main énergiquement tandis qu'il marmonnait un salut surpris.

Puis, elle donna une tape sur le poignet d'Ethan.

— Je suis bien obligée de me présenter toute seule, puisque tu n'as pas la politesse de le faire, le réprimanda-t-elle.

Maintenant, Jason ouvrait de grands yeux franchement sidérés.

Ethan commençait de s'agacer, mais refusait de le laisser paraître.

— Pardon, ma chérie. Je suis inexcusable.

— Vous voyez ce que je dois supporter ? fit Alexia à l'adresse de Jason. Maintenant, il se moque de moi.

— Pas le moins du monde, répliqua-t-il avec une irritation mal dissimulée.

— Ne commence pas à jouer à ça avec moi, Ethan : je ne suis pas d'humeur. Allez, va plutôt me chercher un verre, lui ordonna-t-elle avec un regard noir avant de tourner les talons.

Eh bien, elle était capable de sautes d'humeur impressionnantes...

— Excusez-moi, Jason, fit-il en se raclant la gorge. Je vais... je vais chercher quelque chose à boire à Mlle Baldizzi.

— Je vous en prie, monsieur.

Il la rattrapa, furieux.

— Vous n'êtes pas censée me ridiculiser. Votre rôle est de me faire passer pour un homme prévenant. Et uniquement auprès des vampires, lui rappela-t-il à voix basse.

— Jason n'en est pas un ?

— Non.

— Et comment voulez-vous que je le devine ? Comment peut-on le savoir, quand on voit les gens pour la première fois ?

— Je le sens, répondit-il. Les mortels et les vampires n'ont pas la même odeur.

— Pouah ! fit-elle avec une moue dégoûtée. À quoi ressemble l'odeur des mortels ?

— À celle du sang, entre autres, alors que les vampires sentent l'eau fraîche et que leur force forme comme une aura qui les entoure.

— C'est vrai ? demanda-t-elle en s'arrêtant de marcher. Pour vous, je sens le sang ? C'est terriblement gênant.

Génial. Voilà qu'il l'avait écœurée.

— Oui, confirma-t-il, entre autres. Je trouve aussi de la vanille, votre peau propre et fraîche, du shampooing à la mangue… et votre désir pour moi, ajouta-t-il dans un murmure en se penchant vers elle.

Elle en eut un instant le souffle coupé.

— Oh ! fit-elle. Mais, moi, comment puis-je reconnaître les mortels des vampires ?

— Je vous dirai qui est qui.

— En attendant, objecta-t-elle en s'éloignant de lui, je ne saurai pas comment me comporter. Il vaut mieux que je reste autoritaire en permanence, pour être sûre.

Hm. Elle adorerait, il n'en doutait pas.

— Je ne veux pas que vous soyez méchante et agressive non plus, précisa-t-il. Je m'efforce de projeter l'image d'une Nation vampire plus affable et meilleure, certes, mais pas d'une Nation vampire qui se laisse piétiner.

— Au fond, vous ne savez pas ce que vous voulez.

Oh, que si, il le savait.

— Ce que je veux, c'est vous, répliqua-t-il avec son plus charmant sourire.

— Bon sang, Carrick !

— Mm, je ne doute pas que le vôtre soit délicieux...

Il adorait la façon dont ses yeux trahissaient ses pensées, s'éclaircissaient ou s'assombrissaient au gré de ses émotions. Peut-être ne parvenait-il pas à lire dans ses pensées, mais il déchiffrait sans peine ses sentiments sur son visage. Malgré la dureté de son ton et de ses mots, il voyait son regard commencer à fondre.

— Ne jouez pas les pervers.

Cela le fit rire.

— Vous avez dîné ? s'enquit-il. Venez prendre quelque chose.

— Il est 4 heures de l'après-midi, Ethan.

— Ça veut dire non ? Dans ce cas, allons nous promener sur le Strip avant le dîner.

Cela faisait des mois qu'il n'était pas sorti avant le coucher du soleil. Il serait heureux de revoir le jour avec Alexia.

— Vous n'allez pas vous carboniser au soleil et tomber en cendres à côté de moi sur le trottoir ? s'inquiéta-t-elle. Parce que je n'ai aucune envie d'assister à ce genre de spectacle.

— Non. Si cela risquait de m'arriver, je ne vous proposerais pas de sortir.

Ils se tenaient au beau milieu de l'étage principal, à un mètre du bar. Des gens passaient dans tous les sens et la salle résonnait en permanence du tintement des machines, du bourdonnement des voix des croupiers et des joueurs et de la musique d'ambiance. Mais Ethan ne faisait attention à rien de tout cela.

Il n'avait d'yeux que pour Alexia et pour le désir, aussi fort que celui qu'il éprouvait, qui se peignait sur ses traits.

— Si j'accepte de sortir et de dîner avec vous, vous voudrez bien que je m'entraîne au Soo Bahk Do sur vous, ensuite ?

Voilà qui promettait d'être distrayant, voire franchement sensuel...

— Si vous voulez, accepta-t-il.

— Pas d'obligations liées à votre campagne, ce soir ?

— Non. Le débat avec Donatelli a lieu demain soir. Mais, ce soir, la grosse attraction du casino, c'est le concert de Tom Jones au bar.

Seamus allait faire une attaque quand il découvrirait qu'Ethan s'apprêtait à passer la soirée dehors avec Alexia. Eh bien, tant pis. Encore répondre à des centaines de questions, relire des dizaines de fiches : il n'en pouvait plus. De toute façon, il était aussi prêt qu'il le serait jamais à affronter son adversaire.

— Tom Jones ? répéta Alexia en lui saisissant le bras. Ouah ! J'adooore Tom Jones ! C'est l'incarnation de Las Vegas : excessif, à la limite de l'indécence, mais tellement marrant… Je vais chercher une petite culotte à lui lancer pendant le spectacle et je suis prête.

Pas question. Si elle lançait sa lingerie à quelqu'un, ce serait à lui.

— Non, non, miss Casse-Pieds. Vous ne donnerez pas de sous-vêtements à ce croulant.

— Ah oui ? Parce que vous, vous êtes un perdreau de l'année, Gousse d'Ail ?

— Gousse d'Ail ?

D'où cela sortait-il ?

— Oui. Nous nous donnons de petits surnoms, comme de vrais tourtereaux. Adorable, non ? Vous êtes Gousse d'Ail et moi miss Casse-Pieds. Maintenant, tout le monde va nous prendre pour un vrai couple.

Seigneur. Non, Ethan n'allait pas rire. Non.

Il éclata de rire, et Alexia avec lui.

En principe, le dimanche, comme elle ne travaillait pas, Brittany allait nager à la piscine de sa résidence, faisait sa lessive et préparait un bon dîner pour sa sœur. Mais pas aujourd'hui.

Aujourd'hui, elle déambulait dans la galerie marchande de l'Ava pour débusquer des vampires.

Ou plutôt un vampire en particulier.

Elle voulait revoir Jean-Baptiste. Hier soir, quand elle avait crié au téléphone, il était brusquement apparu à côté d'elle, inquiet. Une fois qu'elle l'avait rassuré, il était reparti. Mais, avant, il l'avait aidée à descendre du toit. Et, surtout, elle avait eu le temps de lire une profonde compassion dans ses yeux.

Cela avait achevé de confirmer ce qu'elle pressentait depuis qu'elle connaissait Ethan et Seamus. Les vampires n'étaient pas sans âme; c'était des âmes perdues. S'ils pouvaient renoncer à sucer le sang des mortels, ce serait des gens comme les autres, heureux, productifs – avec, comme seule différence, une vie beaucoup, beaucoup plus longue.

Bon, elle ne savait pas quelle serait leur espérance de vie s'ils arrêtaient de mordre les gens, mais cela valait la peine de creuser un peu la question. Au fond, il en était des vampires comme des enfants : même si ces derniers faisaient parfois des choses qui ne leur plaisaient pas, leurs parents les aimaient toujours. Mordre, c'était mal, mais les vampires n'étaient pas mauvais pour autant.

Tout cela était parfaitement logique. L'ennui, c'est qu'elle ne savait pas où trouver Jean-Baptiste. Il n'était pas enregistré à la réception de l'hôtel – en tout cas, pas sous le nom qu'il lui avait indiqué. Et, manifestement, Ethan n'était pas dans sa chambre. Pourvu qu'il soit avec Alexia ! Il était grand temps que sa sœur ait une vie sexuelle.

En traversant le hall pour la quatrième fois – elle en était même à se demander si elle ne ferait pas mieux de rentrer chez elle –, elle tomba sur Seamus.

— Ah, Brittany ! fit-il. Vous avez vu Ethan ?

— Non. Et vous, vous avez vu Corbin ?

— Qui ? demanda-t-il d'un air déconcerté.

En costume, comme d'habitude, il avait les yeux cernés comme s'il manquait sérieusement de sommeil.

— Jean-Baptiste Corbin. Le Français.

Il se raidit imperceptiblement.

— Désolé. Je ne sais pas qui c'est.

Se rendait-elle compte qu'il mentait ?

— Ah bon ? Il me semblait que c'était un de vos amis.

Comment connaissait-elle le banni ?

Les pensées de Seamus flottaient jusqu'à Brittany. Elle mourait d'envie de savoir pourquoi Jean-Baptiste avait été chassé de la société des vampires.

— Non, Brittany, désolé. Si vous voulez bien m'excuser…

— Bien sûr, Seamus.

S'il ne voulait rien lui dire, elle ne pouvait pas faire grand-chose. Cependant, une idée lui vint. Si elle percevait les pensées des vampires, la réciproque était sans doute vraie. Elle parviendrait peut-être à localiser Jean-Baptiste en l'appelant.

Elle s'engagea dans le couloir dont l'épaisse moquette grise étouffait ses pas et rajusta distraitement la bretelle de sa robe orange. Il lui fallait un coin un peu plus tranquille pour ne pas avoir l'air d'une idiote quand elle appellerait mentalement Jean-Baptiste.

C'est alors qu'elle sentit une main sur son bras.

— Kelsey, dit une voix masculine.

Elle se retourna, surprise, et découvrit un homme qui portait une chemise noire et des lunettes de soleil.

Il se rendit compte aussitôt qu'elle n'était pas la femme qu'il cherchait.

— Oh, pardon, fit-il. Je vous ai prise pour quelqu'un d'autre.

— Ce n'est pas grave, assura-t-elle en souriant.

Il ne lui rendit pas son sourire. Il se contenta de lui faire un signe de tête et elle sentit l'angoisse et la souffrance déferler de lui tel un raz de marée. Submergée par ces émotions, elle poussa un petit cri tandis qu'il s'éloignait.

Elle avala sa salive et frémit au moment où il disparaissait au détour d'un angle du couloir.

Après s'être cachée derrière une grosse plante verte, elle ferma les yeux de toutes ses forces et appela mentalement Jean-Baptiste.

— Jean-Baptiste ! Jean-Baptiste Corbin ! Où êtes-vous ? J'ai besoin de vous !

C'était un peu exagéré, mais il n'était jamais mauvais de s'attirer la sympathie du jury, lui avait appris Alex.

— Brittany ? Qu'est-ce qui ne va pas ? Où êtes-vous ?

— Dans le couloir qui part du hall de l'Ava.

— J'arrive.

— Super.

Elle se recoiffa du bout des doigts et remit du rouge à lèvres. Autant être présentable, après tout. Moins d'une minute plus tard, il fut près d'elle.

C'était fou, cette façon d'apparaître en un clin d'œil.

Il lui prit la main et la détailla d'un regard insistant, comme s'il cherchait où elle était blessée.

— Qu'est-ce qui se passe ? s'inquiéta-t-il. Vous êtes malade ?

— Non, assura-t-elle en souriant. J'avais envie de vous voir, c'est tout.

— Quoi ? fit-il en lui lâchant brusquement la main. Vous plaisantez ? Vous ne pouvez pas faire cela. Vous ne pouvez pas m'appeler en me faisant croire que vous êtes en train de vous vider de votre sang alors qu'il n'y a rien !

— Oh, détendez-vous. Je ne savais pas comment vous retrouver, autrement. Bon, maintenant que vous êtes là, nous allons jouer.

— Jouer ? Jouer à quoi ? fit-il d'un air de détresse.

— Jouer, c'est tout. J'aimerais vous connaître un peu mieux. Parlez-moi de vous. Vous pouvez vous épancher avec moi. Je serai votre... confidente.

— Je n'ai pas besoin de confidente ! se défendit-il avec un accent français plus marqué que jamais. Je n'ai rien à partager avec vous. Ce n'est vraiment pas mon genre, conclut-il avec un grand geste de la main.

Brittany fit une moue boudeuse. Elle le trouvait adorable, mais un brin mélodramatique tout de même. C'est alors que des images de lui en train de caresser la femme sur la banquette s'imposèrent à son esprit. Qu'aurait-elle ressenti, à la place de cette femme ? ne put-elle s'empêcher de se demander. Avec la bouche de Jean-Baptiste dans le cou, sa main sur la cuisse...

— Arrêtez ça tout de suite ! s'écria-t-il, horrifié. Et cette mimique, et ces pensées. Vous ne comprenez pas qui je suis, ce que je suis. Vous ne savez même pas qui vous êtes, vous.

Cela, ce n'était pas nouveau...

— Mais enfin, protesta-t-elle, j'essaie de vous comprendre. Je n'arrête pas de vous demander ce qu'il y a, mais vous refusez de me le dire.

Il croisa les bras et regarda au bout du couloir. Il avait des lèvres minces et une cicatrice de deux ou trois centimètres à la base du menton qui ajoutait une note de virilité brute à ses traits fins et bien proportionnés qui, autrement, auraient été un peu trop jolis.

— Dites-moi... pourquoi êtes-vous banni ? Vous n'avez pas dû commettre un si grand crime que cela, sinon, vous seriez en prison. Vous avez couché avec la femme de quelqu'un ? Insulté un gros bonnet ?

— Non, j'ai fait quelque chose de bien plus grave, révéla-t-il en se tournant de nouveau vers elle, le visage crispé. J'ai tué une femme. C'est pour cela que j'ai été exclu. Carrick me permet de vivre ici si je ne fais pas de vagues, mais il faut que je reste à l'écart de tout ce qui concerne les vampires.

Brittany entendait bien ce qu'il disait, mais ne parvenait pas à en saisir le sens.

— Vous avez tué une femme ? Comment cela ?

— Eh bien les vampires n'ont pas le droit de tuer des mortels. C'est la loi. Et je l'ai enfreinte.

Elle secoua la tête.

— Mais...

Cela ne correspondait pas du tout à ce qui émanait de lui. Elle le sentait triste, seul, perdu mais pas en colère. Il n'avait pas de pulsions meurtrières, il n'était pas malveillant ni violent. La situation devait donc être plus compliquée qu'il ne voulait bien le dire. Autrement, elle ne pouvait pas le croire.

— Vous allez nous attirer des ennuis à tous les deux si vous persistez à me contacter, dit-il. Il faut que je vous dise adieu avant que l'on nous voie. Et avant que je sois tenté de faire avec vous quelque chose que je ne devrais pas faire.

— Jean-Baptiste...

Elle savait qu'il ne lui disait pas toute la vérité. Elle ne pouvait pas voir en lui un tueur impitoyable.

Il se pencha vers elle, comme s'il allait la toucher, mais se contenta de murmurer :

— Faites attention à vous, ma chérie. Un jour ou l'autre, ils s'en prendront à vous.

Sur quoi il disparut.

Pourtant, Brittany sentit sa main sur sa joue comme s'il se trouvait encore près d'elle. Elle dut fermer les yeux pour chasser le trouble qui la saisissait et se raccrocha au désir nostalgique qui s'empara d'elle à la place.

Et qui résonna en elle avec une force qui la surprit.

À l'évidence, elle était destinée à aider Jean-Baptiste, que cela lui plaise ou non.

Tout compte fait, maintenant que c'était elle, et non sa sœur, qu'il essayait de séduire, Ethan n'avait pas que des défauts.

Même, elle pourrait bien se laisser faire. Il se donnait beaucoup de mal. Il avait commencé par l'inviter dans un délicieux restaurant où il l'avait regardée manger en sirotant un verre de vin. Puis, ils avaient visité le casino et l'hôtel et s'étaient promenés sur le Strip. Maintenant, ils étaient assis dans un jardin privé, sur le toit du restaurant du rez-de-chaussée à l'arrière de son bâtiment. Destiné à dissimuler un appareil de climatisation, ce petit patio offrait également un coin tranquille où se tenir.

Le ronronnement des machines couvrait les bruits de la circulation et de la rue. Les fauteuils et les banquettes de teck garnis de gros coussins turquoise étaient répartis en petits groupes. À cette heure-ci, il faisait encore un peu chaud, mais pas trop. Alexia avait ôté ses chaussures.

Elle mettait généralement un point d'honneur à les garder pour paraître plus grande, mais, Ethan sachant déjà qu'elle était toute petite, elle n'avait plus à sauver les apparences. Elle s'étendit sur une banquette, les jambes sur l'accoudoir et songea qu'elle était en excellente compagnie.

Assis en face d'elle, les jambes croisées, Ethan lui parlait de son enfance en Angleterre, de sa mère…

— Elle était blonde, comme vous, avec la peau très pâle. Petite et menue, elle était d'apparence assez frêle et avait une voix très douce. À seize ans, elle fut donnée à mon père pour aider à affermir le contrôle des Normands sur les Anglo-Saxons. Mon père était plus âgé qu'elle. Il devait avoir une trentaine d'années. Il était du genre brusque et dominant. Pourtant, je crois que ma mère était le seul être au monde capable de lui inspirer de la crainte.

— Tout à fait mon genre de femme.

— Sans aucun doute, confirma Ethan en croisant les mains derrière la tête et en fermant les yeux. Elle est morte il y a près de neuf cents ans et, pourtant, je vois encore son visage. J'entends la voix claire avec laquelle elle me chantait des berceuses. C'était une femme bien et je l'ai aimée tendrement. Je l'aime toujours, d'ailleurs.

Le cœur d'Alexia se serra. Elle éprouvait de la sympathie pour lui, de la compassion pour cet homme qui avait perdu tous les êtres qui avaient compté dans sa vie de mortel presque mille ans plus tôt. Elle sentit que sa solitude ressemblait à la sienne.

— C'était une femme merveilleuse, on dirait.

Elle ne parlait jamais de sa mère. Jamais. Pas même avec Brittany, sauf pour lancer une pique à l'occasion. Elle savait qu'elle devrait avoir digéré tout cela depuis longtemps, mais ce n'était pas le cas. Alors, elle n'en parlait pas. Cependant, elle eut soudain l'impression qu'Ethan, lui, comprendrait. Il avait tout vu de la vie, connu toutes sortes de gens. L'histoire de la femme qui s'était mariée quatre fois et n'avait jamais été heureuse ne le choquerait certainement pas.

La femme qui avait convaincu Alexia que le mariage, ce n'était pas pour elle et qui lui avait permis d'éviter les tourments et les drames qu'elle avait vécus.

— Ma mère à moi…, commença-t-elle. C'est bien simple : elle n'aurait jamais dû avoir d'enfants. Ce n'était pas une mauvaise mère. Mais pas une bonne non plus. Elle était terriblement égoïste, vous comprenez. À force de passer son temps à courir partout avec son dernier amant en date, qui était soit l'amour de sa vie, soit celui qui lui permettrait de percer dans le show-business, elle oubliait les anniversaires, les réunions parents-professeurs… et elle donnait à mes amies des invitations à son club de strip-tease à transmettre à leur père.

— Vous n'avez pas dû avoir une enfance facile…

Elle haussa les épaules.

— C'est vrai, mais je sais aussi que beaucoup d'enfants ont une vie nettement plus dure. J'en ai vu. J'ai vu des cas de maltraitance épouvantables. J'ai parlé avec ces enfants et je les ai fait témoigner à la barre. Je n'ai vraiment pas à me plaindre. Alors, pourquoi ne suis-je pas capable de faire la part des choses ?

— Peut-être parce que vous aimez votre sœur au point que vous seriez prête à tout pour la protéger – y compris à affronter des vampires, voire à les tuer – et que vous ne comprenez pas pourquoi les gens, votre mère en tête, n'éprouvent pas tous la même chose pour leur famille.

Alexia ferma les yeux pour se protéger du soleil qui descendait rapidement. Ce que disait Ethan paraissait très juste. Soudain, elle se sentit beaucoup mieux. Cela lui faisait un peu peur, mais c'était très excitant, en même temps, et satisfaisant.

Oui, il pourrait lui plaire. Peut-être arriverait-elle même à coucher avec lui.

En revanche, elle ne pourrait pas tomber amoureuse de lui, pour cent mille raisons.

D'abord, il n'existait pas de mutuelle familiale pour les foyers mortels-vampires.

Mais, surtout, quand elle serait vieille et toute ridée, il serait encore jeune et beau.

Et puis, son patron ne serait certainement pas ravi de la voir se mettre en ménage avec un homme qui se nourrissait de sang. Ce ne serait pas très bon pour l'image du bureau.

N'empêche qu'elle ne pouvait pas résister à la tentation de passer une semaine avec lui.

— Il se peut qu'il y ait du vrai dans ce que vous dites, Ethan, concéda-t-elle en l'étudiant assis à l'ombre de l'immeuble. Alors, comment se fait-il que le soleil ne vous tue pas ?

— Je ne sais pas. Il me fatigue énormément, mais il ne me tue pas. Nous sommes certes des êtres nocturnes, mais pas des créatures maléfiques qui succombent à une mort atroce dès que l'on brandit une croix vers eux. J'imagine que nous avons subi une mutation de certains gènes, mais c'est l'affaire des scientifiques, pas des politiques.

— Hm. « Mutant », cela ne fait pas tellement meilleur effet que « vampire ».

— À la longue, je m'y suis habitué.

Alexia se mit à rire.

— Et… euh… vous avez été marié au moins trente fois, non ?

Elle était prête à parier que cette question allait l'entraîner sur un terrain désagréable, mais elle ne pouvait pas le laisser l'embrasser encore une fois avant de s'être assurée que ce n'était pas un salaud.

Selon elle, sa longévité ne le dispensait pas de bien se conduire.

— Non, répondit-il. Je ne me suis jamais marié.

Elle n'aurait su dire si c'était une bonne ou une mauvaise nouvelle. D'abord, elle en fut soulagée. Il attendait sans doute la femme de sa vie. Mais c'était peut-être tout simplement un égoïste et un célibataire endurci.

— Et vous ? s'enquit-il. Vous avez été mariée ?

Sa question la surprit. Elle n'avait pas imaginé qu'il pourrait s'interroger sur son passé, bien court par rapport au sien.

— Non. Je me suis concentrée sur ma carrière. Et les hommes que je rencontre dans le cadre de mon métier sont soit des avocats, soit des criminels. Autant dire que ni les uns ni les autres ne m'attirent vraiment. D'ailleurs, on ne peut pas dire que la gent masculine soit toujours très sensible au charme d'une toute petite blonde extrêmement indépendante... et avec un derrière en pêche.

Ethan jouait distraitement avec une feuille du laurier-rose à côté de lui. Il prit son temps pour répondre.

— J'avoue que je n'ai guère fréquenté de femmes indépendantes. J'ai toujours été attiré par des femmes simples, féminines et douces. Mais, depuis que je vous connais, je me rends compte que je me suis privé d'un grand plaisir. Si la douceur a quelque chose d'apaisant, il semble que, à mon grand âge, j'aie autant besoin de conversation intelligente que de jolis sourires. Et vous m'offrez les deux, Alexia.

C'était tellement sexy, tellement romantique qu'elle n'y croyait pas une seconde. Elle leva les yeux au ciel.

— Et vous n'avez pas le derrière en pêche, ajouta-t-il. Cela dit, je ne vous ai jamais vue nue. Est-il pelucheux ? demanda-t-il en souriant.

À chaque fois qu'il retournait ce qu'elle disait contre elle, elle avait le plus grand mal à résister à l'envie puérile de lui tirer la langue.

— Non, pas du tout, répondit-elle. Et, si c'est une espèce de manœuvre psychologique pour me pousser à me déshabiller pour vous le prouver, vous allez être déçu. Je suis têtue et j'ai l'esprit de compétition, mais mes fesses ne sont pas votre affaire.

— Je vous signale que c'est vous qui les avez évoquées la première.

— Vous ne pouvez pas savoir combien cela m'agace quand vous avez raison, fit-elle en se forçant à se redresser. Toujours célibataire, alors ? Vous préférez papillonner ?

— Oui. Et non. Si j'avais rencontré la femme de ma vie, mon élue, je me serais marié. Mais cela n'a pas été le cas.

Son élue. Son âme sœur, en somme. Elle aussi, sans doute, serait prête à faire le grand saut si cela lui arrivait, même si ses parents ne lui avaient pas montré l'exemple d'une union heureuse. Cependant, elle était à peu près certaine qu'un tel idéal n'existait pas.

— Vous pouvez avoir des enfants ? l'interrogea-t-elle.

— Uniquement avec une mortelle, et ce n'est pas très bien vu. Les femmes vampires, elles, ne peuvent pas en avoir.

Évidemment. Même à mille ans, les hommes étaient encore fertiles; les femmes, non.

— Si vous aviez un enfant avec une mortelle, ce serait quoi ? voulut-elle savoir. Un vortel ? Un mampire ? Vous devriez mettre du sang dans son biberon ?

C'était un peu flippant, en fait. Savoir en théorie qu'Ethan faisait ses courses à la banque du sang était une chose. Imaginer un enfant de cinq ans sortir ses crocs dans la cour de récréation pour déjeuner avant de faire la sieste en était une autre.

— Non. Non, pas de biberon de sang, assura Ethan en secouant la tête comme si elle disait une chose extravagante.

— Quoi ? se défendit-elle. C'est une question parfaitement légitime.

— Les Impurs sont élevés comme des mortels. Certains ignorent même toute leur vie qu'ils sont à moitié vampires. Ils se distinguent du reste de la population par leur force, leur bonne santé – ils sont épargnés par la plupart des maladies courantes – et leur longévité. Ces gens qui meurent à plus de cent ans, voire cent dix ou cent vingt, vous savez ? Eh bien, ce sont généralement des Impurs.

— Ah oui ?

Ce n'était pas mal, songea Alexia. Vivre longtemps en bonne santé, et sans avoir à boire de sang : elle était partante.

— Ils sont en revanche sujets aux coups de soleil, poursuivit-il. Mais ils sont excellents en sport. Il arrive parfois qu'ils aient une caractéristique des vampires qui est de pleurer des larmes de sang. Faute de savoir ce qu'il en est, on attribue généralement cela à une infection des sinus.

— Tiens, c'est drôle, Brittany en souffrait quand elle était petite. C'était dégoûtant. Elle n'avait presque jamais de rhume, mais, quand cela lui arrivait, il coulait de son nez une espèce de pus sanguinolent immonde. À chaque fois, cela mettait notre mère dans tous ses états.

Le souvenir de sa mine dégoûtée quand elle tendait un mouchoir à Brittany la fit rire.

Ethan ne dit rien. Alexia lui jeta un coup d'œil.

— Quoi ? Je vous assure que c'était drôle. Brit était une petite fille très coquette, bien qu'excellente en sport. La voir toute gonflée comme cela, presque défigurée, je vous assure qu'il y avait de quoi rire.

Il la fixait avec l'air d'attendre quelque chose.

— Quoi ? Pourquoi me regardez-vous comme cela, Ethan ?

Soudain, elle se rappela ce qu'il lui avait dit lors de leur rencontre. Il avait affirmé que Brittany était une Impure. Une demi-vampire. Ce n'était pas vrai, bien entendu. Alexia en était convaincue. Mais voilà qu'elle débitait la liste des similitudes.

— Oh, non, corrigea-t-elle aussitôt en piquant un fard. Ce n'est pas ce que vous croyez.

Sa petite sœur n'était pas vampire et elle ne laisserait personne soutenir le contraire. D'ailleurs, Brittany adorait l'ail. C'était bien la preuve que ce n'était pas possible, non ?

— N'essayez même pas d'aller sur ce terrain. Ce n'est qu'une coïncidence. Brittany est ma sœur et, ma mère avait beau être impulsive, je ne crois pas qu'elle aurait craqué pour un vampire.

— Pourquoi pas ? demanda Ethan avec raison. Nous ressemblons à des mortels, non ? Nous nous fondons presque complètement dans la société, nous sommes forts. Certains d'entre nous sont attirants, charmants. Et certains ont la fibre morale plus développée que d'autres. Comme chez les mortels. Il se peut très bien que votre mère ait été séduite par un vampire sans se douter de rien.

Alexia ne savait pas pourquoi elle était soudain bouleversée à ce point. Certes, elle avait décidé de passer quelques jours avec Ethan en toute connaissance de cause. Mais de là à accepter le fait que Brittany soit à moitié vampire… C'était plus qu'elle n'en pouvait supporter. Cela lui faisait peur. C'était incroyable. Troublant. Affreux. Si Brittany était réellement une Impure, elle faisait partie d'une communauté à laquelle Alexia ne pourrait jamais appartenir.

C'était sans doute ce qui l'effrayait le plus.

— D'après ce que vous dites de votre mère, il paraît probable qu'elle n'ait pas posé beaucoup de questions.

La honte, l'orgueil et la colère éclatèrent à la fois en elle.

— Eh ! s'indigna-t-elle. C'est tout de même de ma mère que vous parlez ! Elle avait beaucoup de défauts, mais ce n'était pas une traînée qui couchait avec tout le monde et n'importe qui.

Ethan s'appuya brutalement au dossier de son banc.

— Pardon, Alexia. Mon intention n'était pas de l'insulter, ni vous. Je voulais seulement dire qu'elle paraissait impulsive et insouciante.

Sa colère retomba aussi vite qu'elle était montée.

— Pff, je sais. Excusez-moi. En fait, vous avez raison. Ma mère aurait tout à fait pu rencontrer un homme à son club, se croire amoureuse et avoir une aventure avec lui sans poser tellement de questions. Seulement…

— Si Brittany est une Impure, quelle place cela vous laisse-t-il ?

Les larmes lui montèrent aux yeux. Comment Ethan s'y prenait-il pour toucher directement au cœur de ce qui la troublait ? Il la comprenait.

— Exactement, confirma-t-elle.

Il se leva pour s'approcher, puis s'accroupit devant elle et lui prit les mains avec beaucoup de douceur.

— Vous restez sa sœur, assura-t-il. L'être le plus important de sa vie. Cela ne changera jamais. Et vous restez aussi le procureur le plus teigneux et le plus talentueux du comté.

C'est ça, oui, aurait-elle voulu répondre. Mais les mots ne sortirent pas.

— Et puis vous êtes une jeune femme très séduisante, ajouta-t-il en lui caressant les paumes de ses deux pouces. J'espère que vous accepterez de sortir pour de vrai avec le président de la Nation vampire.

Alexia avait horreur de se sentir vulnérable autant que d'avoir besoin de quelque chose ou de quelqu'un. Cependant, avec Ethan, elle ne se sentait ni petite ni mélodramatique. Il paraissait sincère, et puis il était si fort, si beau avec ses traits acérés et ses yeux d'un bleu qui changeait sans cesse. Là, ils étaient clairs comme un ciel d'été. Il semblait réellement la vouloir. Pour l'instant du moins.

Et elle n'avait aucune envie de résister ni de se faire désirer davantage.

Finalement, peut-être ressemblait-elle plus à sa mère qu'elle ne voulait bien l'admettre.

Elle renifla.

— Je veux toujours tout contrôler, vous savez. Alors, cela me tue d'être tenue à l'écart d'une partie aussi importante de sa vie. Même si je ne suis pas franchement persuadée qu'elle soit à moitié vampire. On ne peut pas dire qu'elle raffole du sang. Elle n'aime que la viande bien cuite et tourne de l'œil quand on lui fait une prise de sang.

Ethan remit une mèche des cheveux d'Alexia derrière son oreille. Elle trouvait ce geste très amusant. Malgré sa petite taille, personne n'avait jamais éprouvé le besoin de la materner. Ni sa mère, ni ses professeurs, ni les quelques petits amis qu'elle avait eus.

Et voilà qu'Ethan, tout vampire qu'il était, semblait décidé à la câliner, à la réconforter, à la traiter comme un être fragile et délicat.

Et cela lui plaisait. Il lui plaisait.

— Quant à ma relation avec le président..., poursuivit-elle. Du moment qu'il sait à quoi il s'expose...

Ethan sourit. Soudain, ses caresses se firent plus séduisantes qu'apaisantes. Il remonta le long de ses poignets.

— Il le sait, affirma-t-il.

— Dans ce cas, dites-lui qu'il peut envisager que nous sortions ensemble pour de vrai.

— Vous l'en voyez ravi.

Il s'approcha encore, la tête inclinée, les lèvres entrouvertes.

Alexia ferma les yeux, prête à recevoir son baiser. Il prit possession de sa bouche avec beaucoup de douceur, de respect, de tendresse. Jamais on ne l'avait embrassée ainsi, avec autant d'assurance mais aussi de vénération. Elle sentit renaître en elle mille émotions enfouies. Elle en voulait davantage. Avec lui.

Bien davantage.

Elle noua les bras autour de son cou et s'avança de façon à glisser les cuisses de part et d'autre de sa taille. Il avait un corps dur et musclé. Il ne semblait avoir aucune peine à rester ainsi accroupi et ne fut même pas déséquilibré par le mouvement d'Alexia.

Très vite, leur baiser se fit plus pressant, plus érotique, plus avide. Du bout de la langue, il lui fit ouvrir la bouche pour la pénétrer. Alexia gémit, les seins tendus presque douloureusement, l'intérieur des cuisses palpitant. Ils étaient tout près l'un de l'autre, se frôlaient, se touchaient parfois, mais elle se retenait encore de plaquer le corps contre le sien et ce contact suffisait à l'exciter terriblement, mais pas à la satisfaire. Elle ne voyait ni ne sentait son érection contre elle, mais elle devinait son désir aussi puissant que le sien.

Le souffle court, il était de moins en moins précis, de plus en plus empressé. Ils dévoraient mutuellement leurs lèvres humides et, quand il prit son téton entre le pouce et l'index, la brutalité du plaisir qui la parcourut la fit sursauter. S'il ne s'arrêtait pas tout de suite, ils allaient finir nus sur sa terrasse. Ce serait certainement très agréable, mais Alexia supposait qu'ils pouvaient être vus d'un bon millier de chambres d'hôtel de Las Vegas.

— Ethan ?

— Oui, T.A. ?

— T.A. ? répéta-t-elle sans comprendre, distraite par ses mains baladeuses qu'il avait glissées sous son T-shirt. Qu'est-ce que ça signifie ?

— Ma Teigne Adorée, répondit-il en l'embrassant dans le cou. Ou alors Terriblement Attirante.

— Je vois. Charmant.

Elle se déroba au baiser qu'il allait lui donner et enroula les jambes autour des siennes. Il était temps de reprendre un peu le contrôle. Pas question de faire l'amour en plein air, à la vue de tous.

— Mais il est temps que vous me conduisiez jusqu'à Tom, déclara-t-elle. Le concert va commencer, Gousse d'Ail.

Il émit un grognement de dépit tout en jouant avec l'agrafe de son soutien-gorge.

— Allez, Alexia, on pourrait le manquer et monter directement dans ma chambre…

Elle se faufila hors de ses bras et se dirigea vers la porte malgré le désir qui la tenaillait. Il était bien douloureux de s'éloigner, mais elle savait que, plus tard, elle s'en féliciterait. Elle était trop vulnérable pour faire cela avec lui tout de suite. Trop à vif. Trop prête à tomber amoureuse de lui.

Elle se força donc à lui décocher un sourire aguicheur.

— Vous êtes peut-être immortel, lança-t-elle, mais pas Tom, ni moi. C'est peut-être mon unique chance de le voir sur scène.

Treize

Pourquoi fallait-il donc que ce soit ce soir que Carrick décide de changer ses habitudes ? se demanda Rick assis à une table de black-jack en regardant sa montre pour la troisième fois. Il descendait tous les jours à l'étage du casino à 20 heures – sauf aujourd'hui. Il avait déjà pris un risque en venant ce soir à l'Ava, car le service de sécurité devait l'avoir repéré sur la bande de vidéosurveillance et déjà être en alerte rouge depuis qu'il avait tiré sur le patron.

Car il avait bel et bien tiré. Il manquait deux balles dans son chargeur. En revanche, impossible de savoir s'il avait ou non touché Carrick. Et s'il ne se montrait pas ce soir, Rick ne serait pas plus avancé. Carrick était-il en retard, mort ou blessé ? Aux informations, il n'avait pas été question de lui, ni de l'Ava, ni d'une quelconque fusillade, si bien qu'il ne savait absolument pas que penser.

Toute cette situation commençait de l'énerver passablement. Sa spécialité, c'était d'abattre des cibles rapidement, proprement et efficacement avec un gros calibre. Il avait été sniper dans les marines et, somme toute, il continuait de faire le même travail aujourd'hui.

Il ne tuait pas à mains nues et n'avait jamais recours à des armes sales et incertaines que pouvaient être une corde ou un objet contondant. Il refusait de frapper qui que ce soit avec quoi que ce soit, de dépenser la moindre énergie ou d'avoir recours à une quelconque forme de violence. Dans l'exercice de son métier, il faisait en sorte de n'avoir jamais de sang sur les mains – ni sur ses vêtements ou ses chaussures. Du reste, la plupart du temps, ses victimes n'avaient le temps de se rendre compte de rien.

S'il avait su que Donatelli voulait un truc bizarre, il aurait refusé tout net. Son erreur avait été de croire qu'un homme d'affaires italien saurait apprécier un coup de feu rapide et efficace et non lui préférer une répugnante mutilation. Rick ne savait même pas comment s'y prendre pour couper une tête. Il s'était renseigné et, pour résumer, c'était franchement dégoûtant.

L'Italien allait devoir se contenter d'un égorgement – et même cela ne le réjouissait vraiment pas. Toucher quelqu'un de ses mains le mettait mal à l'aise. De toute façon, cela n'avait guère d'importance puisque Carrick persistait à ne pas se montrer et que, demain matin, Rick devrait soit supplier son commanditaire de lui accorder encore une chance, soit disparaître, soit descendre Donatelli pour mettre fin à cette situation.

Autant choisir entre la peste et le choléra.

— Salut !

Merde ! C'était le bouquet, tiens. Rick ignora soigneusement Kelsey, même quand elle s'assit à côté de lui. Il n'avait vraiment pas besoin de cela maintenant.

— Tu ne te souviens pas de moi ? demanda-t-elle d'un air vexé en le tirant par la manche.

Assis très droit, il tourna la tête vers elle sans rien dire. Aujourd'hui, elle portait une robe rouge avec des bandelettes entrecroisées sous la poitrine. Elle ne gloussait pas; elle boudait.

— Si, et je le regrette.

— Ce n'est pas très gentil, se plaignit-elle.

Si elle voulait un homme qui soit gentil avec elle, elle ferait mieux d'aller draguer ailleurs qu'aux tables de black-jack.

— Je me souviens aussi que tu m'as planté là au moment où les choses commençaient à devenir intéressantes, lâcha-t-il.

— Cela allait si vite que j'ai pris peur, déclara-t-elle sans rire.

Elle s'était un peu affaissée sur son siège et se mordillait l'ongle de l'index d'un air soucieux.

— Je suis vraiment, vraiment désolée, assura-t-elle. Tu veux bien me pardonner ? Je n'aurais pas dû ficher le camp comme ça.

Elle le prenait pour un imbécile, ou quoi ?

— C'est ça, fit-il. Laisse-moi deviner. Tu es vierge et tu n'as encore jamais fait ça.

Il poussa une pile de jetons vers le donneur pour lui signifier qu'il jouait toujours avant de continuer à se moquer d'elle.

— Je ne sais pas à quel petit jeu tu joues, mais je ne suis pas idiot au point de faire les mêmes erreurs deux fois.

— Moi non plus, je te le promets. Cette fois, je ne prendrai pas peur, parce que je saurai à quoi m'attendre.

Qu'est-ce qu'elle racontait ? S'attendre à quoi ? Il était tout ce qu'il y a de plus normalement constitué. Elle ne pouvait pas avoir eu de mauvaise surprise de ce côté-là. Et il n'y avait pas non plus trente-six manières de faire l'amour debout.

Kelsey lui sourit et se pencha un peu vers lui.

— Comment tu t'appelles ?

Il lui souffla la fumée de sa cigarette au visage.

— Je n'ai pas de nom, répondit-il.

— Oh, allez, s'il te plaît... Tu vois, j'ai dit le petit mot magique.

Il faillit l'envoyer promener méchamment. Après tout, elle l'avait laissé tomber à quelques secondes du plaisir, le laissant dans le même état que s'il avait pris de la morphine. Mais il y avait quelque chose chez elle... quelque chose de gai, de naïf – et aussi, il fallait bien le dire, de pas très intelligent – qui l'en empêcha. Il avait un peu pitié d'elle.

Cette découverte lui fit un choc. Cela faisait des siècles qu'il n'avait éprouvé aucune émotion pour personne.

— Non, dit-il sans s'énerver. Allez, voilà vingt dollars, ajouta-t-il en lui glissant un jeton dans la main. Maintenant, va parler à quelqu'un d'autre.

Elle laissa échapper un petit gémissement de dépit, mais il reporta toute son attention au jeu. Il nota tout de même qu'elle n'avait pas reposé l'argent qu'il lui avait donné quand elle se leva.

Mais, au lieu de s'éloigner, elle se coula contre lui, penchée sur son épaule. Rick se raidit. Il ne voulait pas qu'elle la touche. Sous sa veste, il portait son arme.

Prêt à la repousser ou à quitter la table, il remuait déjà quand elle lui chuchota à l'oreille, d'une voix pressante :

— Tu ne pourras pas le tuer, tu sais.

Cela l'arrêta net. Abandonnant son argent et la partie, il se leva et lui empoigna le poignet d'une main de fer qui lui fit pousser un petit cri de surprise et de douleur.

— On va faire un petit tour, déclara-t-il sans la lâcher.

La peur troubla son regard, mais elle n'appela pas au secours.

Et, quand il l'entraîna dans son sillage, elle le suivit sans résistance.

Ethan n'en revenait toujours pas. Dire qu'il avait laissé Alexia jeter sa petite culotte à Tom Jones pendant le concert !

Tout cela parce qu'elle lui avait dit qu'elle était refoulée et ne s'amusait jamais, et qu'il fallait bien cela pour éviter qu'elle devienne racornie, aigrie.

Faute de suivre son raisonnement, il avait hoché la tête. Mais, maintenant, dans l'ascenseur, une pensée l'obsédait : sous son jean taille basse très moulant, elle était nue.

Il n'aimait pas particulièrement les femmes en jean. Les coutures étaient trop raides et c'était le vêtement le plus malcommode à leur ôter. Il aimait bien mieux faire glisser une robe à terre dans un bruissement de mousseline ou de satin que tirer de toutes ses forces sur de la toile. Hélas, c'était la mode d'aujourd'hui et il fallait bien s'y faire.

Mais l'idée qu'Alexia ne portait rien sous le sien l'excitait terriblement.

— Je me suis vraiment bien amusée, déclara-t-elle.

— Vous m'en voyez ravi.

— Ce n'est pas de chance que vous ayez été le seul homme en dehors de Tom et des videurs, observa-t-elle. Heureusement que vous êtes le propriétaire du casino, ajouta-t-elle en lui posant la main sur le torse. Votre présence a paru moins bizarre.

— J'ai l'habitude d'avoir l'air bizarre, assura-t-il en lui saisissant le poignet, bien décidé à finir la nuit avec elle.

— Et je suis désolée de vous avoir touché au visage avec ma petite culotte en prenant mon élan pour la lancer, affirma-t-elle d'un air narquois en faisant lentement remonter ses doigts sur sa poitrine.

— Cela ne m'a pas dérangé du tout, croyez-moi.

Il aurait tout de même mieux aimé conserver le petit bout de satin pour lui que le voir voler vers un sex-symbol vieillissant. D'ailleurs, il n'avait pas été ravi de la voir filer aux toilettes pour l'enlever. Mais, maintenant que c'était fait, autant se concentrer sur le résultat plutôt que sur la raison.

Elle était nue sous son pantalon, c'était tout ce qui comptait. Surtout en ce moment, alors qu'il promenait les mains sur son petit derrière et les glissait entre ses cuisses. Elle retint son souffle quand Ethan se pencha vers elle pour prendre possession de ses lèvres rosées bien gonflées. C'est alors qu'une sonnerie tinta et que la porte de l'ascenseur s'ouvrit.

— Zut ! maugréa-t-il quand elle sursauta et s'écarta de lui.

Elle courut dans le couloir jusqu'à sa chambre et glissa sa carte-clé dans la fente de la porte. Les trois quarts du temps, Alexia ne portait pas de sac à main. Elle se contentait de fourrer ses clés et son permis de conduire dans la poche de son pantalon quand presque toutes les femmes trimballaient un véritable drugstore dans leur sac à main.

Il la suivit tranquillement. Malgré son inconfortable érection, il aurait pu, au prix d'un brusque effort, la rattraper, la prendre et la déshabiller sans même qu'elle ait le temps de protester. Mais ce n'était pas de cela qu'il avait envie ce soir. Il voulait laisser l'initiative à Alexia. Puisqu'elle avait besoin de tout contrôler, il la laisserait faire bien volontiers.

Il le regretta presque au moment où il franchit le seuil et où il reçut un grand coup de pied en pleine poitrine. Sous l'effet de la douleur, il expira un grand coup.

— Qu'est-ce que j'ai fait pour mériter ça ? demanda-t-il tandis qu'elle reposait le pied, mais restait en garde, les deux poings levés.

— Vous m'avez dit que je pouvais m'exercer sur vous, lui rappela-t-elle en sautillant sur place. D'accord, je n'aurais pas dû viser l'endroit où vous avez reçu cette balle. Je n'ai pas réfléchi. Excusez-moi.

Ethan se rendit compte qu'Alexia le voyait encore comme un simple mortel, avec toutes les faiblesses et les vulnérabilités inhérentes à son espèce. C'était une erreur. Et puis, s'il y avait une chose qu'il ne pouvait supporter, c'était la pitié. Qu'elle s'inquiète pour lui, il le voulait bien; cela prouvait qu'elle tenait à lui. Mais elle ne semblait pas consciente de l'étendue de ses pouvoirs.

Il s'en agaça un peu.

— Je suis un maître vampire, lui rappela-t-il. J'ai près de mille ans. Je me suis battu contre les Turcs à la première croisade, contre les Français lors de la guerre de Cent Ans – j'ai d'ailleurs fait toute la guerre – et contre les Allemands lors des deux guerres mondiales. Alors ce n'est pas un coup de pied donné par un petit bout de femme qui va me mettre à terre, balle dans la poitrine ou pas.

Elle en resta bouche bée. Il se rendit compte qu'il avait dû paraître plus agressif qu'informatif quand le tranchant de sa main arriva sur lui comme l'éclair. Cette fois, il vit venir le coup et le para.

Mais, comme il se contentait de bloquer sa main sans riposter ni lui faire mal, elle pivota sur place et lui asséna un coup de pied juste en dessous du genou.

Il grimaça avant d'avoir pu s'en empêcher. Cela faisait longtemps qu'il ne s'était pas battu. Il devait se ramollir, si un petit coup au tibia lui faisait mal.

— Petit bout de femme ? maugréa-t-elle. Je vous en donnerai, du petit bout de femme !

Une fois de plus, il regretta de n'avoir pas le pouvoir de lire dans ses pensées, ce qui lui aurait permis d'anticiper ce qu'elle lui réservait. Si seulement ce pouvait être le moment où elle se déshabillait et se mettait à le séduire... Mais il ne fallait pas rêver.

Au cas où, il ferma la porte de la chambre et s'éloigna des glaces du placard, puis il recula lentement vers la partie salon, sans la quitter des yeux.

— Je ne voulais pas vous insulter, assura-t-il. Je voulais seulement vous faire savoir que, contrairement à ce que vous semblez croire, je ne suis pas une mauviette. Et vous non plus, comme vous me l'avez démontré à plusieurs reprises.

En guise de réponse, elle lui décocha une rafale de coups qu'il eut presque du mal à arrêter. Avec les réflexes qui étaient les siens, cela aurait dû être facile, mais comme il ne pouvait pas lire dans ses pensées ni prévoir ses mouvements, et qu'il faisait très attention de doser sa force pour ne pas lui faire mal, elle parvint à lui porter quelques coups.

— D'accord, d'accord, T.A., fit-il en en feignant de se rendre, les deux mains en l'air. Buffy est battue à plates coutures. Vous êtes capable de coucher un vampire sur place.

Ce qu'il voulait, maintenant, c'était la coucher dans son lit.

Alexia lui fit un grand sourire, qui l'inquiéta plus qu'autre chose. Dire qu'il avait accepté de se prêter à ce petit jeu... Elle s'exerçait simplement, il n'en doutait pas. Mais il devinait qu'elle ne s'arrêterait que quand elle jugerait qu'elle avait terminé.

Ethan se prit à lui sourire en retour. Elle le faisait vibrer, attisait son esprit de compétition. Tandis qu'elle sautillait sur place, prête au prochain assaut, il entendit que son cœur battait plus fort, plus vite que d'ordinaire.

— Quoi ? fit-il. Vous n'avez pas fini ? Vous me réservez encore une surprise ?

— Vous le savez très bien, repartit-elle. Je commençais tout juste à m'échauffer.

Sur quoi elle poussa un cri strident qui lui vrilla les tympans.

Puis, elle passa à l'attaque, lui balançant un coup de pied très haut. De crainte de la faire basculer s'il repoussait son attaque, il recula hors de sa portée.

— Ooooh ! La vitesse des vampires, fit-elle en tombant en douceur sur la moquette. Trop cool !

Elle desserra les poings, l'air épuisée. Satisfaite.

Ethan se détendit à son tour… le temps de recevoir un coup au menton qui le fit se mordre la langue jusqu'au sang et lui résonna dans tout le crâne. Il y avait bien de la puissance dans un si petit pied. Il se secoua pour s'éclaircir les idées et la vue, et l'évalua d'un regard dur.

— Très bien, ma belle, déclara-t-il. Je ne vais plus me retenir. Là, vous m'avez un peu agacé.

— Vous retenir ? Je vous en prie. Vous ne vous retenez pas, au contraire, vous êtes à fond. Je suis trop forte pour vous, c'est tout.

Sauf que, cette fois, quand elle se jeta sur lui, il était prêt et ne tempéra pas sa réaction. Elle attaqua du tranchant de la main, et il la bloqua. Puis, du poing gauche, et il lui saisit le poignet. Il évita sa paume, puis arrêta le droite, droite, gauche qu'elle voulut lui décocher. Elle pivota et il se pencha pour échapper à son coup de pied. Sa feinte avant d'essayer l'autre pied ne le trompa pas; elle se retrouva avec les orteils dans le creux de sa main.

La sueur lui perlait sur le front et la concentration lui faisait plisser les yeux. Ils tournaient autour l'un de l'autre, Alexia prête à l'attaque, Ethan en défense. À chaque coup qu'elle portait, elle lui plaisait un peu plus. La guerrière qu'il découvrait en elle le séduisait davantage que toutes les femmes qu'il avait pu connaître. Son excitation redoubla.

En eux, la fatigue physique le disputait à la compétitivité. Si l'on ajoutait à cela son désir pour elle, qui montait depuis le début de la soirée, il ne fallut pas longtemps pour que leur combat prenne un tour sexuel. Du moins aux yeux d'Ethan.

Il y voyait des préliminaires certes agressifs, mais des préliminaires tout de même. Son érection et son souffle de plus en plus court et plus rapide suffisaient à le prouver. La soif de sang autant que le désir sexuel lui donnaient envie de sortir ses crocs, mais il résista à la tentation. Il voulait mordre Alexia pour la première fois quand elle se tordrait de passion sous lui.

Quand ils eurent passé plusieurs longues secondes à se tourner autour, elle bondit en avant. Il la bloqua, mais elle fit pleuvoir les coups sur lui jusqu'à ce que, en nage, couverts de bleus, ils ne forment plus qu'un enchevêtrement de membres sans qu'il soit vraiment possible de dire qui avait gagné. Alexia ne relâchait pas ses efforts, et sa détermination et son adresse lui permettaient de parfois toucher au but. Cela agaçait beaucoup Ethan et l'emplissait, elle, d'aise.

En particulier, quand elle parvint à lui balancer un grand coup de pied qui le fit trébucher. Elle en profita pour le frapper à la poitrine et il perdit l'équilibre et se cogna le genou sur la table basse. Alors, elle lui décocha un coup de poing en poussant un cri strident. Mais, au moment où elle le frappait, il lui saisit le poignet d'une main de fer.

Il l'entraîna dans sa chute et elle tomba sur lui avec un grognement. Sans lui laisser le temps de réagir, il la retourna sur le dos. Mais elle se débattit tant et si bien qu'elle parvint à se dégager de sous lui. Ils se mirent à rouler, heurtant la table basse, entrelacés, serrés l'un contre l'autre, chacun cherchant à prendre le dessus, chacun refusant de s'avouer vaincu.

— Vous savez que cela finira forcément au lit, lui dit-il tandis qu'elle lui plaquait une main sur le front pour tenter de le maintenir à plat dos.

— Je l'espère bien, répondit-elle le souffle court, tandis que ses seins frôlaient la poitrine d'Ethan.

S'il le voulait, il lui suffirait d'une poussée pour la faire voler à dix mètres. Mais il préférait lutter à armes égales, de la façon qu'elle avait choisie. Rien ne l'empêchait cependant d'aller plus loin. Sur le dos, Alexia à califourchon sur ses genoux, il saisit le devant de son T-shirt moulant. Il lui suffit de tirer un petit coup dessus pour le déchirer en deux.

— Nom de… ! s'écria Alexia.

Mais elle n'acheva pas sa phrase qui se fondit en un gémissement, quand il dégrafa son soutien-gorge et prit ses deux seins fermes et chauds dans ses mains.

Les yeux brillants, les pupilles dilatées, les lèvres humides, elle se pencha en avant et l'embrassa fiévreusement. Quand elle lui mordilla la lèvre, il sentit tout son corps traversé par un éclair de désir tandis qu'elle se plaquait contre son érection.

Ils mêlèrent leur langue brûlante. Les tétons d'Alexia pointaient sous les pouces d'Ethan. Leur souffle haletant emplissait l'air, leur cœur battait la chamade. Il entendait son sang couler délicieusement dans ses veines. Mais, quand il voulut l'étendre sur le dos, elle lui donna un coup de pied dans la cuisse.

— Non, je veux être au-dessus, déclara-t-elle.

— Eh bien, allez-y, articula-t-il avec peine, au comble de l'excitation.

Cela faisait des siècles qu'il n'avait pas désiré une femme avec cette intensité désespérée, cet instinct de conquête et de possession.

Dans la passion, ses yeux prenaient une teinte turquoise incroyable et étincelaient d'assurance.

— Très bien.

Elle essaya de le retourner, mais il résista pour rester au-dessus d'elle. Et il baissa la tête pour passer le bout de la langue sur la pointe de son sein.

Elle fut prise d'un petit frisson et battit un instant des paupières, avant de se ressaisir et de lui prendre l'épaule pour tenter de le faire basculer. Les jambes enroulées autour de ses cuisses, elle laissa échapper un juron quand il se mit à rire.

— Bien essayé.

— Rien à faire, lâcha-t-elle. Je suis mordue.

Et, d'un coup, elle cessa de résister.

— Aïe, se reprit-elle. Cela non plus, il ne faut pas que je le dise.

Elle lâcha Ethan pour se débarrasser des restes de son T-shirt et fit glisser son soutien-gorge de ses épaules.

— Dois-je y voir une invitation ? avança-t-il en ôtant sa chemise.

— À me mordre ? s'écria-t-elle en lui plaquant la main sur la bouche. Ça ne va pas, non ?

Il lui mordilla le doigt puis le prit entre ses lèvres pour le sucer. Elle tressaillit sous lui, les yeux révulsés, quand il l'attira dans la chaleur humide de sa bouche.

— Ce n'est pas si mal, admit-elle.

— Sauf que, là, ce n'était pas une morsure, précisa-t-il. Tout au plus un suçon.

Il prit le doigt humide d'Alexia et le passa sur la pointe de son sein.

— Quand je te mordrai vraiment, assura-t-il, tu le sauras. Tu le sentiras partout, comme si mille langues te caressaient le corps, et tu me supplieras de ne pas arrêter.

Cette prédiction lui tira un gémissement de désir. Elle défit le bouton et le zip de son jean et se mit à se tortiller pour essayer de l'ôter d'une main.

— Si tu me mords, je ne deviendrai pas vampire, au moins ?

— Non.

Il l'aida à se déshabiller et ne regretta même pas la disparition des jupons et des pantalons de dentelle quand elle lui apparut dans toute la beauté de sa nudité. Il avala sa salive.

Elle était magnifique… À la fois féminine, voluptueuse et tonique, très musclée. Ce contraste qui le faisait se sentir très « homme » le séduisait comme jamais il ne l'avait été.

Comme elle s'agitait, faisant délicieusement danser ses seins, il en prit un dans sa bouche pour l'immobiliser. Oh, oui… Elle avait un goût suave et salé à la fois et son téton durci lui taquinait délicieusement la langue et les dents.

Mais, non. Il était encore trop tôt. Ethan se força à se redresser pour caresser tout son corps si souple.

— Tu es belle, tu sais, murmura-t-il.

Il passa la main sur les boucles à la jonction de ses cuisses avant d'ajouter :

— Tu es toute dorée… J'ai envie de te dévorer.

Puis, il appuya un long baiser dans la fraîcheur humide de son mont de Vénus.

Alexia crut qu'elle allait exploser sur-le-champ. Il n'était plus question d'attendre. Ils allaient se prendre tout de suite, vite, fort. Elle poussa un gémissement et enfouit les doigts dans les cheveux d'Ethan pour faire venir sa bouche contre la sienne. Ethan libérait ce qu'il y avait de plus violent chez elle. Mais, au fil de la soirée, les sentiments qu'il lui inspirait n'avaient cessé de gagner en intensité. Ils l'étouffaient et elle se sentait prête à tout pour le recevoir en elle. Maintenant. Rien d'autre ne la satisferait.

— Déshabille-toi, murmura-t-elle entre deux baisers brûlants, tout en cherchant sa ceinture à tâtons.

Il avait un goût piquant, épicé, et sa langue caressait délicieusement la sienne. Quand il s'écarta d'elle, elle poussa un gémissement déçu. Mais, aussitôt, elle le sentit de nouveau contre elle.

Nu.

Son imposante érection plaquée contre elle. Oh…

— Qu'as-tu fait de ton pantalon ? demanda-t-elle. Tu l'as fait se volatiliser, ou quoi ?

Ethan ondula des hanches pour se presser contre elle plus étroitement encore.

— Non, répondit-il. Tu as cligné des yeux et, pendant ce temps, je me suis déshabillé.

Cette rapidité des vampires avait tout de même quelque chose d'un peu effrayant…

— Frimeur ! lança-t-elle.

Mais elle oublia tout quand elle se mit à caresser son dos et ses fesses nus.

— Non, se défendit-il. J'ai trop envie de toi, c'est tout.

Ah, voilà qui n'était pas désagréable à entendre.

— Et tu as déjà mis un préservatif ? voulut-elle savoir.

Il marqua une pause avant de répondre.

— Non.

— Eh bien, dépêche-toi !

Il se leva, entièrement nu, magnifique.

— Où vas-tu ?

Elle s'affola. Et s'il n'avait pas de préservatifs ? Elle, en tout cas, n'en avait pas.

— J'en ai un dans la poche de mon jean, mais je l'ai jeté un peu plus loin que je ne voulais.

Un seul ? Mais cela n'allait pas suffire ! Et puis, où avait-il lancé son pantalon ? Dans le couloir ?

Presque, découvrit-elle. Il avait atterri sur le minibar, à l'autre bout de la pièce. Décidément, c'était franchement flippant – mais elle décida de l'ignorer.

Il prit un préservatif dans son portefeuille et l'enfila. Quand il se retourna vers elle, elle en oublia ses questions et ses inquiétudes.

— Hail to the Chief…, fit-elle avec enthousiasme en s'agitant sur la moquette.

Ethan se mit à rire, d'un rire grave et mélodieux, irrésistible.

— Tu ne vas pas te mettre à fredonner, au moins ?

— Non, mais… comment dire ? Voilà qui impose le respect. Ouah.

Tant pis si son admiration lui montait à la tête. À la tête ou… ailleurs. Elle saurait s'occuper de lui.

— Tu as bien conscience que, en disant cela, tu me rends incapable de te faire l'amour lentement, tendrement ?

Il s'agenouilla devant elle et lui empoigna les jambes pour les lui écarter.

— Il ne me semblait pas que ce serait lent et tendre. Ou alors, peut-être, une prochaine fois…

Elle ferma les yeux quand il l'embrassa après avoir suivi le contour de ses lèvres du bout de la langue. Puis, il enfouit le visage dans son cou tout en introduisant un doigt en elle et en lui caressant le clitoris tour à tour.

— Oui, dit-elle, c'est sûr, une prochaine fois. Parce que vite et fort, c'est bon aussi.

Elle haletait sous ses caresses et les merveilleuses arabesques qu'il traçait du bout de la langue sur sa peau. C'est alors qu'elle sentit ses dents s'enfoncer dans sa peau avec une acuité qui la saisit.

— Oh !

Elle voulut se dégager, mais Ethan la maintint fermement et, à mesure qu'il la buvait, la tension érotique entre eux enflait, jusqu'à l'insoutenable. Quand il aspira plus fort, elle sentit tout son corps se crisper de désir et fut prise d'un vertige. Elle ferma les yeux et son cri de surprise se mua en un gémissement d'extase.

— Ooooh… oui ! fit-elle dans un souffle en soulevant les hanches contre son doigt et en plaquant les seins contre son torse dur et musclé.

C'était le tourment suprême. Elle avait l'impression qu'il la stimulait partout, dans tout son corps, en découvrait, en goûtait les moindres recoins – sauf celui qui importait vraiment.

— Allez, je t'en prie, gémit-elle en se tordant sous lui alors qu'il la maintenait allongée sur le tapis.

Il la lâcha un instant, retira son doigt et prit possession de sa bouche tout en la pénétrant d'un coup de reins vigoureux.

Alexia explosa instantanément, agitée de soubresauts d'une telle violence qu'elle fut incapable même de se retenir à Ethan. Elle s'entendit crier, sans même avoir conscience de le faire, et surfa sur une interminable vague de plaisir en se contractant autour de lui qui continuait d'aller et venir en elle.

Il l'accompagna jusqu'au bout. Puis, elle essaya de reprendre son souffle et secoua la tête pour chasser les cheveux qu'elle avait dans les yeux, encore étourdie, soûlée d'endorphines.

Même alors, il ne s'arrêta pas. Bougeant toujours, il roula sur le dos, Alexia sur lui.

— À toi, dit-il. Vas-y. Fais-moi jouir.

Alexia ne pouvait résister à un tel défi. Elle prit appui sur les mains, encore humide et excitée malgré l'alanguissement de la satiété. Elle le regarda. Son air farouche était plus celui d'un guerrier que de l'ange que sa mère voyait en lui. Ethan était un homme complexe, aux multiples facettes. Et il savait s'y prendre à la perfection avec elle.

Sans hésiter, elle enfonça les ongles dans la moquette, se redressa à demi et le chevaucha. Lentement, d'abord, puis, de plus en plus vite, jusqu'à s'abandonner totalement, aiguillonnée par leurs gémissements à tous deux. Lorsque Ethan serra les dents, elle comprit qu'il y était presque. Dans un dernier soubresaut, elle se laissa emporter par la jouissance au moment où il s'y abandonnait lui aussi.

Il lui empoigna les bras et explosa en elle avec une force qui lui fit presque mal. Mais peu importait. Coucher avec un vampire, c'était le pied.

Au bout d'une éternité, Alexia se laissa aller contre le torse d'Ethan. Elle mourait de soif mais, d'abord, il fallait qu'elle se repose. Au moins dix ans.

Il se mit à lui caresser les cheveux.

— Ouah, fit-il avant d'avoir complètement repris son souffle. Là, c'est moi qui suis impressionné. C'était absolument fantastique.

Elle sourit contre sa poitrine. Vu toute l'expérience qu'il devait avoir, ce n'était pas un mince compliment.

— Et tu sais de quoi tu parles..., commenta-t-elle.

Il lui déposa un baiser sur le sommet du crâne et elle sentit une boule venue de Dieu sait où se loger dans sa gorge. Gênée, elle resta étendue sur lui, mais lui pinça doucement le bras.

— Alors, qu'est-ce que c'est que cette façon de mordre ? le taquina-t-elle. Tu as été pris d'une petite faim ?

Du reste, elle ne lui en voulait pas. Elle devrait, sans doute, mais Ethan n'avait pas menti en lui promettant que cela lui plairait, qu'elle n'aurait pas mal, et qu'elle ne sentirait qu'une grande impression de satisfaction se répandre dans son corps.

— Non, ce n'était pas une morsure pour me nourrir, corrigea-t-il. Je n'ai fait que goûter ton sang; je ne l'ai pas bu.

— À quoi ça sert, alors ?

N'empêche qu'elle était assez soulagée qu'il ne la voie pas uniquement comme un en-cas...

— À te marquer. À proclamer que tu es à moi, dit-il en lui posant une main sur les fesses pour la tenir serrée contre lui.

Ce n'était pas très politiquement correct. Pourtant, Alexia fut touchée par cette déclaration, par son côté brut et naturel.

— Comme un panneau « propriété privée » à l'usage des vampires ?

— Oui. « Propriété privée, défense d'entrer. Si tu la touches, tu es mort. » Je suis le seul à pouvoir avoir envie de te toucher, de te pénétrer de toutes les façons possibles.

Mm… C'était fou ce que c'était sexy. Mais il n'avait pas besoin de le savoir.

— Bon, fit-elle d'un ton léger. Pour cette fois, ça va, mais ne crois pas que tu pourras recommencer à chaque fois que l'envie t'en prendra.

Elle changea de position. Son corps viril et humide faisait le meilleur des matelas.

— Bien, ma chère, dit-il en lui mordillant l'oreille.

Elle releva la tête le temps de lui jeter un regard noir.

— Comme vous voudrez, ma chère, ajouta-t-il en se soulevant pour lui croquer la lèvre inférieure.

— Arrête ça tout de suite.

Elle sentait l'excitation la gagner de nouveau et il fallait vraiment qu'elle fasse quelque chose pour ne pas avoir l'air d'une fille facile, pour se faire désirer.

— Essaie donc de m'y obliger.

Oh, oui. Ethan aimait jouer à la bagarre. Elle aussi. Cela tombait bien.

Quatorze

Kelsey fit une moue boudeuse et évita le regard de Rick quand il la plaqua contre le mur et glissa une jambe entre ses cuisses filiformes.

Un œil extérieur aurait cru voir un couple s'embrasser et se peloter mais, tout ce qu'il ressentait, c'était une crainte froide et désagréable de voir s'effondrer sur lui la vie sans émotion ni sentiment qu'il s'était soigneusement construite.

— Qu'est-ce que tu veux dire par là ? l'interrogea-t-il. Et tu n'as pas intérêt à te moquer de moi, parce que je n'ai qu'un geste à faire pour te briser le cou.

Il bluffait. Il n'irait pas jusqu'à la tuer. Il n'aimait même pas avoir à la menacer de la sorte, mais il n'avait pas le choix – ni le temps de s'apitoyer sur le sort de cette gentille écervelée.

Kelsey passa la langue sur ses lèvres déjà brillantes. Il sentit son souffle haletant sur son visage. Il était d'une douceur un peu écœurante, comme si elle venait de boire un cocktail au jus de fruits trop sucré.

— Il faut que tu arrêtes ce que tu as entrepris. Tu ne réussiras pas. Je ne sais pas qui t'a demandé de le faire, mais tu n'arriveras qu'à te faire prendre et lui ne mourra pas.

Rick la fixa du regard, le cœur battant, et durcit son étreinte sur sa taille. Elle connaissait forcément l'Italien. Autrement, tout cela n'avait aucun sens. Mais comment et pourquoi, c'était toute la question. Lui tendait-on un piège ? Le rôle de Kelsey était-il spécialement de le distraire ?

Dans quel petit jeu pervers ce conard de Donatelli cherchait-il à l'entraîner ?

— Tu es sa petite amie ? l'interrogea-t-il.

— À M. Carrick ? demanda-t-elle en ouvrant grand ses yeux bruns. Non. D'ailleurs, il n'a pas de petite amie. Ou, du moins, il n'en avait pas jusqu'à l'arrivée de la sœur de Brittany.

— Je ne te parle pas de Carrick, mais de l'autre. Celui qui t'a envoyée à moi.

La frustration donnait un accent rauque à sa voix tant il devait prendre sur lui pour parler bas.

— Je ne comprends pas ce que tu veux dire.

Elle remonta les épaules comme pour se protéger de lui.

— Je sais que tu as eu envie de le tuer parce que j'ai lu tes pensées dans ta tête, ajouta-t-elle.

Oh, mon Dieu. Comment avait-il pu être assez abruti pour ne serait-ce qu'adresser la parole à cette fille hier ? Il aurait mieux fait de faire semblant d'être Italien, pour un soir, et de ne pas comprendre ce qu'elle lui disait.

— Je parle italien, dit-elle. Ma mère était Italienne.

— Quoi ?

De surprise, Rick la lâcha. Il était certain de ne pas avoir prononcé ces mots à voix haute.

— Tu n'aurais pas pu faire semblant d'être Italien et de ne pas me comprendre parce que je parle italien.

— Comment t'y prends-tu pour faire un truc pareil ? voulut-il savoir.

Et, la veille, comment s'y était-elle prise pour le laisser dans cet état de stupeur désorientée, le pantalon ouvert ? Il lui semblait même qu'il était en train de boire un verre quand elle était venue s'asseoir à côté de lui.

— Non, confirma-t-elle, tu n'as rien bu.

— Mais je n'ai pas parlé !

Il la considéra, les yeux plissés. Peu à peu, sa nervosité semblait se dissiper et elle le regardait avec l'air d'attendre quelque chose. Il ne croyait pas à ces histoires de télépathie. C'était n'importe quoi. D'ailleurs, il ne croyait plus à grand-chose depuis le service.

— Quel service ? s'enquit Kelsey en clignant des yeux. Ah, l'armée, ou un truc du genre ?

Il eut soudain les mains glacées, la gorge nouée. Une sueur froide lui dégoulinait entre les omoplates.

— Tu arrives à lire dans mes pensées ? demanda-t-il.

Elle hocha la tête.

— Je n'ai jamais été très douée pour ça, mais, avec toi, c'est comme… Comment ça s'appelle, déjà ? Ce truc que le présentateur télé lit ?

Rick appuya les doigts sur sa tempe et écarta une mèche de cheveux de son front. En théorie, il comprenait ce qu'elle disait mais, en pratique, il ne parvenait pas à s'y faire.

— Un prompteur ? suggéra-t-il.

— Oui ! C'est ça ! s'écria-t-elle en lui pointant l'index sur la poitrine.

Il se raidit, mais elle se contenta de le caresser avec une tendresse un peu étrange.

— Ne t'en fais pas, je ne dirai rien, promit-elle. Mais il faut que tu me jures de ne pas réessayer. Ça ne marchera pas, de toute façon.

— Pourquoi ?

Les pensées se bousculaient à cent à l'heure dans son esprit et il ne parvenait à en saisir aucune. Tout cela n'avait aucun sens. À la minute où il avait accepté ce contrat, tout était allé de travers.

— Je sais contourner les services de sécurité, précisa-t-il.

— Peu importe : ça ne marchera pas. M. Carrick est intouchable, crois-moi.

Elle lui posa la main sur l'épaule et lui sourit. Manifestement, sa crainte s'était dissipée.

— J'aimerais bien savoir ton nom, murmura-t-elle.

Rick essaya de bloquer ses pensées, pris de panique à l'idée qu'elle puisse savoir qui il était. Kyle, Kyle, Kyle, Kyle se répétait-il mentalement sans relâche. C'était le premier nom qui lui vînt à l'esprit. Celui de son petit frère.

— Kyle ? fit-elle en gloussant. Tiens, c'est drôle. Tu n'as pas une tête à t'appeler Kyle. Frank, plutôt. En tout cas, un prénom qui se termine par k.

Rick sentit une boule glacée se loger au creux de son estomac. Cette idiote avait bel et bien le pouvoir de lire dans ses pensées.

Lui-même n'aimait déjà pas beaucoup voir ce qui se passait dans sa tête. Mais, ce qui était sûr, c'était qu'il n'avait aucune envie que quelqu'un d'autre le sache.

Ethan ignora les trois premiers messages de Seamus et but deux poches de sang coup sur coup. Tous les efforts physiques de la dernière heure lui avaient donné soif. Il ne lui en fallut pas plus pour se rappeler combien il était bien en elle, la façon dont elle avait enroulé les jambes autour de lui en criant de plaisir…

Il se doutait qu'elle se montrerait agressive au lit, et elle ne l'avait pas déçu. Maintenant, il voulait, à son tour, planter le décor et mener la danse de la séduction. Il avait laissé Alexia endormie dans la chambre voisine de la sienne le temps de rentrer chez lui se nourrir. Elle n'avait pas l'habitude d'être éveillée la nuit. Ethan, si, et il ne pouvait pas changer du jour au lendemain des habitudes vieilles de près d'un millénaire même si, à l'intérieur de son casino et de son hôtel, il pouvait vivre le jour sans jamais se trouver exposé au soleil.

Au demeurant, il souffrait de moins en moins de ses rayons à mesure qu'il vieillissait et devenait plus fort. S'il avait vécu dans une ville du Nord ou de l'Est, il aurait même sans doute pu passer une journée entière dehors au grand jour. À Las Vegas, ce serait sans doute plus dur, mais il pouvait tout à fait tenir une heure ou deux de temps à autre, comme il l'avait fait cet après-midi. D'ailleurs, bien qu'Alexia l'ait réveillé nettement plus tôt que d'habitude, il n'était pas particulièrement fatigué.

Au contraire, il se sentait gonflé à bloc, débordant d'énergie. Il lui semblait soudain que, ces temps derniers, il avait vécu comme un zombie, absorbé uniquement par son travail, rien que son travail. Il avait beau savoir qu'il était essentiel de remporter cette élection, connaître par cœur toutes les raisons pour lesquelles c'était tellement important, il se rendait compte qu'il était à deux doigts de craquer et qu'il fallait de toute urgence qu'il recouvre un meilleur équilibre.

Avant de devenir un vieux vampire aigri et ronchon, sans le moindre humour, et dont la vie sexuelle serait réduite à néant. Cette vision de son avenir était suffisamment horrible pour qu'il soit prêt à tout pour y échapper – y compris à encourir la colère de Seamus.

« Tu commences à m'énerver sérieusement », disait le quatrième message de son bras droit.

Ethan écarta l'appareil de son oreille en riant. En voilà un qui ne pensait qu'au travail ! Et dire qu'il n'avait que quelques siècles...

Il laissa son verre sale dans la *kitchenette* et retourna dans le salon. Cette suite qui lui servait de chez-soi quatre-vingts pour cent du temps était conçue pour être confortable et commode. Elle se composait d'une chambre de maître et d'une grande salle de bains équipée de tout le confort, d'un bureau, d'un salon et d'une petite cuisine munie d'un congélateur et d'un lave-vaisselle pour ses verres. Alexia avait observé que la décoration n'était pas celle que l'on trouvait généralement dans la région, mais il aimait bien l'élégance des couleurs sombres qui lui rappelaient les manoirs de son Angleterre natale.

Hélas, il était difficile de passer inaperçu dans la campagne anglaise de nos jours. Las Vegas offrait en revanche la couverture idéale pour un vampire.

Il y faisait horriblement chaud et cela manquait cruellement d'arbres pour son goût, mais on ne pouvait pas tout avoir. Il trouvait un certain charme à la marée humaine qui envahissait en permanence Sin City, comme un défi perpétuel à la réalité.

On frappa à la porte. Ce n'était pas Seamus, qui aurait donné des coups brefs, polis mais fermes. Là, on cognait impérieusement, avec moins de classe, comme pour attirer l'attention.

Alexia.

— Ethan ? appela-t-elle en effet aussitôt.

Pieds nus, il alla à la porte à vitesse vampire. Elle n'avait pas fini de prononcer son nom qu'il ouvrit.

— Entre, lui enjoignit-il. Je pensais que tu allais encore dormir des heures. On n'est qu'au milieu de la nuit.

Elle avait l'air adorablement grognon, tout ébouriffée, dans un pantalon de survêtement et un vieux T-shirt à lui.

— Ah bon ? Tu ne me plaques pas ? Quand je me suis réveillée et que tu n'étais plus là, je me suis dit que tu étais peut-être le genre de type qui a horreur de passer toute la nuit avec une fille, et je tiens à te préciser tout de suite que ça m'horripile. Si tu es capable de rester le temps de coucher avec moi, tu peux rester un peu plus longtemps. Je ne suis pas un *drive-in*.

Il eut un mal fou à garder son sérieux.

— Je te promets que ce n'est pas mon genre, assura-t-il. Seulement, je ne dors pas la nuit et je ne voulais pas te déranger, alors je suis retourné dans ma suite avaler un truc et travailler un peu. J'étais bien décidé à revenir te réveiller à l'aube pour te faire l'amour – avant de dormir toute la journée.

Elle fronça le nez.

— Hm, c'est nul. On dirait qu'on fait les trois-huit et qu'on n'est pas dans la même équipe. Soit il faut que je reste réveillée la moitié de la nuit, soit c'est toi qui dois te priver de sommeil pendant la journée.

Cela ne lui plaisait pas plus qu'à elle.

— Si je prends l'habitude de me lever un peu plus tôt – disons vers 5 ou 6 heures du soir – et que tu te couches un peu plus tard – aux alentours de 1 heure du matin, par exemple – nous aurons quand même pas mal de temps pour sortir ensemble et avoir d'autres... activités. Pas moins que la plupart des autres couples dont les deux travaillent.

Elle s'adossa au mur du salon.

— Parce que nous formons un couple ?

— Tu as dit que tu étais d'accord pour que nous sortions ensemble et, maintenant, nous avons eu des relations intimes. Il me semble que cela fait de nous un couple, oui.

— Ouah. Et on arrive déjà à faire des compromis ! On est drôlement forts, comme couple.

Cette déclaration fut ponctuée d'un bâillement.

— Retourne te coucher, si tu veux, ma belle. Ou, si tu préfères un peu d'air frais, on peut aller voler.

— Voler ? Comment cela ?

Elle parlait d'une voix traînante et ses paupières s'alourdissaient.

— Tu ne vas pas te transformer en chauve-souris, au moins ? ajouta-t-elle. Là, je crois que ça me ferait quand même flipper.

— Non, je ne fais pas la chauve-souris, assura-t-il. C'est plutôt une manœuvre à la Superman. Je peux faire deux ou trois kilomètres d'un trait. C'est un peu comme courir dans l'air, pour moi.

Elle se redressa d'un coup et tira sur son T-shirt.

— Sans blague ? dit-elle. Et tous les vampires savent faire ça ?

— Seulement les très vieux dans mon genre.

Il sentit dans sa voix une pointe de fanfaronnade dont il fut le premier surpris. Il croyait avoir surmonté l'orgueil de sa jeunesse.

— Tu es le modèle haut de gamme, quoi, commenta-t-elle.

Il retomba aussitôt les pieds sur terre. Il trouvait très rafraîchissantes la franchise d'Alexia et sa façon de garder toujours le sens des proportions.

— Les jeunes vampires peuvent monter, descendre et faire du sur-place, mais pas se déplacer latéralement.

— Cool. Il me faut mon sac à main ?

— Non. Des chaussures, c'est tout.

Elle revint un instant plus tard, chaussée de tennis, et ils sortirent sur son balcon.

Alexia se pencha sur la balustrade et inspira profondément l'air frais de la nuit.

— Alors, demanda-t-elle, comment fait-on ? Comme Wendy ? Il faut que je pense à des choses agréables ? Que tu me saupoudres de poussière de fée ?

— Pense à des choses agréables si tu veux, mais je ne trouve pas très plaisant d'être comparé à Peter Pan.

— Ne t'en fais pas, fit-elle en riant, tu es bien plus homme que petit garçon.

Au moins, elle s'en était rendu compte…

— Place-toi face à moi, lui indiqua-t-il, les bras autour de mon torse et les jambes autour des miennes.

Elle lui sauta au coup, les jambes nouées autour de sa taille.

— Non, ma belle, pas comme cela. Garde les pieds sur le sol pour l'instant. Si tu es trop haute, tu vas t'écarter de moi et le vent va s'insinuer entre nous, j'aurai alors plus de mal à te tenir. Or je n'ai aucune envie de te voir tomber.

— Voilà qui est rassurant, fit-elle en se laissant glisser à terre.

— Oui, comme cela, confirma-t-il. Et serre-toi bien contre moi.

Elle obtempéra, non sans se frotter un peu à lui, coquine qu'elle était. Ethan ploya légèrement les genoux et sauta du balcon en la serrant fort dans ses bras.

Elle poussa un petit cri et se raccrocha à lui.

— Eh ! Mais on est dans l'air ! s'exclama-t-elle.

— C'est un peu le but, fit-il valoir.

Puis, il accéléra et se concentra complètement sur les sensations du vol. Les fois assez rares où il s'autorisait à utiliser pleinement les pouvoirs de son corps, il se sentait incroyablement bien. Enfin libre, en paix avec sa condition et avec lui-même.

Et, pour une fois, il n'était pas seul dans son étrange voyage, lui rappela le poids d'Alexia dans ses bras.

C'était un cadeau qu'il ne s'était pas attendu à recevoir en découvrant son élue. Mouais, il n'avait plus qu'à écrire un poème.

Une fraction de seconde, Alexia avait eu peur. Mais plus maintenant. Maintenant, ils filaient dans le ciel comme sur une moto à cent à l'heure et sa crainte avait fait place à l'euphorie. Ethan la tenait bien fort dans ses bras. Le vent de la vitesse balayait ses cheveux sur son visage.

Ils n'avaient rien à envier à Jack et Rose dans *Titanic*. Ils volaient !

Elle se cramponna de plus belle à sa chemise et cala bien les pieds derrière ses chevilles. Puis, les yeux fermés, elle se laissa envahir par la fraîcheur du vent, l'odeur du désert, le léger vrombissement du Strip en dessous d'eux, encore bien animé à 3 heures du matin. Elle avait l'impression d'être sur des montagnes russes. Dans une décapotable. De sauter à l'élastique.

Ils montèrent encore, puis redescendirent. Alexia rit de joie. Elle qui voulait vivre de nouvelles expériences, apprendre à se laisser aller, elle était servie.

Et elle se rendait compte qu'elle était en train de tomber amoureuse d'Ethan. À toute vitesse. En chute libre. Folle amoureuse.

Il représentait tout ce qu'elle pouvait désirer chez un homme. Si ce n'est que ce n'était pas vraiment un homme. Pas un humain, en tout cas.

Ce qui pourrait poser certains problèmes.

Ils ralentirent jusqu'à s'arrêter, en position verticale. Elle sentit quelque chose de dur contre son dos et regarda autour d'elle, pour essayer de voir où ils se trouvaient tout en écartant ses cheveux de son visage. Elle était adossée à un mur, soutenue uniquement par Ethan.

— Où sommes-nous ? voulut-elle savoir.

Il noua les bras sous ses fesses pour lui faire un siège.

— Sur le cou du sphinx devant l'hôtel Louxor.

Inquiète, elle voulut se retourner. Elle écarta les bras et chercha à tâtons un appui pour ses pieds.

— Attention ! la mit-il en garde en la serrant de plus près et en la plaquant contre le mur.

Il l'embrassa, mais elle ne parvint pas à se laisser aller. Ils flottaient dans l'air et seuls les bras d'Ethan la protégeaient d'une mort aussi certaine que brutale.

Elle ne comprenait pas pourquoi, mais ce n'était pas du tout la même chose que de voler.

— Détends-toi. Je ne te croyais pas si trouillarde, lui murmura-t-il à l'oreille avant d'y insinuer la langue.

Cette fois, son trouble l'emporta tout de même sur sa frayeur.

— Je ne suis pas trouillarde ! protesta-t-elle alors.

N'empêche que ses mots l'avaient détendue d'un coup et fait retomber la panique qui avait menacé de la submerger. Il semblait la soutenir sans le moindre effort, et puis le mur devait le soulager d'une partie de son poids.

— Non, reconnut-il tout contre son visage. Tu es extraordinaire.

Cette fois, elle profita pleinement de son baiser dont elle sentit la force dans tout son corps. Ethan avait la bouche la plus merveilleuse qui fût et il exerçait juste ce qu'il fallait de pression sur la sienne pour l'exciter, la stimuler et lui donner envie de rentrer à l'hôtel.

— Tu as un goût délicieux, dit-il. Frais et doux à la fois.

— On dirait que tu parles d'un fruit.

— Je me souviens à peine du goût des fruits, assura-t-il. Et, là, il n'y a que toi qui m'intéresses.

Oh, il savait y faire… Alexia ferma les yeux et resta ainsi suspendue dans l'air, le temps, l'espace et le désir tandis qu'Ethan lui suçait la gorge, la naissance des seins…

Il lui en prit la pointe entre ses dents, à travers son T-shirt. Et, quand il glissa la main sous la ceinture élastique de son survêtement, elle gémit.

— Tu ne portes pas de petite culotte ! fit-il d'un ton scandalisé.

— J'ai passé la soirée sans, répliqua-t-elle en se cambrant contre sa main, accrochée à ses épaules. Pourquoi en remettre une maintenant ?

— Je reconnais que c'est plus facile comme cela, répondit-il en introduisant un doigt en elle et en le faisant aller et venir de haut en bas.

— Oooh ! Que c'est bon...

À elle ne savait pas combien de mètres au-dessus du sol, soutenue uniquement par la force des bras d'Ethan qui la caressait en même temps, elle songea qu'elle n'avait jamais connu de rendez-vous – ni d'expérience – plus étrange.

— Tu es sûr qu'on ne risque rien ? vérifia-t-elle tout de même entre deux gémissements en avançant les hanches vers lui dans un mouvement involontaire.

— Absolument, affirma-t-il en suçant de nouveau son téton à travers le tissu, dardant des éclairs de plaisir jusqu'à la jonction de ses cuisses. Quoi qu'il arrive, surtout, ne jouis pas.

— Ah bon ?

Elle ne devait pourtant pas être à plus de trois secondes de le faire. La façon dont il la léchait, la dévorait et la caressait la propulsait à toute vitesse vers le point de non-retour. Au prix d'un effort de volonté considérable, elle parvint à s'éloigner un peu de lui et de son irrésistible invasion, mais elle était coincée. Dos au mur, littéralement.

Et il continuait, implacable, plus insistant encore malgré ses efforts pour lui échapper.

— Ethan, arrête. Je ne peux pas...

— Tu ne peux pas quoi ? demanda-t-il dans un souffle rauque en écartant les doigts pour étirer sa chair gonflée par le désir.

Il était loin, si loin en elle... Elle sentait son souffle sur sa joue, dans son cou. Il lui mordillait la pointe du sein.

— Oooh...

Ce n'était pas possible. Elle n'allait pas tenir. Alexia se mordit la lèvre; elle se sentait sur le point de céder.

— Tu ne peux pas… et me demander de…

Parler était trop difficile. Elle n'était plus capable que de gémir.

— Non, Alexia, non ! Ne fais pas ça, lui ordonna-t-il tout en lui pinçant le clitoris.

— Trop tard.

Elle rejeta la tête en arrière et tout son corps s'immobilisa une fraction de seconde, juste avant qu'elle ne soit emportée, déchirée par un violent orgasme, secouée de frissons et de vagues de plaisir convulsives qui lui tirèrent un grand cri.

Elle alla jusqu'au bout, cramponnée au bras d'Ethan. C'est seulement lorsqu'elle se laissa aller contre lui, épuisée, haletante, qu'il retira ses doigts avec un sourire de triomphe.

— C'est exactement ce que tu voulais en fait, non ? Demanda-t-elle en l'embrassant au coin des lèvres.

— Oui, reconnut-il. J'en avais très, très envie.

Il paraissait presque aussi comblé qu'elle.

Et aussi excité à la fois.

Les bras étroitement noués autour d'elle, il s'écarta du bâtiment.

— Maintenant, dit-il, bougeons d'ici avant de nous faire repérer.

Alexia ne voyait pas qui pourrait deviner la vérité – à savoir qu'un vampire venait de la faire jouir comme jamais en flottant dans les airs – en avisant le petit point qu'ils formaient sur le sphinx, mais elle n'avait aucune envie d'en faire l'expérience.

— J'ai l'impression que tu as un plan, remarqua-t-elle. Emmène-moi où tu veux.

Alanguie, tous les muscles relâchés, béate, elle se laissa entraîner dans la nuit par son amant, à toute vitesse.

Brittany ne trouvait pas le sommeil. Elle éprouvait un étrange picotement, la sensation que quelqu'un l'observait. C'était terriblement déstabilisant. Pourtant, elle n'était pas du genre paranoïaque. Elle n'avait même jamais aucun mal à trouver le sommeil, même après avoir regardé un film d'épouvante. Si Alexia avait parfois des insomnies, ce n'était jamais son cas à elle. Elle s'était toujours endormie la tête sur l'oreiller.

Et voilà que, ce dimanche soir, elle était étendue sur son lit, couverte seulement d'un drap blanc vaporeux, les yeux rivés au plafond, le cœur battant un peu trop vite. Son immeuble de Summerlin était pourtant parfaitement sûr, avec ses éclairages extérieurs, ses fenêtres neuves et son entrée sécurisée. Elle avait bien verrouillé la porte d'entrée. Bref, elle n'avait aucune raison de ne pas être tranquille, de se laisser gagner par ce mauvais pressentiment.

C'était peut-être la culpabilité. Elle n'aurait pas dû quitter l'Ava. Elle n'aurait pas dû laisser Jean-Baptiste s'éloigner d'elle. Il fallait vraiment qu'elle trouve un moyen de l'aider. Il ne méritait sûrement pas d'être banni, quoi qu'il ait fait. Ce qu'il fallait, c'était qu'elle en parle avec Ethan, qu'elle voie avec lui s'il n'existait pas de meilleure solution.

Jean-Baptiste était une âme torturée.

Cela bouleversait Brittany et éveillait sa compassion.

Voir souffrir les autres lui brisait le cœur. Sa mère était une âme torturée, elle aussi. Alexia ne s'en rendait pas compte – sans doute avait-elle été trop blessée pour en prendre conscience –, mais c'était vrai. Elle n'avait cessé de faire confiance à des gens qui ne le méritaient pas et de se brûler les ailes. Toute sa vie, elle avait cherché le bonheur dans des sensations toujours plus fortes, par les hommes, l'alcool, la danse.

Son regard s'éclairait alors d'un désespoir fébrile et Brittany la plaignait. À six ans, elle sentait déjà sa détresse.

Elle asséna un coup de poing à son oreiller et se retourna. Pourquoi n'avait-elle pas tiré les rideaux ? Les voilages ne suffisaient pas à faire écran au clair de lune qui se déployait en éventail sur ses jambes. Ce devait être ce qui l'empêchait de dormir. Elle chassa le drap d'un battement de jambes. Soit c'était la lune, soit trop de choses lui trottaient dans la tête.

Alexia aussi était une âme torturée. Mais d'une autre façon. Elle avait souffert de se sentir rejetée par leur mère si bien que, plus tard, en avançant dans la vie, elle avait tenu à distance, parfois brutalement, quiconque essayait de se rapprocher d'elle. Si Alexia refusait l'intimité, c'était par crainte de souffrir.

Si elle avait une relation avec Ethan Carrick, ce serait forcément temporaire car, à un moment donné, elle se mettrait à résister et refuserait d'aller plus loin. Dommage. Brittany aimait bien Ethan. Et puis, c'était tout à fait le genre d'homme qu'il fallait à sa sœur. Sauf que, bien sûr, c'était un vampire, ce qui risquait d'entraîner certaines complications.

Les yeux grands ouverts, Brittany serra dans ses bras un coussin en forme de cœur. Elle en était à se demander si elle ne ferait pas mieux de se lever et de retourner à l'Ava quand ce drôle de frisson, qui ressemblait à une caresse du bout des doigts le long de sa colonne vertébrale, la reprit.

Fallait-il l'interpréter comme un oui ou comme un non ?

Assis sur le toit du garage en face de la fenêtre de la chambre de Brittany, Jean-Baptiste était en proie à une lutte intérieure. Mais qu'est-ce que c'était que ce comportement ridicule ? Que faisait-il, à nouveau tapi dans l'ombre, à épier cette jeune femme ? Pourquoi ne prenait-il pas ce qu'il voulait, tout simplement ?

Du sang. Voilà ce qu'il voulait.

Il était tout près de trouver le remède, il en était certain.

Brittany était peut-être la clé.

« Entre », s'ordonna-t-il.

Mais il ne bougea pas.

Allez. Le temps risquait de lui manquer. Si Donatelli remportait l'élection, Jean-Baptiste n'aurait pas le droit de rester à Las Vegas. Sans doute se ferait-il même expédier en Alaska, ou dans un autre endroit également épouvantable, où il serait contraint pour se nourrir de recourir au sang d'ours polaires et autres élans.

Cette seule idée suffisait à blesser sa sensibilité. Certes, il n'adorait pas Sin City, son clinquant, ses néons trop vifs. Mais, au moins, c'était la civilisation. On y trouvait tout le confort moderne et des tailleurs convenables. Ce n'était pas le Paris du XIXe siècle, mais enfin, c'était une ville accommodante et pleine de femmes séduisantes.

Boire le sang d'une *girl* ou d'un élan ? Il n'y avait pas à hésiter.

Jean-Baptiste descendit du toit du garage en soupirant.

Et alla fracturer la fenêtre de la chambre de Brittany.

Quinze

Alexia aurait dû être fatiguée, puisqu'elle n'avait dormi que trois petites heures au cours des dernières vingt-quatre heures. Pourtant, elle ne trouvait pas le sommeil. Alors, de guerre lasse, elle avait rallumé la télévision et dévoré tous les M&M's du minibar. Le problème, quand on sortait avec un vampire, c'est qu'il n'avait jamais faim.

Pas comme elle, songea-t-elle en croquant un dernier bleu et en sortant son Netbook. Ethan lui avait proposé de dormir dans sa suite pendant qu'il travaillait avec Seamus, mais elle avait préféré regagner sa chambre à elle. C'était d'autant plus simple qu'elle était juste à côté de l'appartement d'Ethan. N'empêche que cela demeurait son espace à elle, quand elle avait besoin d'être un peu seule.

Elle découvrit toute une série de nouveaux messages du forum des chasseurs de vampires. Elle avait eu beau prendre toutes les précautions d'usage – utiliser un pseudonyme ainsi qu'un compte e-mail gratuit et non son adresse professionnelle et ne pas signaler sa présence aux autres membres –, elle savait que le modérateur et tous ceux qui voudraient se donner la peine de chercher pouvaient sans doute remonter jusqu'à elle.

Ce n'était pas idéal, sans doute, mais elle voulait en savoir plus long sur ce groupe. S'agissait-il simplement de dingues ou disposaient-ils de réelles informations sur Ethan et les vampires de Las Vegas ?

En tant que procureur, elle savait qu'il fallait se garder de tirer des conclusions hâtives. Cependant, son instinct et son scepticisme naturel la faisaient pencher pour la première hypothèse. Toutefois, ils avaient pris contact avec elle, ce qui supposait une certaine organisation et laissait penser que quelqu'un la connaissait.

> Message 16532 : … Quel genre de pieu conseillez-vous pour tuer les morts-vivants ?... Signé : Vamp

Était-il donc vraiment possible de tuer un vampire à l'aide d'un pieu ? Il faudrait qu'elle demande à Ethan. Finalement, elle ignorait encore bien des choses sur le sujet.

Dire qu'elle sortait avec un vampire ! Ce n'était ni un fantasme, ni un film, ni la conséquence d'un accident cérébral. Ethan était vieux comme les pierres et c'était son amant. Voilà pourquoi elle ne se marierait jamais.

Pour une fois qu'un homme bien n'était ni pris ni gay, c'était un vampire. La vie était trop nulle.

Du reste, elle ne s'était jamais vraiment vue mariée. C'était plus le genre de Brittany. En revanche, une relation à long terme, un petit ami qui l'épaulerait, l'amuserait, saurait lui témoigner de la tendresse et lui ferait l'amour comme un dieu, cela, elle n'avait rien contre ! Mais tout ce à quoi elle aurait droit, c'était à une semaine avec Ethan. Ensuite, il retournerait à sa campagne électorale et elle à son travail. Et il vivrait encore mille ans tandis qu'elle se flétrirait et perdrait la tête.

Génial.

> Réponse à Vamp sur les pieux : ... j'utilise des pieux taillés à la main dans du chêne de Transylvanie, de soixante centimètres de long et cinq de diamètre. Ils sont assez chers mais très efficaces. On peut les acheter en ligne sans frais de port.

D'accord. Merci. C'était noté.

« Ensuite, murmura Alexia en levant les yeux au ciel, nous avons Kitty... Kitty ? Drôle de nom pour une chasseuse de vampires, quand même. »

> Moi, j'achète des chevilles dans un magasin de bricolage, Vamp. C'est beaucoup moins cher et tout aussi efficace. Gros bisous. Kitty.

L'idée que quelqu'un puisse vouloir tenter d'enfoncer un pieu dans le cœur d'Ethan ou des autres vampires dont elle avait fait la connaissance la perturbait profondément. Que ces chasseurs sachent ou non ce qu'ils faisaient, elle n'avait aucune envie de voir l'homme qu'elle aim... un homme qu'elle aimait bien se faire enfoncer un gros morceau de bois dans la poitrine.

Dans ce jeu qui n'en était plus un, son rôle n'était plus celui de chasseuse de vampires, mais de protectrice de vampires. Enfin, peut-être pas de protectrice, mais de chien de garde, au moins.

On pouvait bien appeler cela comme on voulait : peu importait. Mais ce qui était sûr, c'était qu'elle voulait qu'Ethan reste en vie et qu'il ne lui arrive rien. Inutile de chercher bien loin pour savoir pourquoi.

Un bruit lui fit tourner la tête à droite. Cela ne venait pas de la télévision mais de la porte de sa chambre. Quelqu'un passait une carte-clé devant le lecteur. Elle sauta sur ses pieds, jeta son Netbook sur le canapé et se cacha dans l'ombre. Zut ! Qu'avait-elle fait de son téléphone et de son sac ? Pourvu que ce ne soit pas un chasseur de vampires qui vienne la recruter, songea-t-elle. La situation pourrait être désagréable.

Pour prendre l'intrus par surprise, elle lança un coup de pied dès que la porte s'ouvrit et qu'il entra.

Quand elle ne heurta rien pour la simple raison qu'il n'y avait déjà plus personne dans l'encadrement de la porte, elle comprit que c'était Ethan.

— Tu sais, observa-t-il en effet, les femmes accueillent leur amant en général avec un baiser; pas un coup de pied.

Il était derrière elle, le malin. Elle pivota sur place, le cœur battant.

— Mouais. Enfin, repartit-elle, en général, les femmes ne sortent pas non plus avec des vampires. Qu'est-ce qui te prend d'entrer dans ma chambre, sans frapper, en pleine nuit ?

Et son indépendance, alors ? C'était une des clauses principales du contrat qu'elle avait signé avant de s'installer ici. Cela dit, que valait un contrat signé par un vampire devant un tribunal ?

— Je t'ai pris pour un cambrioleur, un violeur, un *serial killer*, Ethan. Je me suis défendue.

— Bien entendu. Et tu ne peux pas savoir combien je suis content que tu sois capable de le faire en cas de besoin. N'empêche que, la prochaine fois, j'aimerais vraiment mieux un baiser.

Il s'assit dans le canapé, parfaitement décontracté.

— Je pensais te trouver endormie; je n'ai pas voulu te réveiller en frappant, expliqua-t-il.

Alexia croisa les bras et le fixa du regard sans rien dire.

— Si tu me croyais endormie, contra-t-elle, qu'est-ce que tu venais faire dans ma chambre ? Tu voulais me mordre dans mon sommeil ? Je te préviens : il n'en est pas question. Tu ne pourras me mordre qu'avec mon consentement.

« Et pas trop souvent », ajouta-t-elle *in petto*. Il n'était pas question que cela devienne une habitude.

— Je n'avais pas l'intention de te mordre, assura-t-il. Ni de te réveiller avec des pratiques un peu perverses, même si j'avoue que c'est assez tentant. Je voulais simplement m'assurer que tout allait bien, que tu dormais paisiblement. Je comptais admirer ta beauté angélique quelques instants, pousser un soupir de satisfaction et, ainsi fortifié, retourner à mon interminable séance de questions et réponses avec Seamus.

Il lui sourit. Son regard bleu n'était qu'innocence et sincérité.

Alexia leva les yeux au ciel.

— J'espère que vous avez quelqu'un pour vous écrire vos discours, monsieur le président. Parce que celui-ci était particulièrement nul.

— Peut-être me suis-je mal exprimé, mais c'était la vérité. Et puis, j'avais une autre raison de venir, avoua-t-il.

Tiens donc. Quelle surprise.

— Ah, la vérité. Enfin.

Elle s'approcha d'un air dégagé pour reprendre son Netbook avant qu'Ethan le regarde. Elle était un peu gênée d'être sur le forum des chasseurs de vampires. Elle ne voulait surtout pas qu'il aille s'imaginer des choses. Qu'elle était une espèce d'agent double, par exemple, qu'elle allait essayer de le tuer pendant qu'il dormait.

D'un geste vif, Ethan l'attira sur ses genoux.

— J'attends toujours ce baiser, lui rappela-t-il.

Le contact de ses cuisses musclées dans son jean sur sa peau nue était merveilleusement sensuel. N'empêche qu'elle voulait connaître la vraie raison de sa présence. Ils avaient prévu de se retrouver lundi à 17 heures, avant le débat entre les candidats à l'élection présidentielle. Cependant, involontairement, elle se surprit à nouer les bras autour de son cou.

— Je n'arrivais pas à dormir, lui confia-t-elle. C'est pour cela que je suis encore réveillée. Et toi, Ethan, qu'est-ce que tu fais là ? Sérieusement.

Il soupira.

— Je suis sûr que ce n'est rien, en fait. Mais, tu sais que je n'arrive pas à lire dans tes pensées ?

— Oui. Heureusement.

Il fronça un peu les sourcils avant de poursuivre.

— Je n'ai jamais eu ce problème, pourtant. Les vampires ont le pouvoir de me cacher leurs pensées, mais, en principe, pas les mortels. Et j'ai entendu Brittany. Tu lui as parlé, aujourd'hui ?

Il avait l'air parfaitement décontracté. Un peu trop, même. À un point qui éveilla les soupçons d'Alexia.

— Non, hier soir... après minuit. Pourquoi ? Qu'as-tu entendu ?

S'il arrivait quelque chose à Brittany, elle... elle ne le supporterait pas, en tout cas.

— Elle était surprise. C'était très net, ajouta-t-il en se massant le front. Je ne sais même pas pourquoi c'est parvenu jusqu'à moi. Brittany n'est pas à l'hôtel et, en plus, il n'est pas dans mes habitudes de capter un individu isolé comme cela. N'empêche que c'est bien ce qui est arrivé, assura-t-il en secouant la tête. Au beau milieu de ma réunion avec Seamus. Alors j'ai préféré t'en parler. Qu'est-ce que tu en penses ? Je me demande si tu ne devrais pas passer un coup de fil à Brittany pour t'assurer que tout va bien. Ce n'est certainement rien, mais...

Les chasseurs de vampires ! songea-t-elle aussitôt. Ils savaient qui était Alexia. Et, à en croire Ethan, Brittany était à demi vampire. Or elle l'ignorait; elle ne pouvait pas se défendre.

Alexia décrocha précipitamment le téléphone de la chambre et composa le numéro de sa sœur.

— Qu'est-ce que vous faites dans ma chambre ? demanda Brittany à Jean-Baptiste en serrant le drap contre elle et en clignant des yeux.

Après avoir poussé un hurlement à réveiller toute la ville, elle avait découvert qui était l'homme qui grimpait à sa fenêtre.

— Comment se fait-il que vous ne dormiez pas ? répliqua-t-il d'un air contrarié en époussetant son pantalon.

Comment un homme banni de sa communauté pouvait-il avoir les moyens de s'offrir des vêtements aussi bien coupés ? ne put-elle s'empêcher de se demander.

Elle se souleva sur un coude et attendit que son cœur reprenne un rythme normal. Elle n'avait pas peur de Jean-Baptiste. Pas le moins du monde.

— Je n'arrivais pas à m'endormir parce que j'avais l'impression que quelqu'un m'épiait.

Il ouvrit la bouche comme pour répondre, mais la referma aussitôt en rougissant légèrement.

— C'est vous qui m'observiez, n'est-ce pas ? devina-t-elle.

Au lieu de l'inquiéter, comme elle l'aurait dû, cette idée lui fit plaisir. Ce vampire était trop craquant. Elle sourit.

— Auriez-vous un faible pour moi, Jean-Baptiste ?

— Ne soyez pas ridicule. Je suis médecin, chercheur… et je suis banni. De toute façon, je n'ai pas de faible pour les maigrichonnes.

Il ne s'arrêta de faire les cent pas dans la chambre que pour prendre un stylo gainé de peluche rose sur son bureau et le reposer d'un air perplexe.

— Dans ce cas, pourquoi êtes-vous entré par ma fenêtre ? voulut-elle savoir.

Elle était allongée très calmement, la tête appuyée dans le creux de la main. Elle était heureuse d'être encore éveillée pour profiter de cette visite. Cependant, elle allait avoir deux mots à dire au responsable de l'immeuble; manifestement, la sécurité laissait à désirer.

— Parce que mes recherches exigent que j'ignore l'éthique. Je suis à ça de faire une découverte capitale, ajouta-t-il en levant une main, le pouce et l'index écartés de quelques millimètres. Votre rencontre m'offre une occasion unique de trouver le chaînon manquant entre vampire et mortel.

Eh bien ! Occasion unique… chaînon manquant… ce n'était pas aussi sexy qu'elle aurait pu le souhaiter, mais c'était tout de même flatteur.

— Sur quoi portent vos recherches, Jean-Baptiste ?

Il croisa les bras et fit la moue. Ses yeux verts s'opacifiaient, comme s'il était en proie à une lutte intérieure.

C'était sérieux, comprit-elle en sentant son trouble.

— Quoi ? demanda-t-elle avec insistance. De quoi s'agit-il ?

— Du remède, chuchota-t-il dans un souffle rauque. Contre la malédiction.

— Quelle malédiction ?

Brittany s'assit; allongée, elle se sentait trop vulnérable.

— Celle du vampirisme. Je suis tout près de découvrir comment annuler les effets de la transformation et de rendre aux vampires leur vie de mortel.

Il lui jeta un regard de défi, comme s'il s'attendait à ce qu'elle proteste.

— Jean-Baptiste…, murmura-t-elle, émerveillée.

C'était exactement ce qu'elle espérait. La raison pour laquelle elle était restée dans les parages de l'Ava. Pour sauver Ethan et les autres, pour les débarrasser de leur existence de buveur de sang.

C'était des gens bien, tous autant qu'ils étaient. Elle ne voulait pas les voir condamnés à une éternité d'alimentation liquide. D'autant que boire le sang des autres ne devait pas être très bon pour l'âme.

— C'est possible, vraiment ?

— J'en suis convaincu, affirma-t-il en se grattant le menton. Est-ce maintenant que vous allez me dire que tous les gens sains d'esprit rêvent d'immortalité et que personne ne souhaitera de son plein gré revenir à la faiblesse de l'état de mortel ? Est-ce maintenant que vous allez me demander de vous offrir le Don, qui est en fait une malédiction ?

— Non.

Brittany sortit les jambes du lit pour s'asseoir tout à fait.

— Non, Jean-Baptiste, répéta-t-elle. Je crois au contraire que vous avez raison. Il me semble que ce que vous faites est courageux et honorable, et je suis certaine que beaucoup de gens seraient de mon avis.

Il soupira. Et s'assit sur le lit à côté d'elle.

— Je sens de la sincérité dans vos pensées, Brittany. Mais je dois vous dire que vous êtes une exception parmi les mortels. Beaucoup de gens en veulent plus, toujours plus – plus de pouvoir, plus de beauté, plus d'amour, plus de vie. Ils saisissent les promesses du Don des ténèbres. Mais ce Don est en réalité une malédiction qui crée une grande solitude. À un moment donné, il n'y a plus sur terre personne qui soit lié à vous d'aucune façon, personne qui partage votre passé, vos souvenirs, votre compréhension d'une époque et de ceux qui l'ont vécue.

Sa douleur était palpable. Brittany lui prit la main et la serra doucement.

— Je comprends cela, assura-t-elle. Confronté à l'éternité, on doit finir par perdre ses liens avec le passé et ne plus avoir non plus de projets d'avenir.

— Oui, c'est très vrai.

Il tenta de retirer sa main, mais elle résista.

— Je pourrais dégager ma main, si je le voulais, souligna-t-il avec une légère arrogance.

— Je le sais, dit-elle en lui donnant un petit coup d'épaule. C'est donc que vous n'en avez pas vraiment envie. J'aimerais vous aider à trouver le remède. Qu'attendez-vous de moi ?

Elle s'en doutait déjà. Du sang. Elle frissonna.

— Oui, c'est bien ce que vous pensez.

Il se tourna vers elle et l'étudia un instant.

— J'ai besoin de votre sang.

Brittany avala sa salive avec difficulté et remonta le col de son haut de pyjama mais ne parvint qu'à se couvrir la clavicule. Son cou était toujours exposé, de même que presque tout son corps.

— Vous avez apporté votre matériel ?

Une aiguille dans le bras, ce ne serait pas si terrible, tenta-t-elle de se convaincre. Pas plus qu'un don du sang à la Croix-Rouge – qu'elle ne faisait jamais parce qu'elle avait trop peur des aiguilles et s'évanouissait à chaque fois...

— Oui, répondit-il, mais je l'ai laissé dans la voiture.

— Où êtes-vous garé ? Je ne peux pas rester debout toute la nuit. Je travaille, demain, vous savez. Je suis dentiste, précisa-t-elle inutilement.

— Et vous avez peur des aiguilles ?

— Pas quand c'est moi qui m'en sers.

Elle respira profondément, plusieurs fois, et se sermonna mentalement. Allons, ce n'était pas grand-chose. Et c'était pour le bien des vampires. Il faudrait être bien égoïste et lâche pour refuser de donner son sang par peur d'une petite piqûre de rien du tout.

— Vous êtes terrifiée, observa Jean-Baptiste en lui pressant la main à son tour. Vous tremblez et vous avez la peau moite. Je sens votre peur comme une succession de décharges électriques. Et vos pensées son incontrôlables, désordonnées.

— J'aimerais vraiment que vous ne lisiez pas dans mon esprit. Ce n'est pas très agréable, Jean-Baptiste.

Brittany se racla la gorge en priant pour que son cœur ne lui sorte pas de la poitrine comme celui d'un personnage de dessin animé.

— Vous ne pouvez pas me charmer, avant de sortir votre aiguille ? suggéra-t-elle.

— Non, vous, je n'arrive pas à vous charmer. J'ai déjà essayé et cela ne marche pas.

— Pourquoi ?

L'expérience serait bien moins angoissante si elle se trouvait dans une espèce d'inconscience béate. Comme le jour de ses vingt et un ans, où elle avait bu trois cosmopolitans d'affilée.

— Pas d'alcool, déclara Jean-Baptiste avec un regard sévère. Cela modifierait les résultats des analyses. Et je ne sais pas pourquoi je n'arrive pas à vous charmer. J'ai essayé plusieurs fois.

— Pourquoi ? lui demanda-t-elle, sous le choc.

Qu'avait-il voulu lui faire ? En tout cas, elle était convaincue que la prise de sang se passerait mieux si elle buvait quelque chose avant pour se donner du courage. Ce n'était pas son genre, pourtant. Plutôt celui de sa mère. Mais, malgré son envie de servir la cause des vampires, elle ne se voyait pas affronter une aiguille.

— Ne vous en faites pas. Il y a des circonstances où vous avez vu des choses, dit des choses, où vous m'avez appelé et où j'aurais voulu… hm… vous apaiser.

— M'apaiser ? C'est très gentil.

Elle prit une profonde inspiration pour se calmer.

— Moi aussi, j'aimerais vous apaiser, vous savez. Quand je vous regarde, je sens votre anxiété, votre désir ardent de faire ce qui est bien.

Vous allez pouvoir me prendre du sang, ajouta-t-elle après une courte pause, l'estomac tout juste un peu noué. Je vous le promets. Mais faites vite, d'accord? Je ne suis pas sûre de pouvoir rester assise sans bouger pendant que vous remplirez des poches et des poches.

Maintenant que sa décision était prise, elle ferma les yeux, lui tendit le bras et détourna la tête. Au cas où la douleur la forcerait à rouvrir les yeux, elle ne voulait voir ni aiguille, ni veine, ni sang, ni peau pincée.

— Il faut que j'aille chercher le matériel, lui rappela-t-il.

Elle laissa échapper sa respiration qu'elle retenait en un grand soupir.

— Oh, zut. C'est vrai. Bon, eh bien, allez-y. Dépêchez-vous. Si vous me laissez le temps de réfléchir, je risque de tourner de l'œil. Évidemment, ce serait peut-être plus facile pour vous.

— Jean-Baptiste?

Elle voulut le regarder, mais il n'était plus dans la chambre.

Une fraction de seconde plus tard, cependant, il était de nouveau à la fenêtre, une mallette de cuir noir à la main. Beurk, songea-t-elle mi-dégoûtée, mi-terrifiée. Cela faisait très *serial killer*.

— Qu'est-ce que c'est que cette obsession des tueurs en série? lui demanda-t-il en posant la mallette sur la table de nuit pour l'ouvrir.

— Je ne sais pas, reconnut-elle en risquant un coup d'œil derrière lui pour tenter de voir le contenu de son attaché-case. C'est sans doute parce que je suis américaine.

Il lui fit face. Il avait enfilé des gants de latex et tenait une aiguille, un porte-aiguille et un tube. Brittany se mit à avoir des sueurs froides. Involontairement, elle sauta du lit et recula de deux grands pas.

— Làà..., fit Jean-Baptiste. Ce n'est pas grand-chose, je vous assure. Je vais faire très vite et vous n'aurez presque pas mal.

— C'est ce que m'a dit mon premier petit ami. Et j'ai eu bien tort de le croire!

Brittany sentit la coiffeuse d'osier derrière elle. Les cadres posés dessus s'entrechoquèrent, mais c'est tout juste si elle y prêta attention. Elle ne pouvait pas le laisser s'approcher d'elle avec cet instrument.

Il baissa l'aiguille le long de son corps.

— Je peux vous distraire, si vous voulez, proposa-t-il. En général, c'est ce que je fais.

— Comment cela ?

Elle n'avait pas fini de poser sa question que Brittany se rappela les lèvres de Jean-Baptiste sur la bouche de la femme, les petits gémissements de plaisir qu'elle poussait…

— Oh ! fit-elle. Comme ça ?

Il hocha la tête et s'approcha d'elle d'un pas assuré et sensuel. De compatissante, son expression s'était faite passionnée, déterminée. C'était le regard du prédateur devant sa proie.

Le désir qu'elle sentit monter en elle était affreusement gênant. Elle porta une main tremblante à sa poitrine en un geste de protection dérisoire.

— Oui, confirma-t-il, comme cela. Mais seulement si vous en avez envie.

Il se pencha sur elle et respira son parfum avant de lui murmurer à l'oreille :

— Vous en avez envie ?

Brittany frémit. Non, bien sûr que non. C'était de la folie. Une impulsion.

Mais c'était aussi amusant, sensuel – et certainement bien plus agréable qu'une aiguille. Et puis, Jean-Baptiste était français. Il devait s'y entendre à distraire les femmes.

— Oui, répondit-elle. J'en ai envie.

Un fin sourire flotta sur son visage.

— Ah, quelle merveilleuse réponse, Brittany, dit-il. Parce que je vous désire.

Sans se servir de ses mains pour la toucher, il l'embrassa, avec plus d'insistance, plus de feu qu'elle ne s'y attendait. Elle sentit une douloureuse tension naître au creux de son ventre quand il voulut introduire la langue entre ses lèvres. Elle s'agrippa à la coiffeuse derrière elle et tint bon sous son assaut. Déjà, sa frayeur cédait la place à un désir brûlant, humide.

C'est alors que Jean-Baptiste détacha la bouche de la sienne, lui tirant un gémissement involontaire. Elle ne voulait pas que ce baiser prenne fin. Pas déjà. Mais il ne l'abandonna que le temps de se placer entre ses jambes et de la forcer à ouvrir plus grand les cuisses.

Ce geste était tellement plus intime, plus suggestif qu'un simple baiser qu'elle se prit à haleter d'impatience.

— Jean-Baptiste...

— Oui, ma chérie ? répondit-il en français tout en l'embrassant dans le cou et à la naissance de ses seins, avant de remonter pour reprendre possession de sa bouche presque avec férocité.

Brittany avait été embrassée bien des fois, par bien des hommes. Trop, sans doute, estimait-elle avec un peu de recul. Et bien plus, en tout cas, qu'elle ne l'avouerait à sa sœur, bien plus conservatrice dans ce domaine. Cependant, il y avait dans les baisers de Jean-Baptiste une puissance, une force qu'elle n'avait jamais connues.

— Ne vous arrêtez pas, murmura-t-elle.

Elle sentit vaguement un frôlement sur son bras, une pression, mais tant qu'elle sentait ses lèvres sur les siennes et son érection contre son ventre, tant que ces merveilleuses sensations l'assaillaient, le reste ne comptait plus. Il faisait sombre dans sa chambre, mais un rayon de lune lui révéla l'intensité des yeux clairs de Jean-Baptiste.

— Non, promit-il, je ne m'arrêterai pas tant que vous ne me le demanderez pas.

Il y eut un bruit sourd sur la coiffeuse et un mouvement au niveau de ses hanches, puis, soudain, elle sentit les deux mains de Jean-Baptiste sur sa taille, ses seins dont il pinça les pointes jusqu'à les faire se tendre, dures et sensibles. Il devait avoir fini de lui prendre son sang, songeat-elle, puisqu'il ne portait plus de gants.

— Oui, j'ai fini, confirma-t-il dans un souffle en lui mordillant le lobe de l'oreille. Je ne vous ai pas menti, n'est-ce pas : je vous ai distraite.

Oh, que oui...

— Mm, fit Brittany tandis qu'il passait les mains sous son haut de pyjama pour caresser sa peau nue. Mais, si vous avez fini, vous ne devriez pas vous arrêter ?

— C'est vous qui m'avez dit de ne pas le faire, lui rappela-t-il.

— Ah, fit-elle en laissant aller sa tête en arrière. Alors, vous avez raison de faire ce que je vous dis.

Seigneur ! Voilà qu'il glissait les mains dans son shorty. Quand il entrouvrit du bout des doigts les replis consentants de sa chair moite, ils gémirent à l'unisson. Une vive douleur à l'épaule, comme une brûlure, lui fit deviner, stupéfaite, qu'il l'avait mordue. Mais il passait déjà la langue sur les piqûres pour faire disparaître les gouttes de sang.

Elle devrait lui demander d'arrêter, parce qu'il s'aventurait sur un terrain plus pervers que ce qu'elle acceptait d'habitude. Mais elle n'en fit rien. Elle le supplia même de continuer, car sa langue dardait des aiguillons de plaisir dans tout son corps.

Son désir décupla, se fit impérieux.

— Oh, recommencez ! s'exclama-t-elle brûlante d'excitation en avançant les hanches contre ses doigts.

De sa main libre, il lui ôta son T-shirt et enfonça les crocs dans les globes tendres de ses seins. Elle rejeta la tête en arrière et lui saisit la main pour la retenir en elle tandis que la jouissance la prenait par surprise et l'emportait.

— Oh... oh..., répétait-elle sous les effets conjugués du choc et de l'extase. C'était incroyable.

Jean-Baptiste la souleva pour la déposer sur le lit à moins d'un mètre. Il lui enleva son shorty. Elle essayait de ne pas perdre complètement la raison. Il posa la bouche sur sa hanche et suça sa chair. En agitant convulsivement les jambes, elle se cramponna à ses cheveux. Son orgasme éclair n'avait fait qu'attiser son désir d'une satisfaction plus complète.

Quand il enfonça les dents dans l'arrondi de sa hanche, elle frémit. Il lui procurait des sensations aussi fortes que s'il l'avait prise en touchant tout son corps à la fois de sa langue, de ses doigts, de ses lèvres...

Au bord d'exploser à nouveau, folle de désir, d'un désir décuplé par les sensations qui l'assaillaient, elle était à la fois choquée par ce qu'il lui faisait et par la façon dont elle réagissait, et transportée par une passion si farouche qu'elle la libérait de toutes ses inhibitions pour la faire plonger dans une félicité absolue.

Lorsqu'il posa la langue sur son clitoris, elle cria.

— Jean-Baptiste ! Oh, oui ! Encore !

Lorsqu'il la mordit entre les jambes, à l'intérieur des cuisses, lorsqu'il la pénétra tout en enfonçant les dents dans son cou, elle crut défaillir tant c'était bon.

Et quand il explosa en elle, brûlant, elle fut submergée à son tour par une vague de jouissance si forte qu'elle lui arracha des cris rauques. Il lui sembla que, jusqu'à cet instant, elle ne connaissait pas son corps, ne le comprenait pas.

Elle ne s'était jamais doutée que deux êtres pussent s'unir avec cette force, cette intensité, cette violence animales.

Cette sensation entêtante l'accompagna jusqu'aux derniers soubresauts du plaisir.

Et puis, quand son corps se détendit, tandis que Jean-Baptiste l'accompagnait en passant une langue très douce sur ses plaies, elle le regarda en clignant des yeux. Soudain, ce fut comme si toutes ses sensations se dissipaient d'un coup, ne laissant rien qu'un vague malaise. Sa passion retomba aussi vite qu'elle était montée.

Zut, zut et re-zut ! Qu'est-ce qui s'était passé ?

Elle avait eu des rapports non protégés avec un vampire. Voilà ce qui s'était passé.

C'est alors que le téléphone de Brittany sonna. Aussitôt, Jean-Baptiste se retira d'elle et lui tourna le dos pour se rhabiller. Brittany avait les joues en feu. Mon Dieu ! Elle n'était qu'une traînée. Avec quelle impudeur elle avait supplié ce vampire qu'elle connaissait à peine de la prendre !

Le numéro qui s'affichait était celui d'Alexia, nota-t-elle. Qu'est-ce qui lui prenait de l'appeler à près de 4 heures du matin ? Ce devait être grave.

Elle décrocha, affolée.

— Allô ? Qu'est-ce qui se passe, Alex ?

— Rien. C'est moi qui allais te poser la question. Il a semblé à Ethan que, peut-être, tu avais des ennuis.

— Qu'est-ce qui lui a fait penser une chose pareille ?

Soulagée, Brittany saisit le drap pour se recouvrir, bien décidée à ne pas regarder Jean-Baptiste qui refermait sa mallette.

— Il lui a eu l'impression que tu… que tu recevais un choc. Que tu criais.

Alex paraissait inquiète, mais Brittany eut du mal à se retenir d'éclater d'un rire horrifié. Ethan l'avait entendue jouir de l'Ava ? C'était si gênant qu'elle en restait sans voix.

— Non, tout va bien, parvint-elle à articuler d'une voix étranglée. Merci de t'en être assurée, mais il faut que je me rendorme.

Comme si elle dormait…

— On s'appelle demain ? conclut-elle.

— Tu es certaine que tout va bien ?

— Absolument, mentit-elle. Je t'aime, Alex.

— Moi aussi, ma chérie.

Sur quoi Brittany raccrocha et s'enfonça sous le drap en se couvrant le visage de son oreiller. Elle ne pourrait plus jamais regarder Jean-Baptiste en face.

Allez. Avec un peu de chance, si elle persistait à l'ignorer, il finirait par s'en aller.

Jean-Baptiste vérifia pour la quatrième fois que sa braguette était bien fermée et fixa du regard Brittany qui s'était cachée sous son oreiller. Il ne savait plus où se mettre tant il avait honte de lui. Jamais au grand jamais il n'avait utilisé un sujet d'expérience comme réceptacle de son propre plaisir. Il avait perdu tout contrôle de soi.

Mais Brittany était une femme tellement extraordinaire, aussi... Comment résister à ce mélange de compassion, de franchise et d'une sensualité d'autant plus grande qu'elle ne semblait pas en avoir conscience. Elle se baladait dans des vêtements de nuit qui la laissaient presque nue sans même sembler s'en rendre compte. Bref, il se mentait quand il avait juré qu'elle ne l'attirait pas.

Quelle idiotie, d'avoir voulu attiser sa passion pour lui faire oublier sa crainte de l'aiguille ! Dès qu'il l'avait goûtée, il n'avait plus été capable de s'interdire d'en vouloir plus. Beaucoup plus.

En sortant de sa chambre, il s'arrêta un instant pour permettre à ses yeux de s'habituer à l'obscurité. Il y voyait beaucoup mieux que les mortels dans le noir et voulait se rendre dans la cuisine.

— Vous partez ? lança-t-elle d'une voix étouffée mais pleine d'espoir.

— Je vous rapporte quelque chose à boire.

Il trouva le réfrigérateur, tout propre et bien rangé, garni d'une armée de petites bouteilles qu'il n'identifia pas toutes. Ah, du jus d'orange. Cela, il connaissait et le sucre la requinquerait après le sang qu'elle avait perdu.

Qu'elle avait perdu ? Mais non ! Qu'il lui avait pris. Il l'avait mordue huit fois. Huit. Et, à chaque fois, il lui avait pris du sang. Pas trop, mais tout de même. Cela avait été extraordinaire. Sa meilleure expérience sexuelle depuis des siècles. Depuis toujours, peut-être. D'ailleurs, sa virilité se réveillait déjà à son souvenir.

Jean-Baptiste serra les poings.

— Oh, espèce d'abruti ! Sombre crétin ! se morigéna-t-il.

— Quoi ?

— Rien.

En retournant dans sa chambre, il la trouva allongée exactement comme il l'avait laissée.

— Buvez cela, lui enjoignit-il en posant le verre de jus d'orange sur la table de nuit à côté du téléphone. Vous vous sentirez mieux.

— Je me sens très bien, assura-t-elle.

L'oreiller ne bougea pas. Elle n'était qu'une forme inerte sous le drap qu'elle serrait de toutes ses forces dans ses mains crispées. Seules quelques mèches de cheveux noirs dépassaient.

— Bon, fit Jean-Baptiste, je crois qu'il vaut mieux que j'y aille.

Pourtant, il resta planté là. Il se sentait ridicule. Il faudrait qu'il l'embrasse, qu'il lui dise quelque chose de gentil sur ce qu'ils venaient de partager. Mais il se sentait dans la peau d'un gamin qui a emmené une jeune fille dans la grange et ne sait pas trop que faire ensuite.

— Salut, fit-elle en lui adressant tout de même un petit signe du bout des doigts.

Cela faisait bien des années qu'il ne s'était pas senti aussi mal à l'aise ni aussi peu sûr de lui. Et cela ne lui plaisait vraiment pas.

Décidément, le temps ne faisait rien à l'affaire.

Seize

— Tu continues à te faire du souci pour elle, non ?

Alexia prit des œufs brouillés du bout de sa fourchette.

— Oui, reconnut-elle avant d'abandonner la nourriture et de se frotter les yeux.

Ils prenaient le petit déjeuner – enfin, elle était la seule à manger – dans la suite d'Ethan avant qu'elle s'en aille au travail.

— Elle a dit qu'elle allait bien, lui rappela-t-il en prenant une gorgée de sa boisson qui ressemblait à un nectar de fruits rouges.

— Je sais.

Alexia s'appuya au dossier de son siège et déboutonna sa veste de tailleur.

— Mais il faut que je te dise quelque chose, Ethan.

Entre le manque de sommeil et son inquiétude pour sa sœur, elle se sentait dans un état pitoyable; tout à l'heure, en se douchant et en se maquillant à la va-vite, elle s'était rendu compte que cela se voyait.

N'empêche qu'elle avait confiance en Ethan. Elle n'en revenait pas, mais c'était un fait. Et elle avait besoin de ses conseils.

Il la considérait avec une note d'inquiétude dans le regard, son verre à mi-chemin de ses lèvres.

— Oui ?

— L'autre soir, lui raconta-t-elle, j'ai reçu un message m'invitant à m'inscrire sur un forum de chasseurs de vampires. Je ne sais pas du tout qui sont ces gens ni comment ils ont eu mon nom. Mais s'ils étaient au courant, pour Brittany ? Tu crois qu'il faut que je lui en parle ? Elle est en sécurité, toute seule dans sa résidence ? Il vaudrait peut-être mieux qu'elle vienne s'installer ici...

L'idée de devoir annoncer à sa petite sœur que son père était un vampire la rendait malade, mais elle était prête à tout pour qu'il ne lui arrive rien.

— Des chasseurs de vampires ? dit Ethan d'un air amusé. Oui, cela fait partie des petits inconvénients de notre popularité actuelle. Mais je ne pense pas que Brittany ait rien à craindre d'eux. Cependant, elle est évidemment la bienvenue ici.

— Cool. Merci, Ethan. Je vais l'obliger à s'installer ici quelque temps.

— L'obliger ? répéta-t-il en haussant un sourcil surpris.

Quoi ? Il ne croyait tout de même pas qu'il allait lui donner mauvaise conscience !

— C'est pour son bien, lui rappela-t-elle. Il est peut-être temps que tu te décides à me dire tout ce qu'il y a à savoir sur les morts-vivants, pour que je puisse décider si je vais ou non en parler à Brittany.

— Que veux-tu savoir ? demanda-t-il en se redressant, très gentleman anglais.

Un gentleman anglais très passionné, un peu rude sur les bords – et qui buvait du sang.

— Comment es-tu devenu vampire ? demanda-t-elle en s'intéressant de nouveau à ses œufs brouillés.

— Je suis tombé dans une embuscade en rentrant chez moi après la première croisade. J'ai été fait prisonnier par les Turcs qui m'ont affamé et torturé avant de me trancher la gorge. C'est la personne qui me gardait qui m'a transformé en vampire et m'a aidé à m'évader en jetant mon corps avec ceux des morts.

Charmant.

— Pourquoi t'a-t-il sauvé, toi ? voulut-elle savoir. Il avait dû voir mourir des centaines de prisonniers.

— Pas il, précisa Ethan avec un sourire narquois, elle. Disons que, durant ma captivité, elle a été impressionnée par la force dont j'ai fait preuve...

Alexia leva les yeux au ciel.

— Tu veux dire qu'elle a craqué pour toi ? Et qu'est-il advenu d'elle ?

— C'était une jeune vampire, répondit-il en recouvrant d'un coup son sérieux. Je ne l'ai jamais revue. J'imagine qu'elle a eu la tête tranchée quand les autres gardes ont découvert que c'était une femme.

— Oh, je suis désolée, fit-elle en tendant la main vers lui par-dessus la table.

Elle était sincère. Elle ne s'imaginait pas transformée du jour au lendemain en vampire sans personne pour la guider. Dans les films, dans les livres, ils avaient toujours un mentor – même si c'était une ordure comme Lestat.

— La vache ! ajouta-t-elle. Je n'en reviens pas du nombre de gens que tu as dû connaître au cours de ta vie. Tu dois en être à des millions, non ?

Ethan avança la main vers la sienne et la prit.

— Pourquoi crois-tu que nous nous soyons réunis pour former un corps gouvernemental ? Pour faire régner la loi et l'ordre, bien sûr, mais aussi parce que la solitude liée à la condition de vampire est terrible. Nous avons quantité de relations amicales et amoureuses, rencontrons énormément de gens qui vont et viennent dans notre vie, mais, au fond, nous sommes seuls pour l'éternité, dans notre monde. Ensemble, nous pouvons combler ce vide entre mortels et vampires, Impurs et novices, et former un peuple sain et prospère.

Alexia le regarda. Son expression semblait sincère.

— C'est Seamus qui t'a écrit ça ?

Parce que, vraiment, c'était nul.

— Oui, reconnut-il. Pour mon discours de ce soir. Qu'est-ce que tu en dis ?

— Franchement ? Je crois que tu en fais un peu trop, là.

— C'est exactement ce que j'ai dit à Seamus. Mais alors pour lui faire lâcher prise, sur ce genre de chose... Il m'arrive de penser que c'est lui qui devrait être président, et pas moi.

— Il est assez tendu, non ?

Une petite partie de golf ne lui ferait sans doute pas de mal.

— En tout cas, enchaîna-t-elle, si tu veux attirer l'attention des gens, il faut que tu apparaisses fort et sûr de toi. Il faut que tu leur rappelles tout ce que tu as fait de bien et, si la plupart des... des vampires sont heureux, ne change rien. Enfin, ne crois pas que tu t'attireras les votes des Impurs – je déteste ce nom, au fait – avec des idioties du genre « aimons-nous les uns les autres ».

— Ah bon ?

Ethan semblait toujours décontracté. Passionné, souvent, ardent, mais décontracté. Cela plaisait beaucoup à Alexia. Ce matin, dans le pantalon de coton bleu marine et le T-shirt blanc moulant qu'il avait enfilés parce qu'il allait se coucher, il était follement sexy.

Elle posa les pieds sur son siège, entre ses jambes. Même quand elle lui effleura l'entrejambe du bout des orteils, il ne broncha pas. Mm. Cela aussi, elle adorait. Elle le sentait se durcir, mais jamais il ne le dirait tout haut.

— Non. Tu n'es pas du genre démonstratif. Seamus n'a qu'à s'occuper des embrassades s'il en a envie. Toi, il faut que tu dises franchement à tes électeurs si tu leur donneras ou non ce qu'ils veulent. Sans tourner autour du pot. Du genre : « Oui, Impurs, vous aurez droit à une couverture sociale » – ou à Dieu sait ce qu'ils veulent.

Ethan hocha la tête.

— C'est exactement la façon dont je voulais m'y prendre, assura-t-il.

— Eh bien, vas-y.

Elle replia les orteils sur son érection en lui souriant.

D'une main forte et fraîche, il lui saisit les pieds et les écarta de lui. Puis, il se redressa lentement et se pencha en avant, les lèvres entrouvertes. Ses yeux s'étaient assombris, prenant un ton de cobalt profond. Alexia retint son souffle.

Il s'approchait d'elle, rayonnant d'une incroyable énergie sexuelle.

— Viens vivre avec moi, Alexia, la pria-t-il. Pour toujours.

Hein ? De stupeur, elle laissa retomber ses deux pieds à terre.

— Quoi ? Tu peux me redire cela ?

— Viens vivre avec moi. Pas pour l'élection, mais parce que tu es mon élue. La femme de ma vie.

Elle en resta un instant bouche bée.

— Quoi ? Mais d'où ça sort ?

Et d'où lui venaient ce vertige, cette ivresse, cette euphorie ?

Mais il ne fit pas machine arrière. Il ne lui lâcha même pas la main.

— Dès l'instant où je t'ai touchée, j'ai su que tu étais différente. J'ai connu beaucoup de femmes…

— Merci de me le rappeler, contra-t-elle.

Que des grandes brunes filiformes, en plus, devina-t-elle.

— Et aucune ne m'a jamais donné le sentiment de plénitude que j'éprouve auprès de toi, acheva-t-il sans relever. Je suis tombé amoureux de toi.

Elle s'étrangla. Ces mots lui faisaient l'effet d'un coup de poing dans le thorax.

— Oh.

Les larmes qui lui piquaient soudain les yeux la surprirent. Elle qui ne pleurait jamais, jamais, voilà qu'elle s'y mettait. À cause d'Ethan. En le regardant, elle eut une étrange révélation. Elle aussi était tombée amoureuse de lui, sans doute. C'était fort possible. Cependant, elle n'était pas prête du tout à s'engager. Pas encore.

Il fronça les sourcils d'un air inquiet.

— Alexia ?

Elle secoua la tête en se mordant les lèvres. Puis, elle se décida à répondre en battant frénétiquement des paupières pour ravaler ses larmes.

— Moi aussi, je suis en train de tomber amoureuse de toi.

Elle ne lui disait pas qu'elle l'aimait, mais c'était tout comme.

— C'est vrai ? demanda-t-il d'un air infiniment heureux.

— Oui, Gousse d'Ail. C'est la triste vérité. J'ai vraiment un gros faible pour toi.

Elle se racla la gorge et lui pressa la main. Pourvu qu'elle arrive à lui faire comprendre... Si seulement elle pouvait se jeter dans ses bras sans cette amertume qui lui pourrissait la vie, sans cette certitude qu'elle était incapable de réussir une relation à long terme...

— Mais je ne peux pas vivre avec toi, ajouta-t-elle. Nous aurions... quoi ? Dix ans ? Quinze, maxi ? J'ai vu ce qui arrive aux gens quand ils se marient, comment ils se rendent mutuellement malheureux, comment leurs défauts rejaillissent sur l'autre. Je ne veux pas que nous nous séparions dans dix ans en nous haïssant.

Il fronça les sourcils.

— Je ne sais pas comment...

Ce n'était pas cohérent du tout. Elle se mordit les lèvres.

— Ethan, je ne me marierai jamais. D'accord, je sais que tu ne me l'as pas demandé, mais j'imagine que cela finira par arriver. Et, même, sinon, vivre ensemble représente le même engagement. C'est la même chose que d'être marié dans le sens où l'on partage le même espace vital et...

Alexia inspira à fond et tenta de rassembler ses pensées et d'étouffer la panique qui la gagnait.

— Je t'ai un peu parlé de ma mère, mais pas du jour où j'ai compris que je la détestais. Brittany ne la détestait pas, mais, moi, si. Parce que son égoïsme et tous ses problèmes ont bousillé ses relations avec tous les gens qu'elle prétendait aimer.

Mon Dieu ! Elle n'avait jamais parlé de tout cela à personne. Pas même à Brittany. Cependant, il fallait qu'Ethan sache. Il avait le droit de comprendre pourquoi elle était ainsi, ce qui l'avait blessée irrémédiablement.

— Elle s'est mariée quatre fois, raconta-t-elle. La première fois, avec mon père. Son deuxième mari n'a pas fait long feu. Tant mieux, parce qu'il me faisait peur. Il avait une moto, des tas de tatouages et il buvait. Mais, quand j'avais neuf ans, ma mère a épousé Bill. C'était quelqu'un de bien. Il travaillait dans une compagnie d'assurances et nous avons emménagé chez lui. C'était propre, bien tenu. Il nous traitait, Brittany et moi, comme si nous étions ses filles, et il nous aimait, Ethan. Vraiment. Cela se voyait dans ses yeux. Il y a des hommes incapables d'aimer des enfants qui ne sont pas d'eux, mais ce n'était pas le cas de Bill.

Alexia sentit de grosses larmes rouler sur ses joues, mais elle ne se donna même pas la peine de les essuyer.

— J'étais si heureuse... Pour une fois, tout était normal. Bien. J'ai emmené Bill au bal pères-filles des jeannettes. J'étais tellement fière ! À dix ans, je ne m'en rendais pas compte, mais ma mère était jalouse de l'affection qu'il éprouvait pour nous. Pendant qu'il s'occupait de nous, il faisait moins attention à elle, tu comprends ? Bref, plus il était gentil avec nous, plus elle lui menait une vie infernale.

En fixant d'un regard absent les œufs qui avaient coagulé dans son assiette, elle se força à poursuivre.

— Quand j'avais douze ans, elle a appelé les flics pour leur dire que Bill abusait de nous.

— Seigneur !

Elle sentit la main d'Ethan se contracter convulsivement dans la sienne.

— Oh, Alexia, je suis désolé. Que s'est-il passé ? Ils ont bien dû se rendre compte que ce n'était pas vrai ?

— Ils ont prétendu que je le protégeais. Que, à presque treize ans, j'avais dû me faire une sorte de fantasme, m'imaginer que j'étais amoureuse de lui, et qu'il m'avait sans doute dit que, si je ne disais rien à personne, il se marierait avec moi. C'était dégueulasse. Complètement tordu. Tous ces prétendus professionnels n'ont tenu aucun compte de ce que je leur disais ni même des éléments physiques qui prouvaient que je n'avais été victime d'aucune agression sexuelle. Mais là où j'ai compris que je haïssais ma mère, c'est quand je me suis rendu compte qu'elle parlait à Brittany, lui disait des choses pour l'embrouiller et la manipuler, si bien que, quand la police l'a interrogée, elle a répété la leçon que ma mère lui avait apprise. « Oui, papa Bill me chatouille. Oui, il m'aide à m'habiller. »

Elle frémit avant de poursuivre.

— C'était écœurant. Brittany avait à peine six ans et elle ne comprenait pas ce qui se passait, ce qu'on lui faisait dire. On a pris tous les gestes quotidiens d'un père avec sa fille – des gestes que ma mère ne s'est, elle, jamais donné la peine de faire – pour en faire quelque chose d'abject.

Elle se rendait compte qu'elle parlait d'une voix rauque, chargée de haine et de colère, mais cela lui était égal.

— C'est à ce moment-là que j'ai décidé de devenir magistrat. Pour démêler toutes ces salades et faire apparaître la vérité. J'ai aussi décidé de ne jamais me marier. Et de ne jamais pardonner à ma mère de m'avoir par deux fois privée de mon père.

— Bill s'est retrouvé en prison ?

Malgré la compassion qu'elle sentait dans la voix d'Ethan, elle ne parvenait pas à le regarder en face.

— Non, Dieu merci. Mais tout contact avec nous lui a été interdit, répondit-elle en s'essuyant les yeux, aveuglée par les larmes. Quand ma mère est morte, j'ai tenté de le retrouver. Il était mort d'une crise cardiaque six mois plus tôt, mais la femme avec qui il s'était marié par la suite m'a montré des boîtes qu'il avait conservées. Elles étaient pleines de photos de Brittany et moi, de cartes que nous lui avions faites pour la fête des Pères. Elle a dit que nous laisser avec notre mère lui avait brisé le cœur.

Sa voix se brisa en un sanglot. Elle était horriblement gênée. Mais Ethan se leva et l'attira contre lui; elle se laissa faire. C'était bon de sentir ses bras réconfortants autour d'elle et de s'asseoir sur ses genoux, la tête nichée au creux de son épaule.

Elle ne pleurait jamais. Et voilà que trente ans de larmes refoulées semblaient se déverser d'un coup, comme si une digue s'était rompue.

Elle méprisait la faiblesse, mais, parfois, il était bien dur d'être forte, de se battre, de ne jamais craquer.

Le bureau du procureur restait principalement un territoire masculin et même les criminels auxquels elle avait affaire étaient majoritairement des hommes. Être la blonde de service, comme son patron l'avait qualifiée une fois de façon plus qu'éloquente, ne lui déplaisait pas.

En général.

N'empêche que, en ce moment, elle n'avait qu'une envie : rester blottie entre les bras d'Ethan Carrick et se laisser dorloter. Que, pour une fois, on s'occupe d'elle.

Ethan avait beau lui masser doucement le dos en lui murmurant des paroles apaisantes, il se sentait complètement impuissant. Il avait toujours été dérouté par les larmes des femmes, parce qu'elles jaillissaient à tout propos. Larmes de joie, de tristesse, de rire, manipulatrices, de colère, de crocodile. Et larmes de douleur. Il était difficile d'imaginer toutes les souffrances dont il avait été le témoin en neuf cents ans de vie.

Pourtant, les pleurs d'une seule femme l'avaient bouleversé autant que ceux d'Alexia.

Devenu vampire, il était rentré en Angleterre où il était arrivé juste après la mort de sa sœur. Sa mère veillait le corps de Gwenna, elle qui avait déjà enterré tous ses autres enfants et imaginait avoir perdu son fils aîné en Terre sainte. Des larmes silencieuses, stoïques, coulaient sur ses joues très pâles. À cet instant, il avait semblé à Ethan qu'on lui arrachait le cœur de la poitrine pour le tailler en pièces.

Eh bien, c'était ce qu'il ressentait maintenant. Il ne pouvait rien faire pour Alexia et, pour un homme, il n'y avait pas pire douleur.

— Je suis vraiment désolé que la femme qui t'a donné la vie ait été incapable d'être une mère, fit-il en l'embrassant tout doucement dans les cheveux. Mais je suis certain que Bill a été heureux de faire partie de ta vie. Et que si ç'avait été à refaire, malgré la façon dont cela s'est terminé, il l'aurait refait.

Ses sanglots se calmaient peu à peu.

— Je crois que, au fond, je le sais, confia-t-elle d'une voix encore hachée.

— Et tu sais aussi que cette femme qui t'a donné le jour n'est pas digne du contrôle que tu lui donnes sur ta vie. Elle ne mérite pas tant d'attention.

Elle n'aurait même pas mérité d'être mère, cela faisait partie des mystères de la vie, de ces choses qu'Ethan ne comprendrait jamais, aussi longtemps qu'il vécût.

— Oui, je crois que j'en ai conscience. Mais ce n'est pas facile, tu sais.

— Je m'en doute. Cependant, au fil du temps, j'ai appris qu'il nous arrivait de compliquer les choses plus qu'elles n'avaient besoin de l'être.

Il se mit à jouer avec la ceinture de sa jupe et à passer et repasser le pouce sur le bas de son dos, émerveillé de la profondeur de ce qu'il ressentait pour elle.

— Excuse-moi si je suis allé trop vite pour toi. Cependant, il me semble que j'en suis à un stade de ma vie où je peux me fier à mes sentiments et à mon instinct. J'ai vécu suffisamment longtemps pour faire la différence entre le vrai et l'imaginaire, et ce que je ressens pour toi est vrai. Tu es la première femme à laquelle je demande de vivre avec moi.

C'était aussi la première à laquelle il disait qu'il l'aimait en étant parfaitement sincère, mais il ne voyait pas comment l'en assurer sans passer pour un mufle. « Oui, avec toi ces mots veulent dire quelque chose alors que, avant, ce n'était qu'une arme de séduction. » Cela ne plaiderait pas en sa faveur, sans doute.

Il ne pouvait pas non plus lui expliquer pourquoi il ne lui avait pas demandé de l'épouser. C'était probablement parce que, malgré sa prise de conscience, il devinait qu'elle refuserait.

— Mon intention n'était pas de te bousculer, Alexia. Seulement, quand je te regarde, je me dis : « Merde, c'est la femme idéale. Parfaite. Avec elle, je ne m'ennuierai jamais, je n'arrêterai jamais de rire. Je ne cesserai jamais de la désirer. » Tu comprends ?

Et elle qui lui avait dit qu'il n'était pas du genre démonstratif ! Il frisait carrément le poétique, en ce moment.

Et il était dans ses petits souliers. Nom d'un chien ! Qu'il était douloureux d'offrir son cœur à une femme pour qu'elle le jette par terre.

Pourtant, il ne pouvait pas lui cacher ce qu'il ressentait. Il ne le voulait même pas. Il pensait tout ce qu'il lui avait dit. Au bout de neuf cents ans de vie, on était capable de savoir ce que l'on voulait, de le reconnaître au premier coup d'œil quand on le trouvait.

Alexia était faite pour lui, pour être sa compagne. C'était la seule femme qui ait jamais pu lui fermer ses pensées – et la seule capable de le mettre au tapis, au propre comme au figuré.

— Oui, je comprends, affirma-t-elle d'une voix encore râpeuse même si elle ne pleurait plus. N'empêche que nous n'avons qu'une dizaine d'années, Ethan, et je ne peux pas te donner autant de moi pour, ensuite, te voir me quitter. Je ne peux pas.

Il soupira et enfonça le menton dans ses cheveux, incrédule.

Il ne pouvait pas l'avoir trouvée, enfin, et qu'elle ne soit jamais vraiment à lui. C'était impossible. Il ne l'acceptait pas. Alors, il prendrait ce qu'elle voudrait bien lui donner.

— Qu'est-ce qui te semble possible, alors ? lui demanda-t-il. Que pouvons-nous avoir ?

— L'instant présent. Maintenant. Cette semaine. Jusqu'à l'élection – qui a lieu dans, quoi ? six semaines ? Je ne peux rien te promettre au-delà, Ethan. Je n'en suis pas capable.

Le cœur d'Alexia battait à toute vitesse. Il sentait l'odeur de sa peur. Il ne voulait pas en être la cause, mais il ne pouvait pas non plus laisser tomber le sujet. Se contenter de ces six semaines, de cette miette, c'était trop cruel. Six misérables semaines dans une vie qui durerait encore mille ans. Cinquante-deux mille semaines. Ce n'était rien.

Et c'était tout.

— Laisse-moi te transformer…

Il avait à peine prononcé ces mots qu'il les regretta. Il n'avait jamais offert à personne le Don des ténèbres. Aux yeux des mortels, la tentation était trop forte; presque aucun ne la refusait. Et il ne voulait pas croire que ce soit l'appât de l'immortalité qui ait amené Alexia à lui. Qu'elle puisse choisir la vie éternelle plutôt que se contenter de lui, librement et sans le moindre doute.

Elle s'écarta de lui et le fixa d'un air ébahi.

— Tu es tombé sur la tête, ou quoi ? Tu as bu du sang qui n'était pas frais ? Qui avait été prélevé dans un hôpital psychiatrique ? Si je devenais vampire, il faudrait que je démissionne de mon emploi. Je ne pourrais pas jouer avec les enfants que Brittany aura un jour. Je ne pourrais plus manger de chocolat. Non, je ne veux absolument pas devenir vampire. Il n'en est pas question.

Elle le repoussa, se leva et essuya ses yeux gonflés et rougis par les larmes.

— Tu sais quoi ? il faut que j'aille travailler. Nous parlerons de ça ce soir. Je serai prête à 8 heures, OK ?

Elle rejeta ses cheveux en arrière, se tamponna les yeux et les lèvres avec sa serviette, prit son sac et sortit à toute vitesse – mais en refermant doucement la porte derrière elle.

— Bien joué, Carrick, maugréa-t-il en se frottant la poitrine.

Il avait mal, juste là. Ce devait être un effet secondaire de la balle qu'il avait reçue.

Pas étonnant qu'il n'ait jamais demandé une femme en mariage ni même déclaré sa flamme. On pouvait dire qu'il avait réussi son coup !

Il n'était arrivé qu'à se donner l'air désespéré et ridicule. Impulsif et franchement bizarre.

Et il ne pouvait même pas mettre cela sur le compte d'un sang périmé.

Il était amoureux.

Un maître vampire réduit à l'imbécillité par son cœur romantique.

Trop mignon. Il n'avait qu'à se mettre un *smiley* à la boutonnière, pendant qu'il y était.

Il jeta la coupe de salade de fruits à laquelle Alexia n'avait pas touché à travers la pièce. Elle alla s'écraser dans un fracas satisfaisant contre la porte-fenêtre du balcon, faisant gicler le jus et les éclats de verre.

C'est alors qu'il se rendit compte que la coupe de porcelaine avait traversé la vitre et que, dans une seconde ou deux, elle allait s'écraser dans la rue, peut-être sur la tête de quelqu'un.

— Zut !

Il traversa la chambre à la vitesse de l'éclair, sauta du balcon, et rattrapa le récipient à hauteur du dixième étage.

Il n'avait plus le temps de s'arrêter et de repartir dans l'autre sens.

Il s'écrasa sur le sol et se brisa le nez et les deux poignets. Une vive douleur le traversa et il entendit une femme pousser des cris hystériques.

C'était ce qui s'appelait tomber amoureux...

Dix-sept

Kelsey était comme une sorte d'herpès, songea Rick. Une espèce de démangeaison douloureuse et gênante qui réapparaissait systématiquement au plus mauvais moment.

— Salut, fit-elle, un peu haletante, en se levant.

Elle portait une queue-de-cheval et la même robe rouge que la veille au soir.

Il l'ignora quand il passa à côté d'elle en sortant de sa chambre d'hôtel. Il s'était débarrassé d'elle deux fois la veille au soir, mais elle se débrouillait toujours pour le retrouver. Maintenant, il la soupçonnait fortement d'avoir passé toute la nuit ici, dans le couloir du Caesar's Palace.

Tiens, si elle avait envie de lire dans ses pensées, en voilà une qui lui était tout spécialement destinée : « Fiche le camp ! »

— M. Carrick est tombé sur le trottoir, ce matin, annonça-t-elle derrière lui. On a cru que, peut-être, il avait été poussé du premier étage.

— Pardon ?

Rick se figea.

— Et je n'ai pas passé toute la nuit devant ta porte, ajouta-t-elle en souriant et en haussant les épaules. Je ne suis pas nase à ce point. Je n'ai pas eu le temps de me changer, c'est tout. Mais M. Carrick s'est écrasé sur le trottoir devant l'Ava vers 7 heures ce matin.

— Il est mort ?

Ce pouvait être une très bonne nouvelle. Ou une très, très mauvaise.

— Non. Et il affirme qu'il est tombé tout seul. Mais tu pourrais toujours faire croire à l'Italien que c'est toi qui l'as poussé. Comme cela, il ne serait pas trop en colère contre toi.

Rick se retourna, désemparé. Troublé qu'il était par sa conversation avec Kelsey, il ne parvenait pas à réfléchir à toutes les conséquences de l'accident de Carrick.

— Pourquoi lis-tu dans mes pensées ? lui demanda-t-il. Et pourquoi cherches-tu à m'aider ?

Elle se mordit la lèvre. Pour une fois, elle n'avait pas mis de rouge; elle paraissait bien plus jeune et plus vulnérable.

— Je ne sais pas pourquoi j'entends tes pensées aussi facilement, avoua-t-elle. Mais si je t'aide, c'est parce que je veux que tu te sortes de toute cette histoire.

Quand elle lui caressa la joue, il se dégagea. Il ne voulait pas qu'on le touche. Et il avait horreur de la pitié avec laquelle elle le regardait.

— Je sens ta douleur, Rick, assura-t-elle, ses yeux noirs pleins de compassion. Dis à l'Italien que tu laisses tomber et va-t'en. Sauve ta peau.

Il laissa échapper un rire amer. Quelle ironie… Elle avait su aller pêcher son prénom dans sa tête, mais la vérité la plus évidente lui échappait.

— Kelsey, mon chou, il est bien trop tard.

Alexia avait appelé Brittany trois fois au cours de la journée pour s'assurer que tout allait bien. Maintenant, avant de rentrer au casino, elle avait envie de la voir en chair et en os.

Et puis, après tout ce qu'elle avait révélé à Ethan sur leur enfance ce matin – quand il lui avait demandé de s'installer chez lui, de s'engager, et qu'elle avait refusé –, elle avait besoin de passer un moment avec sa petite sœur, de lui parler, de la toucher.

Sauf qu'elle ne fut pas rassurée du tout quand elle la retrouva pour dîner dans un restaurant mexicain du Strip. Brittany était pâle, les yeux cernés. Même son sourire semblait fatigué, ce qui ne lui ressemblait pas du tout, elle qui avait le sourire le plus radieux et le plus énergique qui fût.

— Dis-moi, Brit, qu'est-ce qui se passe ?

Alexia but une gorgée de margarita et se massa les tempes. Elle sentait monter une migraine. Dans ces conditions, boire de l'alcool n'était sans doute pas très indiqué, mais ce cocktail était si bon…

— Et pourquoi gardes-tu ton foulard si serré autour de ton cou ? On dirait qu'il t'étrangle.

— Je ne voulais pas qu'il tombe dans la figure de mes patients, expliqua Brittany en jouant avec du bout des doigts.

Cela paraissait plausible, si ce n'est qu'elle ne cessait de jeter des coups d'œil furtifs de droite et de gauche et qu'elle avait piqué un fard.

— Comment va Ethan ? lui demanda-t-elle. Tu t'amuses bien, avec lui ?

« Oh, que oui… », songea Alexia. Elle aurait voulu sortir une repartie désinvolte pour écarter d'emblée le sujet. Au lieu de quoi, elle lâcha :

— Il m'a demandé de vivre avec lui.

— Quoi ? s'exclama Brittany, stupéfaite en rivant les yeux sur elle. Tu veux rire ?

— Non.

Maintenant, Alexia devinait que c'était à elle de rougir. Elle se sentait les joues en feu, et ce n'était pas le margarita, même si elle en avait déjà bu la moitié.

— C'est dingue, non ?

Elle avait beau fixer le burrito que le serveur lui avait apporté entretemps, elle ne trouvait pas de réponse.

— C'est un peu fou, mais supercool, déclara Brittany avec son vrai sourire et sans se laisser distraire. Je peux récupérer ta maison ?

— Brittany !

Elle aurait dû se douter que son impulsive de sœur ne verrait rien de mal à ce qu'elle emménage avec un homme qu'elle connaissait depuis quatre jours à peine.

— Je viens de rencontrer Ethan, lui rappela-t-elle. Je ne vais pas m'installer avec lui aussi vite !

— Mais tu l'aimes, fit valoir Brittany en sirotant une gorgée de son mojito et en prenant délicatement un haricot rouge du bout de sa fourchette.

— Qu'est-ce qui te fait dire une chose pareille ?

Mais était-ce vrai ? Peut-être. Sans doute. Aussi bizarre que cela puisse paraître, oui. Cependant, elle n'avait pas envie que tout le monde soit au courant.

— Et je te rappelle que c'est un vampire.

— Quelle importance ? Sérieusement. Si cela te dérange, peut-être que, un jour, il pourra revenir à l'état de mortel. Et même plus tôt que tu ne le penses, d'ailleurs. L'important, ajouta-t-elle en secouant la tête, c'est que tu l'aimes – c'est le cas – et qu'il t'aime – c'est sans doute aussi le cas s'il t'a demandé de vivre avec lui. Pourquoi passer à côté de cela ? Vas-y, Alex. Autorise-toi à être heureuse.

L'ennui, c'est qu'elle n'était pas du tout sûre de savoir comment faire. Heureuse ? Elle avait du pain sur la planche.

— J'ai quelque chose à te dire, Alex.

— J'ai quelque chose à te dire, fit-elle presque simultanément.

Puis, comme Brittany éclatait de rire, elle ajouta :

— Toi d'abord, Brit.

Au lieu de cela, sa sœur prit une bouchée de nourriture et le téléphone d'Alexia se mit à sonner.

— Zut. Tu permets que je réponde ? C'est peut-être le travail.

Elle ouvrit son téléphone et se présenta.

— Alexia Baldizzi.

— Alexia, Seamus Fox, à l'appareil.

— Seamus ! fit-elle surprise. Que puis-je faire pour vous ?

Comme Ethan lui avait laissé entendre que son directeur de campagne était très mécontent de tout le temps qu'ils passaient ensemble, elle ne voyait pas ce qui le poussait à l'appeler. Sauf si c'était pour lui faire un sermon sur le comportement adéquat d'une première dame vampire en société.

Si c'était le cas, elle se préparait à l'envoyer sur les roses. Elle savait parfaitement se tenir. Et, au moins, elle ne débitait pas des niaiseries comme celles qu'il écrivait pour Ethan.

— Je vous appelle de la part d'Ethan, annonça-t-il. Il a eu un petit accident. Il aimerait vous voir.

Elle crut que son cœur allait s'arrêter. Elle en laissa retomber sa chips dans son assiette.

— Un accident ? répéta-t-elle. Mais comment va-t-il ? Est-ce encore une tentative d'assassinat ? Je lui avais dit qu'il fallait prendre la première plus au sérieux.

Seamus laissa échapper un son assez impoli, mais Alexia n'aurait su dire s'il était destiné à elle ou à Ethan.

— Il va bien, assura-t-il. Il est seulement… euh… tombé de son balcon sur le trottoir. La presse s'en mêle un peu parce qu'il a refusé tout traitement médical en assurant qu'il avait un médecin particulier qui pourrait s'occuper de ses poignets. Enfin, bref, il a fait un grand numéro de riche excentrique – mais il veut vous voir.

— Alors, pourquoi ne m'appelle-t-il pas lui-même ?

Elle voulait l'entendre pour s'assurer qu'il allait bien, enfin ! Entre Brittany et Ethan, elle allait se faire des cheveux blancs avant l'heure, si cela continuait.

— Et comment a-t-il fait son compte pour tomber du balcon ? Il a éternué et perdu l'équilibre ?

— Il dort, pour l'instant. Mais il a demandé à être réveillé dès que vous seriez là. Il vous expliquera lui-même ce qui s'est passé. Je ne suis que son secrétaire, dit Seamus avec un agacement et une impatience assez marqués.

— Qu'avez-vous contre moi ? voulut-elle savoir.

Elle ne lui avait rien fait pour mériter une telle attitude.

— Rien du tout, affirma-t-il froidement.

Bien sûr. Comme si elle allait le croire.

— Merci pour le message, conclut-elle. Je serai là d'ici une demi-heure.

Elle avala deux bouchées de burrito avant d'annoncer à Brittany :

— Ethan a eu un accident. Il va bien, mais il veut me voir.

Puis, se rendant compte de l'anxiété dont elle devait faire preuve, elle s'efforça de tempérer sa réaction.

— Tu sais, ajouta-t-elle, c'est le moins que je puisse faire après avoir refusé sa proposition.

Brittany haussa un sourcil incrédule.

— Oh, Alex, laisse tomber. Tu es complètement folle de lui.

— Objection ! répliqua-t-elle avec son regard le plus hautain, celui qu'elle réservait à la salle d'audience.

Vingt minutes plus tard, elles entraient dans la chambre d'Ethan grâce à la carte-clé qu'il avait donnée à Alexia. Brittany avait tenu à l'accompagner et Alexia lui en était reconnaissante. Elle ne cessait de revivre mentalement le soir où elle avait trouvé Ethan gisant à terre dans un bain de sang. Seamus lui avait dit qu'il allait bien; cela ne voulait pas dire que ce ne serait pas dégoûtant.

Brittany restait derrière elle. Le plus grand silence régnait dans la suite. Manifestement, il n'y avait personne. Comment avait-on pu le laisser seul ? Il devrait quand même y avoir quelqu'un auprès de lui, non? Manifestement, chez les vampires, c'était chacun pour soi. Même le président.

Ethan s'assit d'un coup dans son lit quand elles franchirent le seuil et ouvrit grand les yeux.

— Alexia ? fit-il avant de renifler. Qu'est-ce que c'est que ça ? Ça sent le vampire ! Ça sent le... le Français. Comment se fait-il que tu aies l'odeur d'un autre homme partout sur toi ? demanda-t-il, outragé.

Il avait dû perdre l'odorat dans sa chute.

— Qu'est-ce que tu racontes ?

Elle s'approcha du lit en ôtant ses escarpins et sa veste. Hormis ses yeux légèrement pochés et sa mine de papier mâché, il ne paraissait pas trop mal en point. Et il ne semblait pas souffrir non plus.

Elle se prit tout de même à lui tâter le front. Zut ! Qu'est-ce qui lui prenait ? Il ne risquait pas d'avoir de la fièvre. Après la scène de ce matin, elle s'était attendue à se sentir gênée. Au lieu de cela, elle s'inquiétait pour lui. Et c'était tout.

— Qu'est-ce qui t'est arrivé, Ethan ? demanda-t-elle en résistant à l'envie de l'embrasser.

Il ne semblait pas tourmenté par les mêmes sentiments amoureux qu'elle. Il regarda derrière elle.

— Brittany ? Venez ici, ordonna-t-il.

— Eh ! Je te rappelle que c'est ma sœur, que tu te permets de commander sur ce ton, s'indigna Alexia.

Brittany s'avança, l'air piteux.

— Bonjour, Ethan. J'espère que vous allez mieux, fit-elle d'une toute petite voix coupable.

Alexia se laissait gagner par un mauvais pressentiment.

— Enlevez votre foulard, Brittany.

Sa sœur le dénoua en soupirant. Quand elle eut fini, deux petites morsures rouge vif apparurent très nettement sur sa peau blanche.

Sous le choc, Alexia poussa un petit cri.

— Et votre veste.

Elle obtempéra, révélant d'autres morsures sur ses deux épaules laissées nues par le débardeur qu'elle portait en dessous.

— Oh, fit Alexia, stupéfaite.

— Vous vous êtes accouplée avec le Français, conclut Ethan d'un ton sombre et menaçant.

Alexia ne savait pas qui était ce Français, mais, à l'évidence, il n'avait pas la cote.

— Je ne suis pas sûre que « s'accoupler » soit le mot qui convienne, protesta Brittany en pliant sa veste sur son bras. Et, de toute façon, je ne vois pas en quoi cela vous regarde.

Ethan la considéra, bouche bée. Il n'en croyait pas ses oreilles. Ni ses yeux.

— Le Français est banni, vous savez.

— N'empêche que vous l'autorisez à rester ici pour poursuivre ses recherches.

Ethan s'en voulait, maintenant. Alexia allait le tuer. À cause de lui, de sa négligence, sa sœur avait une liaison avec un vampire radical et excentrique.

Brittany n'avait peut-être pas conscience de la gravité de ce qu'il y avait entre elle et Corbin, mais Ethan, lui, s'en rendait compte. Jean-Baptiste l'avait marquée. Aucun autre vampire ne pourrait plus s'approcher d'elle sans savoir qu'elle lui appartenait.

Exactement comme lui l'avait fait avec Alexia.

Les vampires étaient très possessifs vis-à-vis de leurs maîtresses mortelles, surtout quand ils les aimaient, comme il aimait Alexia. Toutefois, Brittany était une Impure, ce qui compliquait encore les choses. Énormément. Ethan espérait que l'enquête discrète de Seamus touchant l'identité du père de Brittany allait bientôt leur apporter certaines réponses. Cependant, pour l'instant, il n'avait rien trouvé et cela rendait Ethan quelque peu nerveux.

Surtout, maintenant qu'elle avait une liaison avec Corbin.

— Oui, c'est vrai, je l'autorise à rester, convint-il. Mais ses opinions sont loin de faire l'unanimité. Beaucoup le voient comme une menace.

Ethan se tourna vers Alexia qui les considérait fixement. Qu'avait-elle fait de sa journée ? se demanda-t-il. De quelle humeur était-elle ?

— Ma chérie, il est temps que tu mettes Brittany au courant. À moins que Corbin l'ait déjà fait.

Il jeta un coup d'œil à Brittany pour le savoir, mais elle ne paraissait que perplexe – et contrariée.

— Ethan..., fit Alexia avec, dans la voix, une note suppliante dont il ne comprenait pas la cause.

— Dites-moi ce qu'il y a, s'énerva Brittany. Que se passe-t-il ? Qu'est-ce que Jean-Baptiste a à voir avec Alexia ?

— Qui est ce Jean-Baptiste ? demanda cette dernière, exaspérée.

— Le Français, lui répondit Ethan.

Si seulement il pouvait lire dans ses pensées, ou lui envoyer les siennes, pour pouvoir lui expliquer combien il était important que Brittany sache tout sur ses origines.

— Nous... enfin, tu vois, fit cette dernière en rougissant. C'est un scientifique. Il cherche un remède au vampirisme.

— Tu as couché avec lui ? s'écria Alexia.

— Et alors ? se défendit Brittany en entortillant le bout de son foulard autour de son doigt avant de le lâcher. Tu as bien couché avec Ethan, toi !

— Tu n'en sais rien !

Ethan se racla la gorge. Alexia pivota sur place et pointa vers lui un doigt accusateur.

— Toi, ne dis pas un mot ! le prévint-elle.

— Eh, je ne me mêle pas de votre discussion. Il me semble seulement qu'il faut que Brittany sache qui elle est.

— Qui suis-je ?

— Laisse tomber, Carrick.

Ethan savait qu'Alexia avait peur de perdre sa sœur, qu'il était plus simple pour elle de la laisser dans l'ignorance. Mais, la vérité, c'était que, du coup, elle la mettait en péril.

— Alexia...

Il fallait qu'elle comprenne. Il pourrait transmettre ses pensées à Brittany, mais Alexia le tuerait. Et jamais elle ne changerait d'avis, jamais elle n'accepterait de s'installer avec lui. Il n'aurait même pas droit aux six semaines qu'elle lui avait promises.

— Vous me faites peur, dit Brittany.

Il sentait son pouls battre plus vite et elle tordait nerveusement son foulard entre ses mains.

Alexia semblait au supplice.

— Zut, je suis désolée. N'aie pas peur. Ce qu'il y a, c'est qu'Ethan se pose des questions sur ton père biologique.

— Lesquelles ?

— Eh bien..., Il pense que c'était peut-être un vampire, lâcha Alexia en saisissant la main de sa sœur pour la serrer. Mais ce n'est qu'une hypothèse.

— Comment est-ce possible ? objecta Brittany en les regardant tour à tour. Il me semblait que les vampires ne pouvaient pas se reproduire.

— Uniquement avec des mortelles. Les enfants nés de ces unions sont un mélange génétique... Ils ne sont pas immortels mais jouissent d'une très bonne santé et font souvent des centenaires. Ils n'ont pas besoin de boire du sang pour survivre; en revanche, ils présentent d'autres caractéristiques vampires : ils attrapent facilement des coups de soleil, sont très sportifs et parfois capables de lire dans les pensées des gens.

Ethan ne voyait pas comment lui annoncer la chose en douceur, alors il déclara tout net :

— Je sens que vous avez du sang vampire. Je sais que vous êtes des nôtres.

Alexia émit un reniflement méprisant.

— Ce n'est qu'une supposition, corrigea-t-elle.

Mais Brittany ne semblait pas partager les doutes de sa sœur. Elle secoua la tête d'un air pensif.

— C'est bizarre..., mais je vous crois. C'est comme si je savais que vous aviez raison. J'ai toujours su que j'étais différente. Et Jean-Baptiste... Jean-Baptiste m'a dit que mon sang constituait le chaînon manquant entre les mortels et les vampires, qu'il lui permettrait d'isoler la mutation génétique des vampires. J'ignorais que c'était parce que j'avais l'ADN des deux...

— Brit, l'interrompit Alexia, je me demandais s'il fallait que je t'en parle. Ethan vient de me l'apprendre et je ne savais même pas si c'était vrai. Mais ce n'est pas très grave, ma chérie, je t'assure. Tu restes toi-même.

Brittany lui sourit.

— Je le sais bien, Alex. Tout va bien, vraiment. Et je suis heureuse que tu me l'aies dit. Cela ne change pas grand-chose, mais cela m'éclaire sur beaucoup de points. Savez-vous qui est mon père ? demanda-t-elle à Ethan.

— Non. Mais Seamus est en train de chercher. Je vous dois des excuses, Brittany. Je vous ai incitée à venir à l'Ava parce que je savais que vous étiez une Impure et que, au début de ma campagne, j'avais besoin d'exercer une influence sur la minorité impure. Ce n'était pas très honnête vis-à-vis de vous, mais j'avais bien l'intention de vous mettre au courant dès que j'aurais estimé que vous étiez prête à l'apprendre. Et jamais je ne vous aurais influencée pour vous faire faire des choses que vous n'auriez pas voulu faire.

N'empêche qu'il lui suffisait d'y songer pour se sentir un goujat de première. Ainsi énoncé, cela paraissait bien pire que lorsque Seamus et lui avaient élaboré cette stratégie.

Cela ne faisait jamais qu'une raison de plus pour laquelle il regrettait d'avoir accepté de se représenter à l'élection. Il en avait assez de tout le cirque politique et des manipulations qu'il engendrait.

Heureusement, Brittany Baldizzi était d'une nature indulgente. Elle lui tapota gentiment la main.

— Ce n'est pas grave, Ethan, assura-t-elle. Je suis restée parce que je savais que vous étiez des vampires et que je voulais vous sauver de la damnation éternelle, vous savez. Je ne suis plus si certaine que vous soyez damnés, mais je trouverais merveilleux que Jean-Baptiste puisse vous donner le choix de rester vampires ou redevenir mortels.

Ethan était d'accord, jusqu'à un certain point. L'une des raisons pour lesquelles il autorisait Corbin à poursuivre ses recherches était que cela lui permettait de le garder à l'œil. Mais il avait toujours été persuadé que le Français ne réussirait pas dans son entreprise. Cependant, si jamais il y parvenait, Ethan estimait – avec toute la prudence qui était de mise dans ce genre de débat – que ce pourrait être très positif pour les vampires qui avaient été transformés contre leur gré ou les plus âgés qui se sentaient prêts à mourir. Il faudrait toutefois un cadre très strict pour contrôler l'application. Bref, c'était un vrai cauchemar éthique et, malgré ses près de mille ans de vie, il ne savait pas très bien où il se situait par rapport à ce problème.

Un vampire avait-il le droit au choix ou était-il lié pour toujours à cette Terre par le Don des ténèbres ? Quelques rares vampires parvenaient à se suicider. Ethan éprouvait une grande compassion pour eux, pour la détresse et le désespoir qui les poussaient à cette extrémité. Mais avait-on le droit de disposer ainsi de sa vie ?

Tout cela constituait un problème à la fois épineux et qui soulevait beaucoup d'émotions. Si c'était nécessaire, Ethan était prêt à l'affronter, mais il avait espéré qu'il s'écoulerait des années avant qu'il ne vienne à l'ordre du jour.

— Les recherches de Corbin pourraient se révéler explosives, Brittany. Si vous vous y associez, vous risquez d'être prise dans une énorme controverse, surtout s'il parvient à trouver le moyen de rendre la transformation réversible. D'autant que l'on murmure qu'il saurait également cloner des vampires.

— Mon Dieu…, murmura Alexia.

Sa peau dorée avait pâli d'un coup, faisant ressortir des taches de rousseur dont Ethan n'avait encore jamais remarqué l'existence.

— Si c'est le cas, affirma Brittany, il ne s'en servira jamais. Ses recherches sont centrées uniquement sur la découverte d'un remède au vampirisme.

Alexia se laissa tomber sur le lit à côté de lui.

— Brit, pourquoi n'as-tu pas épousé un gentil comptable comme je te l'avais conseillé ? Ce Jean-Baptiste paraît bien inquiétant...

— Oh, il ne l'est pas du tout, protesta sa sœur avec feu. Il est adorable, et son petit accent français est si craquant... Et si tu voyais la façon dont il se scandalise quand il trouve que je ne me tiens pas comme il faut. C'est trop mignon.

Aïe. Voilà qui ressemblait à s'y méprendre à un sérieux coup de cœur. Et ils avaient déjà été intimes, Ethan en était certain. Les morsures le prouvaient.

Il lui sembla qu'Alexia le sentait aussi. Percevant son angoisse, il se mit à lui masser le dos. Elle se tourna vers lui.

— Alors, qu'est-ce qui t'est arrivé ? lui demanda-t-elle. Tu es vraiment tombé du balcon ? Tu n'as pas l'air blessé.

Il y avait quelque chose de presque accusateur dans son ton. Aurait-elle préféré le voir dans le plâtre, avec des perfusions ?

Ethan se racla la gorge.

— J'ai fait tomber un bol par la fenêtre et je n'ai pas voulu qu'il atterrisse sur la tête d'un passant et le tue. Alors, j'ai sauté. Comme je ne pouvais plus m'arrêter, je suis arrivé sur le trottoir sur les poignets et le nez. Rien de bien grave.

— Alors pourquoi Seamus m'a-t-il appelée ?

Malgré son apparente exaspération, elle lui massait les deux poignets, comme pour le soulager et se rassurer à la fois. Sans doute tenait-elle bien plus à lui qu'elle n'était prête à l'admettre, devina-t-il.

Cette pensée acheva de dissiper le malaise que lui avait laissé leur conversation de ce matin. Tout ce qu'il fallait à Alexia, c'était du temps. Et, cela, il n'en manquait pas.

— Parce que je ne voulais pas que tu l'apprennes par les infos, expliqua-t-il. Et parce que j'avais un peu mal et que je devinais que la vue de ton beau visage apaiserait mes souffrances.

Brittany éclata de rire.

Alexia leva les yeux au ciel.

Ethan lui déposa un baiser sonore sur les lèvres et l'étreignit plus fort quand elle voulut se dégager.

— Je t'aime, dit-il.

Elle s'empourpra.

— Tu es cinglé, toi.

— Alex ! s'exclama Brittany, horrifiée. Sois gentille, enfin.

Elle s'était approchée du miroir pour remettre son foulard.

— Oui, sois gentille, murmura-t-il en enfouissant le visage dans le cou d'Alexia.

Elle lui pinça le bras.

— Moi aussi, je t'aime, répondit-elle avant de sauter du lit pour se rapprocher de sa sœur.

Ethan la fixa, stupéfait. Ça alors. Elle l'avait dit.

Et il avait adoré.

Dix-huit

— Tu es en retard, lâcha Donatelli en regardant sa montre. De dix heures environ. Donne-moi juste une bonne raison de ne pas te tuer.

Rick braqua son revolver sur l'Italien.

— Je vais vous tuer le premier, déclara-t-il.

Il ne dormait plus. Il était prêt à tout pour se tirer de ce pétrin, même à descendre le type en face de lui.

Donatelli jeta un coup d'œil à son arme sans paraître inquiet le moins du monde. Il resta assis dans son canapé de cuir ivoire, imperturbable, à caresser un affreux petit chien marron. C'était tellement cliché que Rick faillit éclater de rire.

— Voilà comment nous allons la jouer, dit-il à la place. J'ai tiré sur Carrick, puis je l'ai fait tomber de son balcon. J'ai fait mon boulot. Mais je ne vous demanderai pas d'argent. Je vais m'en aller et vous oublierez que nous nous sommes jamais rencontrés.

— Et tu crois vraiment que je vais accepter ça ?

— Vous n'avez pas le choix.

Donatelli claqua des doigts, ce qui faillit lui valoir de se faire tirer dessus. Rick se retint tout juste d'appuyer sur la détente. Ce qu'il regretta dès que son commanditaire parla.

— Peut-être que si, grâce à ta petite amie.

La sueur glacée qui coulait dans le dos de Rick faisait coller sa chemise à sa peau.

— Je ne comprends pas de quoi vous parlez…

Hélas, si, il ne le devinait que trop bien. Car il entendait pleurer Kelsey derrière lui. Un rapide coup d'œil par-dessus son épaule le lui confirma : c'était bien elle qui sanglotait, tenue par deux malabars. Elle lui adressa un regard suppliant.

Merde.

— Tu n'aurais pas pu m'écouter, non ? lui cria-t-il. Je t'avais dit de rester à l'hôtel.

— Je suis désolée… J'ai cru que je pourrais t'aider.

— Ah, les femmes, quelle plaie… Pas vrai ? fit Donatelli d'un air de sympathie feinte. Tu ferais mieux de t'offrir une maîtresse rémunérée, comme moi. Au final, cela coûte bien moins cher – et les professionnelles savent se mêler de ce qui les regarde.

— Merci. J'y réfléchirai, pour l'avenir.

Rick fit un pas vers Donatelli et lui visa le cœur tout en surveillant les deux autres de sa vision périphérique.

— Lâchez-la, ordonna-t-il.

Ils obtempérèrent et la poussèrent vers lui. Kelsey se tordit les pieds sur ses hauts talons et tomba, deux mètres derrière Rick. Le bruit des balles le fit se retourner et tirer sur le garde du corps qui était déjà en train de vider son chargeur dans Kelsey.

Il descendit les deux types. Trop tard. Une tache rouge s'élargissait déjà dans le dos de Kelsey et sur son côté. Sa robe et son bras étaient maculés de son sang qui avait également éclaboussé le tapis. Il la fit rouler sur le côté et découvrit ses yeux ouverts, mais vides. Elle ne respirait plus. Elle était morte.

Donatelli n'avait pas bougé du canapé. Les jambes croisées, il continuait de flatter son espèce de rat qui jappa quand Rick s'agenouilla près de Kelsey.

En cherchant son pouls, il sentit ressurgir toutes les émotions qu'il avait réprimées, cachées, refoulées. Le chagrin, la rage, le dégoût le submergèrent. Il passa la main sur la joue fraîche de Kelsey et lui ferma les paupières.

— Vous n'aviez pas à la tuer, accusa-t-il Donatelli d'une voix basse et dure. Elle n'avait rien à voir avec tout cela.

Et c'était à cause de lui qu'elle était morte.

— Au contraire, elle avait tout à voir avec cela. Les garçons, occupez-vous de Mlle Kelsey, s'il vous plaît. Elle saigne sur le tapis.

Rick se retourna. À qui l'Italien s'adressait-il ? Ce qu'il vit alors lui donna la chair de poule. C'était impossible. Les deux costauds étaient en train de se relever, de s'épousseter.

— Nom de…

Il leur avait mis trois balles dans le cœur à chacun. Ils ne pouvaient pas être vivants. Malgré la panique qui lui glaçait les membres, il se plaça devant Kelsey. Pas question qu'ils profanent son corps, qu'ils le jettent à la benne à ordures.

— Ne la touchez pas, les mit-il en garde.

— Tu n'as pas vraiment ton mot à dire.

Il chercha à tâtons son revolver qu'il avait posé pour chercher le pouls de Kelsey.

Ils furent sur lui en un éclair. Rick eut beau se débattre, distribuer coups de pied et de poing, ils parvinrent à lui tordre les bras derrière le dos. Le plus gros, celui qui avait des cheveux bruns qui sentaient la naphtaline, se coucha sur lui. Il n'y voyait plus rien. Il eut beau lui asséner un coup de genou, qui porta, le type ne fit que l'écraser de plus belle, lui coupant le souffle. Son visage descendait vers lui avec un sourire concupiscent. De plus en plus près.

Des crocs longs et acérés apparurent dans sa bouche. Rick sentit une terreur indescriptible l'envahir quand l'homme, la créature, l'aveugla, l'étouffa, le bâillonna de son corps. Une vive douleur lui vrilla le cou.

Il s'entendit gémir, anéanti par le choc, la douleur, le froid, tandis qu'une brutale aspiration le dévorait. Il avait mal partout, très froid. Tout le corps tremblant, terrifié par cette impression d'être vidé de l'intérieur, il se mordit la langue. De l'autre bout de la pièce, la voix de Donatelli flotta jusqu'à lui.

— Je me doutais que tu ne pourrais pas tuer Carrick, tu sais. Pas parce que tu n'essaierais pas, mais parce qu'on ne peut tuer les morts-vivants qu'en leur tranchant la tête – et je soupçonnais fortement que tu trouverais cela trop sale. Tout ce que je voulais, au fond, c'était ébranler Carrick, le déstabiliser à l'entrée de la dernière ligne droite de la campagne électorale. C'était une tactique psychologique. Mais je ne me doutais pas que tu te taperais sa secrétaire.

Rick s'efforça de rouvrir les yeux, de se concentrer, mais c'était comme si la pièce basculait et explosait tel un kaléidoscope derrière ses paupières. On avait dû lui injecter une drogue, quelque chose qui le paralysait et menaçait de lui faire perdre connaissance.

— Encore un peu, Smith.

Rick poussa un hurlement silencieux, intérieur. Il avait l'impression qu'on lui déchiquetait tous les organes.

— Voilà. C'est bien. Maintenant, occupe-toi de la fille. Donne-lui ton trop-plein. Je vais finir ici.

Rick retomba, inerte, quand le garde du corps le lâcha. Puis, il s'écrasa brutalement sur le tapis en se cognant la tête quand il tira le corps de Kelsey de sous lui. Il aurait voulu bouger, protester, mais il était comme une mouche prise dans une toile d'araignée. Un jouet entre les mains de Donatelli.

Une douce chaleur lui emplit soudain la bouche. Un liquide au goût puissant humectait ses lèvres, sa langue, sa gorge desséchées.

— J'apprécie tes qualités. Et je trouve assez curieux – et touchant – que tu aies voulu protéger la fille. Je ne m'attendais pas à ça de toi.

Rick tétait avidement la source du liquide qui lui coulait dans la bouche. Malgré son goût étrange, il sentait qu'il en avait besoin, que c'était lui qui, à chaque gorgée, apaisait la douleur qui lui broyait tout le corps. Il parvint à ouvrir les yeux, mais il était trop près de l'homme agenouillé au-dessus de lui pour voir autre chose que le tissu de sa chemise et sa peau juste devant son visage.

Il but encore, avec une soif telle qu'il n'en avait jamais connue. À mesure qu'il se gorgeait, qu'il emplissait son corps déshydraté, il sentit ses bras et ses jambes se réchauffer.

— Voilà. Encore un peu, l'encouragea Donatelli en lui caressant le front.

Révulsé par cette sensation, Rick comprit que ce qu'il suçait, c'était le bras de l'Italien… et son sang. Son esprit lui criait de se détacher, de s'enfuir en courant, mais sa bouche, son corps en voulaient davantage. Il gémit quand Donatelli se dégagea.

— Il ne faut pas abuser des bonnes choses, dit-il.

Rick le regarda, désorienté, repu, brûlant et gelé à la fois, les yeux rivés aux petites pattes-d'oie aux coins de ses yeux. Des yeux d'une dureté terrible, d'un noir d'obsidienne, chargés de secrets aussi lourds que terribles.

— Tu t'en rends compte, n'est-ce pas ? fit-il. Oui, je suis un vampire. Et toi aussi, maintenant. À mon service.

Rick croyait avoir connu l'enfer à Grenade, dans les marines. Mais, quand il plongea dans les ténèbres de l'âme de Donatelli, il sut que c'était dix fois pire.

Alexia se donna un coup de brosse et fronça les sourcils devant son reflet dans le miroir. Elle n'avait pas l'air majestueux qui seyait à une première dame. Non, elle ressemblait plutôt à une gamine de douze ans qui aurait pris la robe du soir de sa mère pour se déguiser. Comment se faisait-il qu'elle ne remplisse pas tout à fait le bustier alors que la jupe était plus que tendue sur ses fesses ?

— Tu es canon, déclara Brittany.

— Tu parles. On dirait une candidate à une émission sur le changement de look – avant. Rien ne pourrait m'aller plus mal que cette robe. C'est l'horreur.

Sa sœur se prélassait sur le lit. Elle avait ôté ses chaussures et sa veste. Elle avait beau avoir remis son foulard, à chaque fois qu'Alexia le voyait, elle avait la chair de poule. D'accord, elle couchait avec un vampire et se faisait mordre... même dans des endroits peu avouables. Mais, sa petite sœur ? Beurk ! Elle ne voulait surtout rien savoir.

En revanche, elle était heureuse qu'il ne reste plus de non-dit entre elles. Elle n'aimait pas cacher des choses à Brittany. Au demeurant, cette dernière ne semblait pas du tout perturbée de s'être découverte un père vampire.

— Alex, je t'assure que tu es superbe. Si tu voulais bien arrêter cinq minutes de regretter de ne pas faire un mètre soixante-quinze, tu te rendrais compte que tu as toujours eu une silhouette adorable. Les hommes ne préfèrent pas tous les grandes maigres.

— Non mais dans quel monde vis-tu ? rétorqua Alexia en glissant ses cheveux derrière ses oreilles – puis en les ôtant. Bien sûr que si, ils préfèrent tous les grandes maigres.

— Ce n'est pas vrai. Il y en a plein qui aiment les gros seins.

— Encore raté..., fit-elle en désignant son décolleté qui n'avait rien de ravageur. Et je n'en ai jamais entendu un seul dire qu'il se moquait pas mal des seins d'une fille du moment qu'elle avait de grosses fesses. De toute façon, conclut-elle en jetant sa brosse, je ne vois pas pourquoi je devrais porter une robe de cocktail. Il s'agit d'un débat, pas d'une réception. Je devrais être en tailleur.

— Ethan t'a demandé de te mettre en robe de cocktail. Allez, on est à Vegas. Toutes les excuses sont bonnes pour dégainer les paillettes.

— Il y a deux soirs, j'étais Barbara Bush, et me voilà Hillary Clinton. Ça commence à devenir flippant. Qui sera mon prochain modèle ? Betty Ford ?

Brittany éclata de rire. C'était facile, pour elle qui était grande et filiforme.

— Bon, maintenant qu'Ethan est sorti se préparer, tu peux me raconter ce qu'il y a réellement entre toi et ce Jean-Baptiste, demanda Alexia en mettant ses boucles d'oreilles.

— Comment cela ?

— Tu es devenue toute bizarre et nerveuse quand nous avons parlé de lui, et, en même temps, tu l'as défendu comme une lionne.

Brittany souleva sa tête pour l'appuyer dans le creux de sa main.

— Eh bien, tu me connais. Quand je m'investis dans une cause, c'est à cent pour cent. Mais je dois avouer que je ne sais pas trop ce que je ressens pour Jean-Baptiste. Je n'avais absolument pas prémédité de coucher avec lui. Depuis, il y a un vrai malaise. Je ne l'ai pas revu, et je ne sais pas si je le reverrai un jour. Il est réellement du genre reclus.

Alexia enfila ses chaussures.

— Je ne vais même pas faire semblant de te donner des conseils, annonça-t-elle. Je ne connais rien aux hommes. Je n'aurais jamais imaginé qu'Ethan Carrick déciderait que c'était moi, celle qu'il lui fallait.

— Je crois que ce qui l'a attiré, au départ, c'est le fait que tu ne te jettes pas à sa tête.

— Non, c'est vrai, lors de notre première rencontre, je lui ai donné un coup de genou... un peu plus bas, se rappela-t-elle non sans tendresse. Mais, Brittany, tu sais que tu as un cœur d'or. Je ne veux pas te voir souffrir. Cela dit, si tu veux être avec ce Jean-Baptiste, tu sais que je serai toujours là pour toi.

L'idée de savoir sa sœur avec un scientifique qui pouvait soit faire disparaître les vampires, soit multiplier leur population par dix ne la réjouissait pas, mais elle commençait à apprendre qu'elle ne pouvait pas toujours tout contrôler.

Brittany haussa les sourcils d'un air surpris.

— Ouah, fit-elle. Tu dois être vraiment en train de tomber amoureuse d'Ethan, pour faire preuve d'une telle douceur. En temps normal, tu montres le plus grand mépris pour neuf sur dix des hommes avec lesquels je sors et tu me dresses la liste détaillée de leurs défauts avant de lancer une enquête sur eux.

— Et je suis bien tombée une ou deux fois sur un casier judiciaire, non ?

Elle n'était pas près de laisser Brittany l'oublier.

Soudain, sa sœur vint l'enlacer par-derrière, si fort qu'elle lui coupa presque le souffle.

— Ah ! protesta-t-elle. Qu'est-ce qui te prend ? Tu vas me décoiffer.

N'empêche qu'elle saisit Brittany par les poignets pour la garder contre elle.

— Je t'aime, Alex, dit cette dernière les yeux humides de larmes. Tu es tout, pour moi. Je sais qu'il n'a pas toujours été facile pour toi de t'occuper de moi quand nous étions petites. Merci d'avoir tenu bon et de l'avoir fait.

Elle n'allait pas pleurer. Non, elle n'allait pas pleurer. Une fois par jour, c'était vraiment un maximum. Elle s'était déjà suffisamment déshydratée comme cela ce matin avec Ethan. Malgré tout, deux larmes roulèrent sur ses joues.

— Brittany… Ma chérie, tu sais que je n'échangerais contre rien au monde les moments que nous avons passés ensemble. T'aider à grandir a été un véritable privilège. Je ne peux même pas te dire combien je suis fière de toi. Je ferais n'importe quoi pour que tu sois heureuse.

Depuis que Brittany l'avait dépassée en taille à l'âge de quatorze ans, elle avait pris l'habitude de se tasser pour qu'Alexia puisse la serrer dans ses bras. Aux yeux de cette dernière, c'était l'un des inconvénients majeurs de sa petite taille. Elle aurait tant voulu être encore la plus grande quand sa sœur avait besoin de réconfort…

— Alex, tu sais ce qui me rendrait heureuse ? répondit alors cette dernière. Vraiment heureuse ? Ce serait que tu te laisses aller à profiter d'une relation. Que tu te donnes une chance d'aimer un homme, de te marier. Je voudrais que tu t'autorises à tomber amoureuse d'Ethan.

Alexia fit un pas en avant pour se libérer de l'étreinte de Brittany. Ses mots suffisaient à déclencher chez elle une peur panique irrationnelle.

— Je suis déjà amoureuse d'Ethan. Mais je ne sais pas si je peux lui faire suffisamment confiance, ni à moi, pour que cela marche. Quand je pense au mariage, je suis terrifiée. Je ne sais pas si je peux me permettre une telle vulnérabilité.

— Si tu ne prends pas le risque, tu vas manquer quelque chose d'extraordinaire. Au bout de mille ans de vie, un homme décide que c'est toi, et toi seule, son âme sœur. C'est fou ce que c'est romantique. Moi, je serais folle de bonheur.

Brittany paraissait si triste… Alexia se retourna et lui prit la main dans l'espoir de la consoler.

— Peut-être que Jean-Baptiste…

— C'était purement sexuel, lui confia-t-elle en haussant les épaules. Il n'y a pas de quoi en faire tout un plat. Je suis sûre que je finirai par rencontrer quelqu'un. Après tout, si l'on en croit Ethan, je risque de vivre centenaire, conclut-elle avec un sourire léger.

— Brit…

Alexia hésita. Elle n'était pas certaine de ce qu'elle allait dire.

— Je vais y aller, d'accord ? Je n'ai pas fermé l'œil la nuit dernière et j'ai un emploi du temps assez chargé pour demain. Appelle-moi dans la matinée pour me dire comment s'est passé le débat. Je t'assure, tu es superbe. Bisous, Alex, lança-t-elle en lui en envoyant un de loin.

— Merci, Brit. Oui, on s'appelle.

Sur quoi sa sœur sortit. Alexia s'assit sur le lit, perplexe, un peu abattue. Ce que lui avait dit Brittany l'avait troublée et rendue mélancolique, et elle n'aurait même pas su dire pourquoi.

À cet instant, la porte de sa suite s'ouvrit.

— Ce n'est que moi, prévint Ethan. Pas de coup de pied, s'il te plaît !

Alexia ne bougea même pas. Il lui semblait que tout l'équilibre de son avenir reposait sur les quelques jours à venir. Elle avait le choix entre la sécurité, ses habitudes, le refoulement de ses émotions – qui signifierait un *statu quo* sans amour – et l'espoir, synonyme de prise de risque – qui pouvait donner un vrai désastre ou quelques années de grand bonheur avec Ethan.

Il apparut sur le seuil, vêtu d'un costume gris et d'une cravate bleue.

— Salut, fit-il. Tout va bien ? Je te trouve un peu pâle.

Sans se laisser le temps de changer d'avis, Alexia fixa les yeux sur lui et lâcha :

— C'est d'accord, je veux bien m'installer avec toi.

Il se figea sur place.

— Quoi ?

Maintenant qu'elle l'avait dit, Alexia se sentait infiniment plus légère.

— Oui, j'aimerais vivre avec toi.

— Oh, Alexia… Il s'approcha d'elle et se pencha pour lui planter un baiser presque brutal sur les lèvres. Tu en es bien sûre ?

Il se reprit et secoua la tête en riant.

— Je suis idiot, ou quoi ? Il ne faut surtout pas que je t'offre une porte de sortie ! Tu me rends tellement heureux…

Elle aussi était sur un petit nuage. Elle le saisit par la cravate et l'attira à lui pour l'embrasser de nouveau.

— Dix ans, c'est mieux qu'un, non ? Je peux décider de me briser le cœur maintenant, ou alors, si nous passons quelques années ensemble, j'aurai au moins gagné une période de plénitude sexuelle dans l'intervalle.

Il sourit tout contre sa bouche.

— Je me réjouis que tu aies choisi d'aborder le problème avec logique.

Elle passa le bout de la langue sur sa lèvre. Dieu, que c'était bon ! Comment pourrait-elle le quitter, cet homme qui la comprenait, qui appréciait sa force tout en respectant ses faiblesses ? Cet homme qui ne lui témoignait jamais de condescendance, qui n'insultait jamais son intelligence. Elle s'emplit de son odeur faite du parfum léger de son après-rasage et de celui, mentholé, de son dentifrice.

— Eh oui, la logique, c'est mon point fort. Cela dit, il ne faut pas négliger le fait que je suis complètement folle amoureuse de toi.

Ethan s'agenouilla sur le tapis devant elle et lui fit écarter les jambes pour pouvoir se rapprocher d'elle.

— Tu ne peux pas savoir combien je suis heureux que tu aies choisi de me le dire.

Il aurait voulu l'absorber, la serrer contre lui de toutes ses forces pour lui faire sentir ce que cela signifiait pour lui, qu'il comprenait le sacrifice qu'elle faisait, la confiance qu'elle plaçait en lui pour que les dix prochaines années justifient la douleur de la séparation.

— Alexia, dit-il à la place, cela fait neuf cents ans que j'attends de rencontrer une femme que je puisse aimer. Maintenant que je t'ai trouvée, je te promets de faire tout ce qui est en mon pouvoir pour que tu ne regrettes pas ta décision.

Il était censé être en bas dans dix minutes, mais il s'en moquait. Rien ne lui donnait le sentiment de plénitude qu'il éprouvait auprès d'Alexia.

Jamais il ne s'était senti seul, abandonné. Mais voilà que l'idée de la vie sans elle lui faisait l'effet d'une torture. Il allait profiter pleinement de chaque instant avec elle.

Il remonta la jupe d'Alexia pour promener les pouces sur ses cuisses et, en l'embrassant dans le cou, il murmura :

— Je devrais peut-être démissionner de la présidence... Si quelqu'un d'autre dirigeait la Nation vampire, nous pourrions passer plus de temps ensemble.

— Tu es fou ?

Elle retint son souffle un instant quand il lui mordilla le sein à travers sa robe rouge moulante.

— Nous n'allons tout de même pas passer les quinze prochaines années à nous regarder dans le blanc des yeux, ajouta-t-elle.

Ah, nota-t-il avec joie, de dix ans, on était déjà passé à quinze...

— Non ?

Son sein se mit à pointer sous sa robe. Il passa la langue dessus.

— Non. Nous avons l'un et l'autre une carrière, des responsabilités. Au moins, lorsque nous nous séparerons, nous aurons quelque chose pour nous occuper; nous ne serons pas condamnés à errer sans but, comme frappés de stupeur. Non, il faut que nous vivions une vie normale – enfin, aussi normale que possible pour un procureur et un président de la Nation vampire.

— Comme tu voudras.

Peu lui importait ce qu'ils feraient. Il ne voulait pas se disputer avec Alexia. Tout ce qu'il désirait, c'était lui faire l'amour, puis trouver une chapelle et lui passer au doigt la plus belle bague qui soit. Parce que, bien sûr, le mariage était la prochaine étape logique de leur histoire.

Il lui suça le sein avec plus de force et se délecta de son gémissement, de la façon dont elle crispait les doigts sur son épaule dans le plaisir. Il remonta encore sa robe pour effleurer du bout des doigts le devant de sa petite culotte couleur chair.

— Mm, fit-il, que c'est doux.

Quand il appuya un peu plus fort, le tissu s'enfonça légèrement en elle. Les crocs sortis, fou de désir, Ethan sentit le cœur d'Alexia s'emballer, pomper de plus en plus fort, de plus en vite le nectar de son sang. De ses crocs, il lui griffa légèrement les seins, uniquement pour s'exciter, car il savait qu'il ne la mordrait pas.

Elle ouvrit plus grand les jambes pour l'accueillir, pour accueillir ses doigts. Comment résister à une telle invitation ? Il fit descendre sa petite culotte jusqu'à ses chevilles. Il remonta en couvrant de baisers son mollet, puis son genou, avant d'aspirer sa peau dans sa bouche.

— Plus haut, lui enjoignit-elle en se laissant tomber en arrière, en appui sur les coudes. Un peu plus haut.

— Plus haut ? répéta-t-il avant de lui sucer l'intérieur de la cuisse. Ici ?

— Ce n'est pas mal, concéda-t-elle, mais encore un peu plus haut.

Après l'avoir embrassée, il écarta les replis de sa chair des deux pouces et l'étudia. Elle était si belle, ainsi humide, frémissante de désir…

— Ici ? demanda-t-il en suçant son clitoris renflé et en la maintenant sur le matelas quand un coup de reins involontaire la secoua.

— Oui ! C'est exactement ce que je voulais dire, fit-elle en retombant sur le lit.

Elle se durcit sous ses lèvres et le parfum musqué de son excitation l'emplit, se mêlant à son odeur de mortelle, à celle de son sang. Il avait les crocs douloureux de l'envie de la goûter, de se repaître de son corps tendu par le désir. Son érection forçait sur la braguette de son pantalon.

— Oui…, gémit-elle en serrant le dessus-de-lit dans ses poings.

Puis, elle se redressa à demi pour lui lancer un regard mi-coquin, mi-désespéré.

— Mords-moi, Ethan. Je sais que tu en as envie. Je le sens. Allez, vas-y.

Il s'écarta, au supplice. Une fois qu'il aurait commencé, il n'était pas certain de pouvoir s'arrêter. Oui, il avait envie de la mordre. Partout. En commençant par ses plis si délicieusement exposés devant ses yeux.

— Alexia…

Elle lui saisit la tête pour la faire descendre sur elle.

— Maintenant. S'il te plaît ! Je vais jouir, Ethan. Prends-moi.

Il ne pouvait pas résister à une telle proposition. Il n'avait même pas envie d'essayer. Alors, il passa la langue sur elle, des deux côtés, avant d'introduire un doigt en elle et d'enfoncer les dents dans sa chair si tendre.

Son goût brûlant l'envahit au moment où elle criait de plaisir en se cambrant dans le lit dans un violent orgasme. Ethan ferma les yeux pour profiter pleinement du raz de marée de son plaisir. Il continuait de faire aller et venir son doigt, lentement, dans la chaleur humide de son intimité dilatée tandis qu'elle tremblait toujours en poussant de petits gémissements.

Il finit tout de même par se forcer à se retirer et avala jusqu'à la dernière goutte le sang qu'il lui avait pris. Il le sentit affluer dans tout son corps, l'emplir de l'essence même d'Alexia, de sa force, de son amour pour lui.

Heureusement qu'il était à genoux, car ses jambes tremblantes n'auraient sans doute pas pu le porter, tant elle l'ébranlait profondément.

Malgré son état de semi-inconscience, il entendit tambouriner. Et ce n'était pas leur cœur, ni à l'un ni à l'autre.

Non, c'était Seamus qui frappait à la porte.

— Ethan ! Nom d'un chien, où es-tu passé ? Si tu es ici, dépêche-toi de descendre. Tout de suite. Donatelli va te tailler en pièces si tu es en retard.

Affaissée sur le lit, la jupe remontée en haut des cuisses, Alexia laissa échapper un petit rire.

— Oh, mon Dieu…, fit-elle à voix basse. Il ne pourrait pas plus mal tomber.

Il se frappa la tête à trois reprises sur le bord du lit.

— Il y a des moments où il faut savoir choisir entre son égoïsme et ses responsabilités, déclara-t-il. En l'occurrence, j'ai besoin de toi, de te prendre, sinon je vais mourir.

Alexia referma les jambes et se rajusta.

— Je ne veux pas t'empêcher de faire ton devoir, objecta-t-elle.

Elle commençait même de sourire, la coquine !

— Oui, c'est facile à dire pour toi : je ne me suis soucié que de ton plaisir.

— Non, non : les morsures, c'était pour ton plaisir à toi seul. Moi, ça ne m'a rien fait du tout.

Elle ne parvint pas tout à fait à avoir l'air aussi innocent qu'elle aurait voulu.

— Seamus peut bien attendre une minute, dit-il en ouvrant sa braguette et en se relevant. Je n'ai pas besoin de plus.

Ce dernier se remit à frapper de plus belle.

— Carrick ! Je sais que tu es là. Je t'entends.

— Zut ! maugréa Ethan en regardant Alexia.

Il était au supplice. Il avait follement envie d'elle…, mais pas avec Seamus qui écoutait derrière la porte.

Alexia se redressa, l'air plus compatissante que taquine, maintenant.

— Ne t'en fais pas, je te revaudrai ça un peu plus tard. Il ne faut pas faire cela à la va-vite... Ce sera bien mieux si nous avons tout notre temps.

— Je vais mourir, lui déclara-t-il sincèrement.

Elle sourit.

— Non, tu ne vas pas mourir : tu es un vampire. Alors, maintenant, arrête ton cinéma et va gagner ton débat. Ensuite, nous nous éclipserons discrètement pour fêter ton triomphe.

En soupirant, Ethan referma son pantalon.

— Tu ne te rends pas compte à quel point je souffre, je crois, grommela-t-il. Je ne sais même pas si je vais arriver à marcher.

— Comme je n'ai aucune envie que Seamus enfonce la porte et nous surprenne, nous allons devoir attendre, insista-t-elle. Mais, comme cela, j'aurai le temps de te faire des choses avant...

Ethan laissa échapper un grondement de désir. Il n'en pouvait plus. Tout son corps se tendait et sa vue se brouillait.

— Alexia, tu me tortures, se plaignit-il.

— Non, corrigea-t-elle. Cela, c'est pour plus tard.

Elle se leva, remit sa robe en place et alla à la porte.

— Bonsoir, Seamus, dit-elle en ouvrant. Pardon de vous avoir fait attendre.

Nom d'un chien !

Ethan se passa une main dans les cheveux et se rendit en boitillant dans la partie salon. Il fallait qu'il pense à autre chose pour oublier la douleur qui le tourmentait.

— Tu es complètement fou, commenta Seamus en le voyant.

— Oui, de désir.

Alexia se mit à rire.

Seamus rougit jusqu'aux oreilles.

— Écoute, peut-être que tu ne prends plus cette élection au sérieux, mais, moi, je me suis donné un mal de chien pour cette campagne et je suis en droit d'attendre une certaine coopération de ta part.

Cette sortie suffit à le calmer d'un coup.

— Seamus, dit-il, contrit, excuse-moi. J'ai conscience du travail que tu as fourni, du mal que tu t'es donné. Je descends tout de suite. Mais, d'abord, il faut que tu nous félicites. Alexia et moi sommes fiancés.

Seamus plissa les yeux.

— C'est vrai ? fit-il. Bien.

Il se tourna vers Alexia qui rosit un peu. C'était trop drôle ! Elle était plus gênée de cette annonce que d'avoir été prise en flagrant délit...

— Félicitations, lâcha sèchement Seamus.

Trop tard, Ethan se souvint que son directeur voulait le voir épouser Brittany, et non Alexia. Pourvu que leur amitié n'en souffre pas !

— Nous ne sommes pas fiancés, protesta Alexia.

Ethan considéra son visage soudain tout pâle, ses épaules tendues. Oh-oh...

— Mais... mais tu as accepté, fit-il valoir.

— De vivre avec toi, oui. Pas de t'épouser. Tu ne me l'as jamais demandé.

Ah, évidemment, si elle voulait s'arrêter à des détails...

— Mais je compte bien le faire, assura-t-il.

— Si tu le fais, il se peut que j'accepte.

Cela semblait très positif.

— C'est vrai ? Tu pourrais accepter ?

Ethan lui adressa un sourire radieux. Elle voulait bien se marier avec lui !

Elle leva les yeux au ciel.

— C'est probable, reconnut-elle. Il y a une bonne chance, je dirais, à condition que tu ne me mettes pas en rogne dans l'intervalle.

Mais il lui suffit de sourire pour adoucir la vivacité de sa réponse. Alors, il sembla à Ethan que les clichés les plus romantiques ne suffisaient pas à exprimer ce qu'il ressentait. Il était amoureux.

Seamus s'impatientait.

— Pouvons-nous descendre, maintenant ?

— Absolument, assura Alexia. Plus vite nous descendrons, plus vite nous remonterons.

Elle ponctua sa réponse d'un clin d'œil qui faillit tirer un grondement de désir à Ethan. Quelle bombe ! Il lui prit le bras et suivit son directeur de campagne.

— Au fait, annonça ce dernier, nous n'avons pas pu identifier le tireur. Et Kelsey a disparu.

— Disparu ? répéta Ethan que cette annonce tira brutalement de sa rêverie sensuelle.

— Eh bien, personne ne l'a vue depuis hier soir. Elle n'est pas venue travailler aujourd'hui, mais on sait bien qu'elle aime faire la fête et se coucher tard. Il me semble tout de même que c'est une étrange coïncidence, dans la mesure où elle était avec le tireur hier soir.

Ils montèrent dans l'ascenseur.

— Cela ne me dit rien qui vaille, déclara Ethan. Kelsey avait vraiment peur de lui. Je pense qu'elle ne sait rien de lui, mais que va-t-il arriver s'il est persuadé du contraire ? Je reste convaincu que c'est probablement un joueur déséquilibré qui a dû perdre toutes ses économies – mais ferait-il du mal à Kelsey ?

— Elle nous appellerait, non, si elle avait des ennuis ? fit valoir Seamus.

— C'est vrai.

Kelsey ne lisait pas très bien dans les pensées, mais elle serait certainement capable de leur transmettre un appel au secours en cas d'urgence.

— À propos, fit-il en serrant tendrement Alexia contre lui, il faut que tu apprennes à m'appeler mentalement si tu as besoin de moi.

— Tu n'as toujours pas accès à ses pensées ? demanda Seamus, stupéfait.

— Absolument pas.

Il considéra Alexia avec un respect nouveau.

— Vous êtes vraiment son élue, alors…

Alexia fit la grimace.

— Je ne sais pas s'il m'a élue, mais il a aussi fallu que j'accepte, vous savez, précisa-t-elle.

— Je veux dire... peu importe, dit Seamus en croisant les bras. Tu peux lui apprendre à projeter, ajouta-t-il à l'adresse d'Ethan.

— Il faudrait vraiment que tu t'y mettes, Alexia. Tu peux t'entraîner à t'ouvrir à moi uniquement quand tu le souhaites. Ainsi, s'il t'arrive quelque chose, tu pourras m'appeler.

— O.K. Comme un portable mental. C'est cool – du moment que tu n'entres pas sans demander la permission, ajouta-t-elle d'un air menaçant.

— Jamais je ne me le permettrais. De toute façon, j'en serai incapable si tu ne t'ouvres pas à moi.

— Ça fait limite pervers, observa-t-elle avec un sourire malicieux.

Devant la mine dégoûtée de Seamus, Ethan se prit à songer qu'il était grand temps que son ami reprenne une vie sociale – si ce n'est amoureuse – plus normale.

— Bon. Alors pense à quelque chose qui éveille en toi des sentiments très forts. Quelque chose que tu détestes vraiment, indiqua Ethan à Alexia en sortant de l'ascenseur avec elle.

— Le supermarché.

— Tu détestes les supermarchés à ce point ?

Lui-même ne les fréquentait que rarement, pour acheter de la mousse à raser ou du shampooing, mais ils ne lui paraissaient pas aussi épouvantables que cela. Tout y était propre et bien rangé, la nourriture emballée et prête à cuire. Ce n'était pas comme dans sa jeunesse, où les cuisinières du château avaient toujours les ongles sales d'avoir tué des animaux.

— Tu ne peux même pas savoir à quel point ! C'est comme une torture physique et mentale. D'abord, il faut trouver le temps d'y aller. Ensuite, à peine arrivé, on est assailli par une infinité de choix. Soit les aliments proposés – qu'il faut tous préparer d'une façon ou d'une autre, soit dit en passant – font grossir, et la tentation est mêlée de culpabilité, soit ils sont bons pour la santé, et ils sont à peine mangeables. Bref, je n'ai pas le droit d'oublier un instant que je suis petite, avec un métabolisme lent, et pas une minute pour faire du sport. Pire, tout cela est ruineux, et les espoirs que l'on pouvait avoir de racheter un beau canapé pour remplacer l'horreur qui trône actuellement dans le salon sont anéantis au passage à la caisse.

— Ouah !

Ethan était loin de se douter de cela.

— Très bien, reprit-il. Alors concentre toute cette énergie que t'inspire le supermarché dans un coin de ton esprit.

Ils marchaient côte à côte, Seamus devant eux. C'était bien, car il ne valait mieux pas qu'elle regarde Ethan pendant qu'elle essayait de lui transmettre ses pensées.

— Et, maintenant, montre-moi.

— Le supermarché ?

— Oui. Montre-moi tes pensées, dans ta tête, sans parler. Pousse-les vers moi.

Ethan n'entendit ni ne vit rien.

Alexia laissa échapper un drôle de grondement de frustration.

— Tu ne réponds pas.

— Parce que je n'entends rien.

Ethan faisait tout son possible pour faire tomber le mur entre eux. En vain.

Alexia se mit à rire.

— Qu'y a-t-il de si drôle ?

— Il me vient toutes sortes d'idées cochonnes. Je ne peux pas m'en empêcher.

Ils étaient arrivés à la porte de la salle de bal, où avait lieu le débat. Ethan s'arrêta sur le seuil et s'efforça de lui jeter un regard sévère.

— Tiens-toi bien, lui ordonna-t-il. N'essaie pas de me transmettre des perversions quand je serai au beau milieu de ce débat.

— Jamais de la vie ! protesta-t-elle avec un air de dignité offensée. Je suis la fiancée idéale pour un homme politique : une juriste, une femme logique. Et tu verras quelle belle cause je soutiendrai. Je surveillerai peut-être la réforme du financement de la campagne. À moins que je ne m'occupe des droits des Impurs. Ou Dieu sait quoi. Enfin, dès que je connaîtrai un peu la situation, sois tranquille, je trouverai quelque chose à améliorer.

— Je n'en doute pas, et je suis impatient de te voir à l'œuvre. Prête ? ajouta-t-il en glissant la main d'Alexia dans le creux de son coude. Souris aux vampires, ma chérie.

— Prête, répondit-elle.

Elle inspira à fond et lui montra une rangée de dents nacrées.

Seamus ouvrit la porte. Ils entrèrent dans la grande salle sous les applaudissements de l'assistance. De sa main libre, Ethan se mit à faire des signes en souriant lui aussi. Il était si fier d'avoir Alexia à son bras…

Tout ce cirque se révélait bien plus amusant avec une compagne à ses côtés.

Dix-neuf

Alexia était assise au premier rang, entre deux gardes du corps d'Ethan. Comme si on risquait de l'enlever ou Dieu sait quoi.

Seamus avait pris place deux sièges plus loin; il lui semblait presque le sentir transpirer. Elle s'en voulait un peu de l'avoir stressé. Son travail à elle aussi était toute sa vie – du moins jusqu'à la semaine dernière. Elle ne savait que trop bien ce que cela représentait de mettre toute son âme et des heures et des heures de son temps dans une mission pour, ensuite, la voir échouer.

C'était l'horreur. L'échec était comme une douleur physique, pour quelqu'un comme elle – et comme lui. Elle le comprenait donc. Elle se pencha vers lui, par-dessus le malabar assis à sa droite, et lui murmura :

— Seamus, je suis désolée d'avoir distrait Ethan. À partir de maintenant, je ferai tout ce qu'il faut pour l'aider à gagner cette élection. Il faut seulement que vous me parliez de votre stratégie. Voyons-nous demain pour que vous puissiez me mettre au courant.

Il la fixa d'un regard glacial.

— Excellente idée, lâcha-t-il. Nous pourrons commencer par vous inculquer quelques notions de protocole. Ne pas parler pendant un débat présidentiel, par exemple.

Ce qu'il était coincé !

Alexia s'appuya de nouveau au dossier de son siège et reporta son attention à ce qui se passait sur la scène. Elle n'entendait pas très bien ce qui se disait.

— L'acoustique n'est pas très bonne, dit-elle à son garde du corps.

— Nous entendons mieux que vous, expliqua-t-il. Il n'est pas nécessaire de mettre le son plus fort.

— Bon.

Dans ce cas, elle allait rester là à admirer Ethan dans son costume gris. Son adversaire, Donatelli, lui donnait la chair de poule. Ses vêtements taillés à la perfection ne parvenaient pas à dissimuler une silhouette si frêle qu'elle en paraissait presque efféminée. Il n'y avait pourtant rien de doux dans la façon dont il s'agrippait à la table pour faire pleuvoir les accusations sur Ethan.

Il pointait le doigt vers le modérateur, tirait sur sa cravate, affichait une mine exaspérée, toisait le public avec une arrogance froide et dure.

— Sauf tout le respect que je vous dois, monsieur le président, c'est le mensonge le plus éhonté que j'aie jamais entendu. Nous n'en croyons pas un mot, n'est-ce pas ?

Il engloba toute l'assemblée d'un grand geste avant d'ajouter :

— Nous pensons qu'il est temps que vous nous disiez la vérité.

Cette sortie mit Alexia hors d'elle.

— Salaud ! s'insurgea-t-elle à mi-voix.

— Silence, la réprimanda Seamus sur le même ton.

Zut ! Elle avait oublié que la salle était pleine de vampires qui pouvaient l'entendre s'ils le voulaient. C'était un peu troublant, mais elle avait intérêt à s'y habituer car, au cours de la décennie à venir, elle allait certainement passer pas mal de temps en leur compagnie.

Ils avaient l'air de gens parfaitement normaux, se conduisaient comme des gens parfaitement normaux. Tout cela était très civilisé. On aurait cru une élection dans n'importe quelle démocratie.

Ethan ne semblait même pas ennuyé par l'attitude de Donatelli. Il le considérait avec un sourire immuable.

— La vérité, répondit-il, c'est que notre nation ne cesse de prospérer depuis quarante ans. Aucun de nous n'a été tué par un mortel, le taux de pauvreté est à zéro, la criminalité, très faible et, grâce aux banques que nous avons créées, l'approvisionnement en sang reste stable. Je n'ai pas besoin de mentir : les faits parlent d'eux-mêmes. Y compris votre casier judiciaire.

Allez, Ethan !

Donatelli frappa du poing sur la table.

— Je ne suis pas un escroc ! se défendit-il.

Voilà qu'il faisait son Nixon, songea Alexia en levant les yeux au ciel.

— Écoutez-moi bien, reprit Donatelli à l'adresse de l'auditoire. Je défends vos intérêts. Pas de nouvelles lois ni de nouvelles restrictions. Pas de nouveaux impôts. Mon but est de voir une poche de sang dans chaque réfrigérateur.

Elle fut prise d'une irrépressible envie de rire.

— Nous vous enterrerons, Carrick.

Cette fois, c'en était trop pour elle. Elle dut se plaquer la main sur la bouche pour étouffer un gloussement moqueur. Voilà qu'il plagiait Khrouchtchev, maintenant ! Il se croyait en pleine guerre froide, ou quoi ?

Seamus la réprimanda d'une grimace.

Ethan se contenta de hausser un sourcil et d'écarter son adversaire d'un regard très calme. Puis, il se tourna vers le modérateur.

— Question suivante, s'il vous plaît.

Une demi-heure plus tard, Alexia avait les fesses engourdies, mais se sentait pleine d'un tout nouveau respect pour son amant vampire, cet homme avec lequel elle allait vivre. Il se conduisait avec une dignité et une intelligence exemplaires. Ce fut même un Seamus tout souriant d'excitation qui se tourna vers elle au moment où les deux candidats quittaient la scène.

— Il a été très bon, commenta-t-il dans un soupir de soulagement.

— C'est génial, oui ! répondit-elle en lui rendant son sourire. Je suis certaine que tout votre travail de préparation y est pour beaucoup.

Cette fois, ce fut à lui de lever les yeux au ciel.

— Vous n'êtes pas terrible en lèche-bottes.

— Brittany fait ça mieux que moi, reconnut-elle. Sans doute parce qu'elle est sincère, et pas moi.

Seamus se mit à rire.

— Quitte à épouser une mortelle, au moins, Ethan a choisi une juriste... Vous devriez être capable d'apprendre à jouer au jeu de la politique.

— Oui, confirma-t-elle. Et ma sœur est à demi-vampire. Cela doit jouer en ma faveur, non ?

— Si, absolument.

— En plus, j'ai des notions d'espagnol.

— Des notions ?

— Plus que vous, certainement, répliqua-t-elle sur la défensive.

— En plus de l'anglais, contra-t-il, je parle gaélique et français.

— Oh, là, là.

Alexia jeta un regard circulaire à la salle et nota que tout le monde se levait et piétinait sur place.

— Et maintenant, s'enquit-elle, qu'est-ce qui est prévu ? Je peux partir ? Quel est le programme d'Ethan, ce soir ?

— Il faut qu'il enlève son micro et s'entretienne avec quelques analystes politiques. Ensuite, il montera se reposer. Nous étudierons les résultats des sondages d'opinion demain. Ce ne serait pas mal si vous veniez aussi, pour que nous puissions discuter de votre rôle.

— Parfait.

Son rôle de ce soir, elle le connaissait déjà. Repos du guerrier... Autant monter tout de suite pour être prête quand il la rejoindrait.

Dommage qu'elle n'arrive pas à transmettre ses pensées à Ethan. Elle aurait bien aimé pouvoir l'aguicher un peu, maintenant que le débat était terminé.

— Très bien, dit-elle. J'y vais, alors.

— Prenez les gardes du corps, précisa-t-il fermement.

— Bien sûr.

Donatelli jeta son micro dans la loge que Carrick lui avait fournie. Il avait horreur de ces fichus discours. Il savait se montrer bien plus persuasif en tête à tête. Et puis, il avait été quelque peu déstabilisé de voir entrer Carrick avec à son bras la sœur d'une Impure, d'autant qu'ils avaient tout l'air de former un couple.

L'assistance s'était délectée de ce petit scoop, et cela l'avait profondément exaspéré.

Après une erreur de jeunesse, il ne s'était jamais remarié. Plutôt mourir que de se retrouver enchaîné à une femme vampire pour l'éternité. Quant aux mortelles, il aimait bien avoir des aventures avec elles, mais aucune ne lui avait jamais suffisamment plu pour qu'il l'épouse. Même pour une relativement courte durée.

Selon lui, Carrick était idiot de vouloir se lier à une mortelle. Du reste, ce n'était pas étonnant : il l'avait toujours jugé idiot. C'était bien pour cela qu'il fallait le vaincre, et mettre fin à son concept de gouvernement. Les vampires étaient des immortels, dotés d'une rapidité, d'une habileté et d'une adresse exceptionnelles. Et que faisaient-ils ? Ils se cachaient parmi les mortels en imitant leur minable démocratie !

Donatelli allait rendre la Nation vampire à sa gloire d'antan, à l'époque où les hommes tremblaient de peur devant l'immortalité et les pouvoirs qui leur appartenaient de droit. Et tout cela serait à lui. Sauf si Carrick remportait l'élection.

La loge était meublée de canapés de cuir très confortables et garnie d'un minibar plein de poches de sang. Quel hôte affable que ce Carrick…

Donatelli se demanda s'il resterait aussi charmant quand, en montant, il découvrirait un corps dans sa suite.

Ce fut cette pensée seule qui le retint de fracasser la table basse en verre contre le mur.

Alexia faussa compagnie à ses gardes du corps dans l'ascenseur, quand il s'arrêta au vingt-quatrième étage.

— Je sais que vous êtes censés ne pas me quitter, leur dit-elle, mais, voyez-vous, je ne peux pas vous emmener dans la chambre de M. Carrick avec moi.

— C'est pourtant l'ordre que nous a donné M. Fox, mademoiselle, protestèrent-ils. Nous devons rester avec vous jusqu'au retour de M. Carrick.

— Je le sais. Mais M. Fox n'est pas M. Carrick. Et que croyez-vous que celui-ci préférera trouver en rentrant ? Moi en train de jouer au Scrabble avec vous, ou moi nue dans son lit ?

Les deux costauds rougirent jusqu'aux oreilles et restèrent bouche bée, ce qui était plutôt mignon. Alexia commençait à apprécier leur présence silencieuse et protectrice, mais il fallait qu'elle se sépare d'eux ici.

— Exactement, messieurs, dit-elle. C'est bien ce qu'il me semblait. Merci de m'avoir raccompagnée. À demain soir.

Elle leur fit un petit signe de main joyeux du couloir et appuya sur le bouton de l'ascenseur pour que la porte se referme et que l'appareil redescende.

— Bon débarras, murmura-t-elle.

Elle se servit de sa carte-clé pour entrer dans la suite de Carrick. Elle n'avait pas le temps de repasser dans sa chambre se pomponner. Elle irait donc droit au but. À peine le seuil franchi, elle défit le zip de sa robe et la laissa glisser à terre. En la ramassant pour qu'Ethan ne se prenne pas les pieds dedans tout à l'heure, elle poussa un soupir de soulagement. Cette saleté lui cisaillait les épaules depuis le début de la soirée.

Dans le noir, elle chercha à tâtons l'interrupteur sur le mur en espérant que les stores étaient baissés, car elle était maintenant en sous-vêtements. Et pas n'importe quels sous-vêtements. Elle avait acheté cette parure supersexy – rouge, transparente et réduite à l'essentiel – sur un coup de tête, en un de ces rares moments où elle avait envie de se sentir plus féminine. Restait à espérer que, d'ici une dizaine de minutes, Ethan la trouverait féminine...

Elle trouva l'interrupteur, alluma et cligna des yeux par réflexe quand une lumière crue inonda la *kitchenette*. Puis, elle salua la statue de chien qui montait la garde devant la porte et se rendit dans le salon où elle jeta sa robe sur le bar. Devait-elle garder ses escarpins ?

Cette question se dissipa d'un coup quand elle découvrit un corps assis, appuyé contre la porte vitrée du balcon d'Ethan. Elle poussa un cri, un cri d'horreur étranglé qui s'acheva en un faible gargouillis.

— Oh, mon Dieu !

C'était Kelsey, la secrétaire d'Ethan, celle qui, selon Seamus, avait disparu.

Elle fut prise de nausée devant son visage pâle et exsangue, ses jambes droites et raides devant elle, la bretelle de sa robe qui lui glissait sur l'épaule.

Au bout de quelques secondes d'horreur qui lui parurent une éternité, son côté femme de loi reprit le dessus. Elle avait été témoin de bien des scènes de crimes atroces, autant en photo que sur le terrain. Celle-ci n'était pas différente des autres – à ceci près qu'elle la prenait au dépourvu, à un moment où elle était tout à la frivolité et à la séduction.

Elle scruta la pièce. Le choc lui avait fait oublier où se trouvait le téléphone dans la suite d'Ethan. Quand elle le repéra enfin, à côté du placard de la télévision, elle songea qu'il était trop près du corps. Pour ne pas contaminer ou brouiller d'éventuelles preuves, elle allait devoir ressortir dans le couloir et se rendre dans sa chambre.

Les doigts tremblants, elle se baissa et tâta le sol autour d'elle pour retrouver sa robe, avant de se souvenir qu'elle l'avait jetée sur le comptoir en entrant. C'est alors qu'elle sentit quelque chose en regardant ce corps qui avait été celui d'une jeune femme pleine de vitalité et d'énergie. Un souffle. Alexia percevait un souffle qui n'était pas le sien. Kelsey serait-elle encore vivante ?

Non. Elle paraissait bel et bien morte.

Alexia se releva, bien droite, et jeta un regard nerveux autour d'elle. Seigneur ! elle n'était pas seule. Elle le savait.

C'est alors qu'elle le repéra. Il était accroupi derrière un fauteuil de cuir vert bouteille, à quelques pas de Kelsey. Leurs regards se croisèrent. Alors, tout alla très vite. Elle eut tout juste le temps de se rendre compte qu'il bougeait qu'elle sentit une main se plaquer sur sa bouche – fermement, mais sans lui faire mal. La lame de son couteau à cran d'arrêt brilla quand il l'ouvrit.

La terreur envahit Alexia qui sentit la bile lui monter dans la gorge.

— Partez, lui ordonna-t-il. Vous ne m'avez jamais vu.

Elle voulut s'écarter de lui, lentement, mais il la retint d'une main derrière sa tête. Instinctivement, elle lui asséna un coup du tranchant de la main et lui enfonça son talon aiguille dans le pied.

Il poussa un hurlement de surprise et la lâcha.

— Garce !

Aussitôt, elle comprit son erreur. Il avait essayé de lui faire oublier cet incident, de l'effacer de sa mémoire. Si elle avait feint d'accepter, de ne pas se rendre compte de ce qui se passait, il l'aurait laissée partir.

Avec un peu de chance, il n'était pas trop tard. Elle émit un son qui tenait du grognement et du gémissement et se prit la tête à deux mains tout en reculant. Elle n'avait aucun talent d'actrice, mais cela valait la peine d'essayer. L'ennui, c'est qu'il se trouvait entre la porte et elle. Cependant, si elle parvenait à le contourner, peut-être pourrait-elle gagner le couloir, lentement, sans faire de geste brusque.

Dommage qu'elle ne sache pas comment se comportaient les gens qui avaient reçu un charme d'un vampire. Elle n'avait vu que le type qui avait tiré sur Ethan qui était resté immobile, à baver, quand Kelsey l'avait charmé.

Et, maintenant, Kelsey était morte. Malgré elle, ses yeux se portèrent sur son corps. On aurait dit une grande poupée de chiffons.

Alexia fut secouée d'un frisson.

Le type en face retint son souffle. En le regardant, elle comprit ce qui était en train de se produire. Elle avait reculé jusqu'à l'endroit où la lumière de la cuisine éclairait le plus vivement le salon, et il reluquait ses seins – tout son corps presque nu, en fait.

Génial. Vraiment génial. Elle allait mourir en petite tenue, assassinée par un homme de main doublé d'un voyeur.

Il n'était plus question qu'elle fasse semblant d'être charmée, maintenant. Elle avait trop peur qu'il la lèche, ou pire.

La meilleure tactique était désormais de l'attaquer par surprise.

Elle poussa un grand cri pour se donner du courage et de l'énergie et se jeta sur lui, poings en avant.

Smith en avait vécu, des situations bizarres, depuis deux cents ans qu'il travaillait pour M. Donatelli. Mais jamais encore une blonde à moitié nue ne lui avait fait une démonstration de karaté en prenant ses genoux et son torse pour cible.

Elle était rapide et bien plus forte qu'on n'aurait pu le supposer, mais il n'aurait eu aucun mal à la maîtriser. Sauf qu'il était incapable de quitter son corps des yeux. À chaque fois qu'elle se tournait, se tordait ou levait une jambe pour lui donner un coup de pied, il en avait un aperçu plus fascinant que le précédent.

Que faisait-elle en sous-vêtements, d'abord ? Il ne parvenait qu'à parer ses coups sans grande conviction, ébahi devant son soutien-gorge rouge transparent qui laissait voir les pointes de ses seins.

Il ne broncha même pas quand elle l'atteignit sur le côté de la tête, parce que ce coup de pied lui offrit une vue que, à Vegas, les hommes payaient très cher pour admirer.

S'il était distrait ? Le mot était encore trop faible. Smith était subjugué, fasciné. Il ne se rappela où il se trouvait et ce qu'il était censé faire que quand elle trébucha sur le corps qu'il avait installé.

Elle perdit l'équilibre sur ses hauts talons et bascula vers lui. Il voulut en profiter pour la maîtriser pendant qu'elle était vulnérable.

Le couteau qu'il tenait encore d'une main pas très ferme perça la chair tendre en dessous de sa cage thoracique. Horrifié, il l'entendit pousser un cri, sentit que ses jambes se dérobaient sous elle et vit ses yeux révulsés par la douleur.

Ouille. Cela tournait mal.

Affolé, il voulut rétracter le couteau, mais la lame s'était fichée dans un os ou un muscle et restait coincée. Quand il tira sur le manche, elle poussa un gémissement de douleur en se cramponnant à lui. Il se dégagea d'elle, abandonna le couteau et la laissa choir à terre. Elle tomba juste devant l'autre fille. En voulant sortir sur le balcon, il se prit les pieds dans la glissière de la porte.

Merde ! Il venait de poignarder la petite amie mortelle de Carrick. Cela n'allait pas plaire du tout à M. Donatelli.

Même si c'était un accident.

Si seulement Alexia s'était donné plus de mal pour ouvrir son esprit à Ethan ! Maintenant, elle l'appelait de toutes ses forces, en silence, terrifiée, mais c'était le vide. Le néant. Le trou noir.

La douleur dans son côté se transformait en engourdissement. Et puis, elle avait froid, si froid, dans tout le corps. C'était comme si de la glace s'insinuait en elle par ses mains et ses pieds.

Le tic-tac de la pendule dans la chambre d'Ethan ponctuait les secondes qui s'écoulaient tandis que, étendue sur le sol, elle se rendait compte qu'elle était en train de se vider de son sang. Elle voulut bouger, mais son corps ne lui obéissait plus. L'image de Brittany et celle d'Ethan flottaient dans son esprit et Alexia se prit à regretter tout le temps qu'elle avait perdu, les choses qu'elle ne ferait pas, ne verrait pas.

« Ethan ! hurla-t-elle mentalement. Au secours ! »

Dans l'ascenseur qui le menait à sa chambre, Ethan était en train de passer en revue son emploi du temps du lendemain soir quand il entendit Alexia l'appeler. Dans sa tête.

Alexia ? Il chercha la source, se demandant s'il ne rêvait pas. Elle lui semblait désespérée. Terrifiée. Et seule.

Il l'appela de nouveau. Pas de réponse. Rien que le silence. Cela ne lui disait rien qui vaille. Pris de panique, il priait pour que l'ascenseur veuille bien monter plus vite. Seamus lui avait dit qu'Alexia avait regagné sa suite avec deux gardes du corps, mais cela ne suffisait pas à le rassurer. Il fallait qu'il la voie.

Les portes de la cabine à peine ouvertes, il courut dans le couloir jusqu'à sa suite. Après s'être battu une seconde avec sa carte, il renonça et enfonça la porte d'un coup d'épaule. Sur le seuil, il balaya la pièce du regard et tendit l'oreille.

Mais ce ne fut pas un son qui l'alerta : ce fut l'odeur du sang. Beaucoup de sang.

— Seigneur !

À peine entré, Ethan repéra Alexia.

Elle gisait sur le côté, par terre, à côté de la table basse, les yeux fermés. Le sang lui coulait du côté sur le ventre pour former un cercle qui s'élargissait sans cesse sur le tapis. Elle avait perdu bien trop de sang. Il tomba à genoux à côté d'elle et fit un point de compression sur la plaie. Il n'osait même pas chercher son pouls, de crainte de ne pas le trouver.

— Alexia, mon amour, que s'est-il passé ?

Que faisait-elle en petite tenue ? Qui lui avait planté ce couteau dans le côté ?

— Ethan ? fit-elle faiblement en clignant des paupières.

— Oui, c'est moi, assura-t-il en lui caressant les cheveux, en proie à un soulagement presque douloureux. Ça va aller. Je suis là, maintenant. Je suis là.

— Je ne veux pas mourir en petite culotte.

Il aurait ri s'il n'était pas trop occupé à ravaler ses larmes.

— Tu ne vas pas mourir en petite culotte, lui promit-il.

À tâtons, il chercha son portable dans sa poche.

— J'appelle les secours, annonça-t-il. On va bien s'occuper de toi.

Sauf qu'il se rendait compte à la pâleur de sa peau et à la quantité de sang qu'elle avait déjà perdue que ce serait un miracle s'ils parvenaient à la sauver. Sa gorge se serra. Il la prit sur ses genoux pour pouvoir la serrer dans ses bras, sentir la chaleur qui lui restait, entendre son cœur qui battait si faiblement. Le couteau dans son côté formait un angle étrange. Il n'était pas tombé.

Et puis, en regardant autour de lui, il découvrit Kelsey, vidée de son sang, adossée à la porte-fenêtre.

Grands dieux ! Mais que se passait-il ?

La rage le prit, brûlante. Il avait enfin trouvé la femme qu'il pourrait aimer et on la lui prenait déjà ? Il n'avait même pas eu le temps de vivre avec elle, de faire d'elle sa femme ! Et il ne trouvait pas son téléphone pour appeler une ambulance – même s'il ne croyait guère à ses chances de survie.

— Tu pleures, observa-t-elle d'un air surpris.

— Les vampires ne pleurent pas.

Pourtant, il sentit qu'il avait les joues humides. Des larmes de sang avaient donc coulé de ses yeux. Il la serra plus fort. Que ne pouvait-il lui donner un peu de sa force !

— Ça va aller, mon amour. Tu vas t'en sortir.

Elle secoua la tête.

— Non. Il faut que tu me transformes en vampire. Je suis en train de mourir, fit-elle d'une voix à peine audible et hachée par la douleur.

— Que je te transforme ?

Il arrêta de lui caresser la joue et la fixa du regard. Il n'osait pas espérer.

— Mais... mais tu as dit que tu ne voulais pas devenir vampire, lui rappela-t-il. Tu ne voulais pas boire de sang, ni quitter ton emploi, ni... un tas d'autres choses.

Il ne se souvenait plus de ses autres arguments. Il s'en moquait, d'ailleurs. Mais il tenait tout de même à lui rappeler sa volonté.

La tentation de se servir de sa peur à son avantage était grande. Il fallait donc qu'il reste le plus rationnel possible. Alexia ne voulait pas être transformée; il ne fallait pas qu'il cède à l'égoïsme qui le poussait à profiter de ce qu'elle était vulnérable, de ce qu'elle souffrait pour le faire.

— Tu es dingue? répliqua-t-elle d'un ton qui lui ressemblait bien. Ça, c'était quand je n'étais pas mourante. Mais j'aime mieux vivre dans la peau d'un vampire que ne pas vivre du tout.

Elle ouvrit les yeux et les plongea dans les siens. Ils étaient clairs et décidés.

— Allez, s'il te plaît. Fais-le. Je ne suis pas prête à vous quitter, Brittany et toi.

La poitrine gonflée d'espoir, il la pressa plus étroitement contre lui.

— Tu es sûre?

Pourvu qu'elle dise oui! Si Alexia devenait vampire, ils ne seraient plus obligés de se contenter de dix ou quinze ans ensemble.

Ils auraient au moins mille ans, jusqu'à ce qu'il meure de vieillesse. C'était son élue et ils pourraient vivre ensemble pour l'éternité.

— Oui, je suis sûre, murmura-t-elle dans un souffle.

Ses lèvres blanches et parcheminées avaient à peine remué, mais Ethan l'avait bien entendue.

— Je t'aime, dit-elle. Je veux être ta femme.

Il ne lui en fallait pas davantage.

— Moi aussi, je t'aime, Alexia. Pour l'éternité.

Vingt

Ethan appela Seamus pour qu'il vienne l'aider, puis il se pencha sur Alexia et lui chuchota à l'oreille :

— Cela va faire mal, mon amour. Je suis désolé.

Comme il ne pouvait ni la charmer ni se servir du plaisir pour engourdir ses sens, il ne pouvait qu'espérer que la douleur ne serait pas beaucoup plus forte que celle que lui procurait déjà sa blessure.

Il n'avait transformé personne depuis Seamus, au XVIIIe siècle. Et jamais le résultat n'avait eu une telle importance. Il ferma les yeux et baissa la tête tout en soulevant vers lui son corps presque sans vie. Il s'arrêta un instant au-dessus de son épaule et de son cou et posa les lèvres sur sa peau glacée tout en retirant le couteau toujours planté dans son côté. L'odeur de la mort collait à elle. Elle respirait avec peine, laissant parfois échapper un petit râle.

— Tu ne souffriras plus, lui promit-il. Tu seras forte, puissante, mon élue, ma femme.

Sur quoi il enfonça les crocs dans sa jugulaire et aspira les dernières gouttes de son sang. Elle réagit à peine, ne frémissant qu'un peu. Au bout d'une minute, il avait terminé. Presque tout le sang d'Alexia s'était déjà répandu sur le tapis, sur son côté, sur les mains d'Ethan.

Sans perdre un instant, ce dernier se fit une entaille de deux centimètres dans le poignet, à l'aide de ses crocs. Puis, il lui ouvrit la bouche et fit couler quelques gouttes de son sang sur ses lèvres et sa langue. Dès qu'elle l'eut goûté, elle se cramponna à lui et, tout le corps tendu, se mit à téter vigoureusement pour se gorger de sa force de vie.

Ethan ferma les yeux. Le tiraillement qu'il ressentait dans tout son corps tandis qu'elle se nourrissait de lui éveilla son désir. C'était l'un des actes les plus intimes qui fussent, une union d'une force inouïe. S'il n'avait jamais ressenti d'attirance sexuelle pour les autres êtres qu'il avait transformés autrefois, ce qu'il éprouvait pour Alexia était tout différent. Il l'aimait, il avait envie d'elle, il avait peur pour elle. C'est à cause de toutes ces émotions qui bouillonnaient en lui que la sentir le boire le touchait jusqu'au tréfonds de l'âme, l'emplissait de joie et le faisait la désirer plus que jamais.

Il lui prit un sein dans le creux de la main et en caressa la pointe qu'il sentit se durcir sous ses doigts tandis que le plaisir la gagnait. Dans l'intimité de ce qu'ils partageaient, les pensées d'Alexia flottaient vers lui et se mêlaient aux siennes. Sa peur se dissipait tandis que le plaisir grandissait et, peu à peu, prenait la place de la douleur. Submergé par l'impatience, l'excitation et l'amour, Ethan projeta à son tour ses pensées vers elle.

Il lui transmit son bonheur de l'avoir trouvée, son amour et des bribes de son long passé solitaire pour lui montrer la place à part qu'elle tenait dans sa vie, lui faire comprendre qu'elle était la seule, l'unique.

Il était temps d'arrêter. Elle avait repris des forces, son corps s'était réchauffé et ses yeux grands ouverts étaient dilatés par le plaisir. Ethan la détacha donc de son poignet. Elle poussa un petit gémissement mais, presque aussitôt, le regarda et lui sourit.

— J'ai entendu tes pensées, dit-elle.

— Oui.

Il examina sa plaie. Elle cicatrisait déjà.

— Comment te sens-tu ?

— Bien mieux. La douleur se dissipe et je ne me sens plus aussi faible. Et puis, tout est très net, les couleurs et la lumière, vives… tu vois ce que je veux dire ?

Il hocha la tête, envahi par un soulagement inimaginable. C'est seulement maintenant qu'elle était sauvée qu'il prenait conscience de la peur qu'il avait eue. Néanmoins, il eut soin de lui cacher ses angoisses et lui sourit.

— Oui, je vois très bien ce que tu veux dire. Il va te falloir quelques jours pour t'habituer, mais j'ai comme l'impression que tu vas adorer les pouvoirs que tu as maintenant, en tant que vampire. Imagine la vitesse de tes mouvements de karaté, à présent…

Elle rit et s'essuya la bouche de son index qu'elle suça. À nouveau, le désir lui dilata les pupilles.

— Mm…, fit-elle. J'adore ton goût.

Ethan fut choqué de l'excitation que cet aveu déclenchait chez lui. Il n'avait jamais vu un mortel prendre la transformation aussi… nonchalamment.

— Plus tard, quand tu te seras reposée, tu pourras me goûter tout entier, lui promit-il.

— Tu avais envie de moi, n'est-ce pas ? observa-t-elle en promenant les doigts sur sa poitrine. Je t'ai senti tout dur contre moi, ajouta-t-elle en caressant son érection. Et j'ai aussi perçu dans tes pensées tout ce que tu avais envie de me faire.

— C'est la première fois que cela m'arrive pendant une transformation, assura-t-il. Tu as sur moi un effet très étrange.

Il aurait bien voulu avoir l'air gêné, mais c'était impossible. Il ne ressentait que soulagement, plaisir, le contrecoup du choc et une excitation grandissante.

Elle était à lui. Pour toujours.

Alexia sourit. Ses yeux verts se mirent à briller telles deux émeraudes.

— Tant mieux. Allons prendre une douche ensemble pour découvrir un peu plus cet étrange effet.

Elle lui souriait encore en le caressant, mais elle fut prise d'une violente quinte de toux.

— Il faut que tu te reposes, déclara-t-il en lui immobilisant la main et en réprimant un gémissement de frustration. Ton corps a subi un grand traumatisme; il faut lui laisser le temps de récupérer.

En ce moment, c'était son corps à lui qui subissait le traumatisme du désir inassouvi, mais il devait l'ignorer pour l'instant. Même si tout son être lui criait de la prendre pour chasser la terreur et l'angoisse qui l'avaient saisi quand il l'avait vue se vider de son sang.

— Très bien, dit-elle. Mais dès que j'aurai fait une petite sieste, tu auras intérêt à te préparer à m'initier au sexe à la mode vampire. Je meurs de curiosité. Je veux savoir tout ce qu'il y a à savoir sur la vie des vampires. Tu n'entends pas mes pensées ?

Ethan lui baisa tendrement le front.

— Non. Plus maintenant. Seulement pendant que nos sangs se mêlaient. N'aie crainte, je t'enseignerai tout ce qu'il y a à savoir sur les vampires. Mais, avant toute chose, nous allons commencer par nous marier. Je vais te faire tenir parole, tu sais.

Il ne voulait rien tant que la faire sienne, faire savoir au monde qu'elle était à lui, et la voir s'installer dans sa vie, dans son appartement et dans son lit pour toujours.

Cependant, avant tout cela, dans un registre nettement moins plaisant, il fallait qu'il s'occupe de cette pauvre Kelsey – du moins dès qu'il parviendrait à se résoudre à lâcher Alexia.

Elle se tortilla dans ses bras.

— Je n'ai aucune intention de manquer à ma promesse, assura-t-elle en passant les doigts sur la bouche d'Ethan et en soupirant. Merci de m'avoir sauvée.

— Tout le plaisir est pour moi, je t'assure.

Ethan se pencha en avant et posa la bouche sur la sienne pour déverser en elle l'amour, la passion, l'attachement qu'il éprouvait pour elle. Elle retint son souffle tandis qu'ils se goûtaient l'un l'autre en une communion de langues, de sang et de désir.

Désormais vampires tous les deux, ils étaient des âmes sœurs. Ce baiser scellait leur désir, leur soulagement, la force électrique qui émanait d'eux et, surtout, surtout, leur amour éternel.

— Qu'est-ce qui se passe, ici ? demanda Seamus, manifestement choqué.

— Ah, il est grand temps que tu arrives ! répondit Ethan en se tournant vers son vieil ami.

Ce dernier se passa la main dans les cheveux, son portable serré dans son poing, en évaluant la scène d'un regard circulaire.

— Oh, nom d'un chien... Je ne tiens pas à savoir ce qui s'est passé ici.

— Je te comprends, concéda Ethan, mais tu ne vas pas y couper, malheureusement. Alexia a fait une découverte terrifiante, raconta-t-il en désignant Kelsey. J'aimerais que tu t'occupes de Kelsey, s'il te plaît. Et il faut que nous découvrions qui l'a mise ici dans cet état. C'est un vampire qui l'a vidée.

— Oh, mon Dieu..., fit Seamus abasourdi. Mais pourquoi ?

— Et c'est un vampire qui m'a poignardée, ajouta Alexia en s'asseyant et en rejetant ses cheveux derrière ses épaules.

Seamus s'étrangla.

Ethan ôta sa veste pour couvrir Alexia.

— Tu ne veux pas aller prendre une douche, mon amour ?

— Si, bonne idée.

Elle fit une grimace de douleur en se levant et remua la cheville. Puis elle resserra la veste autour de sa taille ensanglantée et se mit à marcher comme si de rien n'était.

— Elle était en train de se vider de son sang, expliqua Ethan à Seamus. Il était trop tard; les secours n'auraient rien pu faire pour elle.

Seamus le regarda par-dessus le corps de Kelsey dont il était en train d'examiner le cou et les épaules en quête de traces de morsures.

— Tu n'as pas à te justifier devant moi, Ethan, assura-t-il en plongeant ses yeux bleu foncé dans les siens. Sérieusement. Je ne doute pas que tu aies fait ce qui te paraissait juste.

— Merci, Seamus. J'apprécie ta confiance. Cela signifie beaucoup, pour moi.

Un instant, il imagina sa vie, l'éternité sans Alexia.

— Je sais que j'ai bien agi, assura-t-il. J'en suis certain.

Il s'agenouilla à côté de son ami et se frotta le menton, perplexe.

— Tu crois que Kelsey est vidée de son sang depuis combien de temps ?

— Huit heures; peut-être plus, répondit Seamus en secouant la tête, écœuré. Qui a pu lui faire une chose pareille ? On dirait que c'est l'œuvre d'un seul vampire : il n'y a des traces que d'une dentition.

— Je ne sais pas. Et, ce que je ne comprends pas, c'est pourquoi. Elle était parfaitement inoffensive.

Il avait du mal à supporter la mort des humains, mais, au fil des ans, il s'y était habitué. Chez les vampires, en revanche, elle était si rare que c'était toujours un choc très violent. Surtout quand il s'agissait d'un être aussi plein de vie que Kelsey.

La brutalité du crime dont elle avait été victime avait quelque chose de choquant, d'odieux.

— Quelqu'un veut me faire porter le chapeau, devina-t-il.

— Je ne laisserai pas faire une chose pareille, promit Seamus en appuyant l'index sur la jugulaire de Kelsey. Ne t'inquiète pas. Occupe-toi de guider Alexia dans sa transformation. Je me charge de Kelsey.

Ethan se leva dans l'intention d'obtempérer. Puis, il se ravisa.

— Tu as vu le Français ?

— Non, pourquoi ?

— Oh, comme ça. Pour savoir.

Ethan songeait aux morsures de Brittany. Aux recherches de Corbin.

Au motif pour lequel celui-ci avait été banni, et à ce que cela pouvait signifier aujourd'hui.

Vingt et un

Alexia aurait bien voulu se voir dans un miroir. Pour l'instant, c'était le seul inconvénient de sa nouvelle vie de vampire. C'était le soir de son mariage et elle ne pouvait même pas voir si le fourreau blanc qu'elle portait lui faisait oui ou non des fesses énormes.

Au fond, cela valait peut-être aussi bien.

— Tu es sûre que ça va ? demanda-t-elle à Brittany pour la dixième fois. Je ne vais me marier qu'une fois; je ne veux pas qu'Ethan pousse un cri d'horreur en me voyant.

— Tu es magnifique, assura sa sœur. Mais arrête de tripoter ta jupe : tu la fais remonter.

Alexia laissa retomber ses mains le long de son corps et prit une profonde inspiration.

— Bon, très bien. Je me détends. Tout va bien. Je vais simplement m'engager à aimer un homme et à vivre avec lui pour l'éternité. Bizarrement, si on m'avait annoncé cela il y a un mois, je ne l'aurais pas cru…

Brittany lui sourit en s'assurant que les perles qu'elle portait aux oreilles étaient bien mises.

— Il m'a toujours semblé que tu te marierais pour toujours, lui apprit-elle. Tu es si loyale que, quand tu t'engages, c'est pour toujours. Alors que, moi, je serais plutôt du genre à divorcer trois fois.

— Ne dis pas une chose pareille, Brit.

Alexia observa sa sœur. Elle avait encore du mal à se faire à ses sens plus aigus de vampire qui lui permettaient de sentir l'odeur de sa peau et de son sang, de son shampooing et de son maquillage, de son déodorant. Elle n'entendait pas encore toujours les pensées des gens, mais elle percevait ce qu'ils ressentaient.

Brittany était heureuse pour Alexia, mais triste pour elle-même. Alexia sentait son trouble, sa solitude, son inquiétude, sa crainte d'être abandonnée. Celle, aussi, que Jean-Baptiste soit responsable de ce qui était arrivé à Kelsey.

— Tu as vu Jean-Baptiste ? lui demanda Alexia d'un ton détaché en mettant son rouge à lèvres – et en espérant ne pas se faire des traces partout.

Brittany lui prit le bâton et la maquilla avec des gestes rapides et précis.

— Non, répondit-elle. Et je crois que je ne le reverrai jamais. Il voulait de mon sang, et il l'a eu. Je pense que, si nous avons couché ensemble, c'est par accident. Je ne lui fais aucun reproche : c'est moi qui ai orienté les choses dans cette direction. Et je ne crois pas un instant que Jean-Baptiste ait quoi que ce soit à voir avec ce qui est arrivé à Kelsey. Ce n'est vraiment pas son genre. Vas-y, frotte tes lèvres l'une contre l'autre.

Alexia obéit. Elle trouvait cette moiteur sur sa bouche très désagréable.

— Seamus pense pourtant que c'est lui qui a fait le coup.

— Mais pourquoi aurait-il mis le corps dans la chambre d'Ethan ? Cela n'a aucun sens.

— Pour ne pas se faire prendre.

Brittany haussa les épaules. Dans sa robe bain de soleil vert anis, elle était sublime.

— Crois-moi, Alex, Jean-Baptiste n'aurait jamais fait une chose pareille.

— Ethan ne veut pas me croire quand je lui dis que les chasseurs de vampires sont plus qu'un canular, dit Alexia en enfilant ses chaussures. N'empêche que, hier soir, j'ai reçu un message disant que j'étais exclue du groupe parce que je ne correspondais plus à la définition d'une chasseuse. C'est trop bizarre pour être une simple coïncidence. Comment m'ont-ils trouvée, au départ ? Et s'ils savaient, maintenant, que j'ai été transformée ?

Toute cette situation était suffisamment inquiétante pour empêcher Alexia de profiter pleinement des moments qu'elle passait avec Ethan. Cela ne faisait qu'une semaine qu'elle avait failli mourir et qu'elle était devenue vampire – une semaine chargée d'activités et de détails administratifs en tout genre, tels que prendre un petit congé de son travail pour se remettre de ses blessures et se marier. Elle comptait bien continuer à travailler pour le bureau du procureur en tant que consultant *freelance*, pendant une dizaine d'années au moins. Mais elle avait aussi besoin d'un peu de temps pour s'adapter à la transformation et tout ce qu'elle entraînait.

Elle avait mis sa maison en vente. Pour l'instant, elle mettrait des affaires au garde-meuble. Vivre dans une suite de l'hôtel avec Ethan n'était qu'une solution provisoire. Elle l'avait déjà prévenu qu'elle ne se voyait pas habiter éternellement un casino et qu'il fallait qu'ils achètent une maison ensemble.

Outre toutes ces décisions liées à son mariage, il fallait aussi qu'elle s'habitue à son goût nouveau pour la vie nocturne et le sang et qu'elle apprenne à contrôler sa force pour ne plus arracher les portes de leurs gonds. Force lui était de reconnaître que c'était cela, le plus amusant. Elle avait l'impression d'être devenue la femme bionique – ce qui compensait un peu sa petite taille.

— Je ne sais pas comment ils ont fait pour te trouver. Mais si ce sont réellement des chasseurs de vampires, crois-tu qu'ils aient quelque chose à voir avec ce qui est arrivé à Kelsey, avec ton agression ? demanda Brittany en rajustant le corsage de sa robe. Tu sais, Ethan et Seamus ne nous écoutent pas tellement, dans cette affaire. Je crois que nous devrions mener notre propre enquête. Pour ma part, il faut que je prouve que Jean-Baptiste n'y est pour rien. Je suis peut-être idiote, mais je ne supporte pas l'idée qu'il soit complètement seul ou, pire, accusé d'un crime qu'il n'a pas commis et puni en conséquence. Ses travaux sont d'une telle importance qu'il faut absolument qu'il puisse les poursuivre.

— Et, moi, je ne veux pas que tu prennes de risques, Brit. C'est pour cela que cette histoire de chasseurs de vampires m'inquiète. Cela dit, je crois que tu as raison. Il va falloir que nous enquêtions de notre côté.

Elle savait comment faire : c'était son métier.

— J'ai essayé de joindre Jean-Baptiste, mais il m'a fermé son esprit.

— Tu veux dire que tu n'arrives pas à l'appeler mentalement ?

— Oui. Il entend toutes mes pensées sauf quand je fais vraiment un effort de concentration pour l'en empêcher. Avant, quand je l'appelais, il venait à moi. Mais il ne répond plus.

Cela ne disait vraiment rien qui vaille à Alexia.

— Il y a peut-être une bonne raison à cela…, avança-t-elle.

Peut-être était-il blessé, en danger ?

— Ne t'en fais pas, ajouta-t-elle. Nous allons le retrouver. Mais, pour l'instant, il faut que j'aille me marier avant qu'Ethan envoie ses malabars me chercher.

Brittany parvint tout juste à sourire.

— Ils me fichent la trouille, tes gardes du corps, reconnut-elle. Mais enfin, en tant que fiancée du président, j'imagine que tu ne peux pas t'en passer.

— Non. Ethan ne se remet toujours pas du fait que je les aie congédiés le soir où j'ai été poignardée.

Elle frémit rien qu'au souvenir de la peur et de la douleur qu'elle avait connues ce soir-là.

— Du coup, je lui répète que si je n'avais pas été aussi décidée à le séduire, je n'aurais pas reçu ce coup de couteau et, à l'heure qu'il est, je ne serais pas vampire. Finalement, c'est pour le mieux.

Elle se mordit la lèvre et sentit le goût infect du rouge à lèvres.

— Cela ne t'embête pas que je sois devenue vampire, Brit ? lui demanda-t-elle. Je sais que tu voulais sauver Ethan de la damnation éternelle et tout ça...

Brittany la serra dans ses bras.

— C'était avant que je sache que personne, ici, n'était damné ni sans âme. Et j'aime bien mieux que tu sois vampire que morte. Je ne peux pas imaginer la vie sans ma grande sœur à mes côtés pour me protéger.

— Si jamais quelqu'un essaie de te faire du mal, à présent..., fit Alexia d'un ton menaçant en lui rendant son étreinte. Déjà, avant, je n'hésitais pas à casser la figure aux gens; je peux te dire que, maintenant, je vais m'en donner à cœur joie. Ça va être génial. Enfin, préviens tout de même tes futurs petits amis qu'ils n'ont pas intérêt à mal se conduire.

Brittany leva les yeux au ciel et s'écarta d'elle en souriant.

— Tu n'en penses pas un mot, assura-t-elle doucement. Allez, vive la mariée ! ajouta-t-elle en ouvrant la porte.

Alexia comptait bien s'efforcer de jouer au mieux son rôle. Du reste, force lui était d'admettre qu'elle était finalement assez excitée. Elle qui s'était toujours persuadée qu'elle ne se marierait jamais était follement heureuse maintenant que le moment était venu.

Ethan était... oh, il était tout. C'était le plus merveilleux des hommes. Le plus aimant. Le plus attentif. Le plus intelligent. Le plus juste. Le plus sexy. Oh, oui, le plus sexy !

Entre deux vampires, le sexe, c'était mortel – sans mauvais jeu de mots. Toutes les sensations étaient décuplées. Et quand il la léchait, quand il mordait... elle ne pouvait même pas y songer sans sentir l'excitation la gagner. Ce qui n'était pas très indiqué au moment de se présenter devant le pasteur.

D'autant qu'elle ne faisait pas encore toujours bien la différence entre le désir et la faim. Il ne faudrait pas qu'elle morde le pasteur, quand même !

Elle avait avalé deux poches de sang avant de s'habiller. Malgré tout, il valait sans doute mieux s'en tenir à des pensées plus pures.

— O.K., fit-elle. Allons-y.

Ethan était terrifié. Et si Alexia avait changé d'avis ? Si elle ne voulait plus l'épouser ? Et s'il bafouillait, se ridiculisait ?

Seamus lui donna une claque sur l'épaule.

— Détends-toi. Elle ne va pas te poser un lapin, assura-t-il.

Il n'avait même pas pris la peine de cacher ses pensées à son ami ! Cela prouvait combien il était nerveux. Génial, vraiment. Pourquoi ne pas transmettre ses craintes à toute l'assemblée, pendant qu'il y était ? Cela ferait bien, tiens.

Seamus, son témoin, attendait avec lui sur le toit terrasse, à côté du pasteur auquel ils avaient fait appel pour célébrer le mariage. Il avait fallu en trouver un qui accepte de les marier à la hâte, la nuit, sur le toit d'un casino. C'était l'un des avantages de Vegas : il n'avait pas bronché. Maintenant, il attendait patiemment devant les invités, un livre relié de cuir noir sous le bras.

Ils n'avaient convié que les plus proches amis d'Ethan et ses ministres, ainsi qu'une poignée de collègues de Brittany. S'était jointe à eux une femme d'âge moyen passablement ivre, qui se prétendait la tante de la mariée. Ethan n'en était pas convaincu, mais il se voyait mal lui demander ses papiers – d'autant qu'elle avait reçu un faire-part.

Il s'écarta du bord de la terrasse. Il se sentait si gauche, dans sa panique, qu'il ne voulait pas risquer de tomber du toit ou une idiotie de ce genre. C'était très important pour lui. Il tenait à ce mariage plus qu'à tout au monde. Plus encore qu'il n'avait eu envie de recouvrer une vie normale, de mortel, juste après sa transformation.

Alexia était son avenir. Il en avait le cœur serré d'émotion et de trac.

— Ethan ? fit Seamus en lui saisissant le bras.

— Quoi ? Elle ne vient pas, c'est ça ? devina-t-il en tirant nerveusement sur sa cravate.

— Non.

— Non ?

Oh, mon Dieu. C'était le châtiment qu'il recevait pour toutes les années où il avait vécu comme un *play-boy*. Maintenant que, enfin, il était amoureux, il recevait le châtiment, la torture qu'il méritait.

— Non – je veux dire, je ne sais pas. Ce n'est pas de cela que je parlais. Je suis certain qu'elle va venir. Mais regarde qui vient d'arriver.

Ethan se tourna vers le haut de l'escalier qui avait été décoré d'une espèce d'arche garnie de tissu blanc. Brittany s'était occupée de la décoration, du drapage des chaises, et des fleurs. À cause de tous ces froufrous, Ethan ne voyait pas bien l'entrée.

Au moment où il se déplaçait, il éprouva une étrange sensation. Il reconnut vite celle qui cherchait à pénétrer son esprit.

— Gwenna, murmura-t-il.

Alors, il la vit. Elle se tenait sous l'arche, pâle silhouette éthérée dans une robe gris perle qui soulignait sa minceur et le fixait de ses grands yeux solennels et profonds.

« Tu es venue, lui transmit-il mentalement.

— Bien sûr, répondit-elle de la même façon. Ce n'est pas tous les jours que mon frère choisit une compagne pour la vie.

— Je suis heureux, Gwenna. »

Il ne s'attendait pas vraiment à ce que sa sœur vienne. À sa connaissance, elle n'avait pas quitté l'Angleterre depuis trois cents ans. En fait, elle n'était pas sortie de chez elle depuis tout ce temps. Il voulut s'avancer vers elle, mais elle secoua la tête.

« Ne bouge pas, lui enjoignit-elle par télépathie. Je vais m'asseoir. Nous nous verrons tout à l'heure. Tu pourras me raconter ce qui a fini par te décider à te marier, de ton plein gré.

— Deux choses, répondit-il en tirant sur les manches de sa jaquette. La crise des dix siècles, et une femme. La femme parfaite, que j'ai enfin rencontrée. »

Sa sœur esquissa un sourire fragile, un peu égaré.

— Qu'elle est belle…, commenta Seamus quand Gwenna prit place au dernier rang, un peu à l'écart des autres invités.

— Oui.

Et Alexia, donc !

Ethan retint son souffle quand la mariée passa sous l'arche. La nuit tombait sur le patio. Elle portait une robe blanche moulante qui flattait ses formes voluptueuses. Avec des talons aussi hauts, elle devait lui arriver au moins à l'épaule…, devina-t-il. Il ne comprenait pas pourquoi elle était à ce point obsédée par sa taille. Lui la trouvait adorable, même s'il avait appris à ne pas utiliser ce mot. Surtout maintenant qu'elle pouvait le mordre…

Aujourd'hui, cependant, elle n'était pas adorable. Elle était sublime, avec son regard pétillant et ce grand sourire qui illuminait son visage. Et elle n'avait pas changé d'avis, Dieu merci.

Brittany la précéda dans une robe verte à tomber par terre. Puis, ce fut au tour d'Alexia de remonter l'allée, non pas avec la lenteur digne d'une mariée, mais d'un pas décidé, presque agressif, qui lui ressemblait bien plus.

Et qui allait parfaitement à Ethan.

En arrivant à côté de lui, elle lui fit un clin d'œil.

— Salut, beau gosse, chuchota-t-elle.

— Bonsoir…

Il aurait voulu la serrer dans ses bras et faire quelque chose de complètement fou. Tomber à genoux, en adoration, par exemple. Au lieu de cela, il se contenta de lui serrer la main dans la sienne.

— Tu es magnifique, assura-t-il.

— Merci. Tu n'es pas trop mal non plus.

Ils se tournèrent vers le prêtre en se tenant toujours par la main.

Après quelques paroles préliminaires, ce dernier leur adressa à tous deux un sourire encourageant.

— J'aimerais profiter de cette occasion pour vous rappeler que le mariage, c'est le *jackpot* du casino de la vie, dit-il alors.

Ethan cligna des yeux. Qu'est-ce que c'était que cette métaphore ?

Alexia se raidit à côté de lui et dissimula le rire qui la prenait dans une quinte de toux.

— En tant que propriétaire de casino, vous devez savoir que, malgré les risques, au bout du compte, c'est toujours la maison qui gagne.

Franchement... Il risqua un coup d'œil à Alexia et haussa un sourcil interrogateur. Elle lui répondit par un sourire rieur avant de se mordre les lèvres.

Seigneur ! Il allait éclater de rire. À son mariage. Il s'enfonça les ongles dans la cuisse pour prendre sur lui.

— Et si vous voulez gagner le gros lot, il faut jouer toutes les parties. Quand vous vous disputerez, il faudra savoir passer votre tour, quitter le jeu sans compter votre argent sur la table.

Quoi ? Il ne comprenait même pas ce que cela voulait dire. Mais il n'allait pas tenir. Il allait éclater de rire. Ce qui ne serait pas très digne, surtout pour un président.

Au désespoir, il lâcha :

— Oui.

Le pasteur s'interrompit, surpris.

— Oui, quoi ?

— Oui, je prends Alexia pour épouse, je jure de l'aimer et de la chérir dans la richesse comme dans la pauvreté, dans la santé comme dans la maladie, jusqu'à ce que la mort nous sépare. Oui.

Il sortit l'alliance de platine de sa poche, soulagé d'avoir pu prononcer tout le serment sans se tromper.

— Oui, enchaîna Alexia. Moi aussi, je prends Ethan pour époux, et je jure de faire tout ce qu'il a dit.

Il se tourna vers elle avant que le pasteur ait pu reprendre ses élucubrations, lui prit la main, lui passa l'alliance à l'annulaire et la regarda dans les yeux.

— Mon amour pour toi est comme cet anneau, dit-il, comme un cercle. Il n'a pas de fin.

Sa crise des dix siècles était terminée. Il avait trouvé la paix, le bonheur. La passion. L'amour.

L'hilarité d'Alexia s'était dissipée. Son regard s'était adouci.

Elle tendit la main droite vers sa sœur qui lui donna l'alliance d'Ethan. Elle la prit et, avec une confiance totale, la lui passa au doigt.

— Je te donne cet anneau en signe de mon amour et de ma fidélité.

Alors, il l'embrassa, sans même attendre qu'elle ait fini de parler. Elle ferma les yeux et le laissa faire, persuadée qu'épouser Ethan était ce qu'elle avait fait de mieux et de plus intelligent de toute sa vie.

Certes, le pasteur l'avait exprimé d'une façon grotesque, mais il était vrai que le mariage pouvait représenter un pari. Cependant elle devinait que, cette fois, la chance allait tourner en sa faveur.

— Voilà, c'est fait, lui murmura Ethan à l'oreille. Maintenant, partons en voyage de noces, madame Carrick.

— Madame Baldizzi, répliqua-t-elle aussi bas.

— Carrick-Baldizzi ? suggéra-t-il d'un air très sérieux en s'écartant un peu d'elle.

— Baldizzi-Carrick.

Parce qu'ils avaient l'éternité devant eux, elle ne pouvait pas le laisser prendre l'habitude de tout décider.

— Carrick-Baldizzi.

— Baldizzi-Carrick.

— Un combat d'entraînement pour en décider ? Celui qui portera le plus de coups choisira ?

— D'accord.

Sans crier gare, il la souleva de terre. Elle en eut le souffle coupé de surprise.

— Ethan ! protesta-t-elle en riant et en agitant son bouquet avant de le jeter à Brittany. Il y a du monde !

— Je crois que je m'en fiche.

Elle aussi, au fond. Elle était trop heureuse, trop amoureuse pour se soucier de ce que pouvaient penser les gens. Deux secondes plus tard, Ethan était repassé sous l'arche avec elle.

— Où allons-nous ? s'enquit-elle dans un murmure.

Il l'étreignit et sauta du toit avec elle.

— Je vais achever de me rendre ridicule en t'offrant une fin parfaite.

Le vent fit remonter sa jupe sur laquelle elle s'empressa de tirer pour ne pas se retrouver les fesses à l'air.

— C'est cela, ta fin parfaite ?

En riant, il vola avec elle au-dessus du Strip.

— Je ne peux pas te donner le coucher du soleil, mais je te donne la nuit.

Alexia sentit son cœur se gonfler de tendresse et d'amour. Mais aussi de soupçons.

— C'est Seamus qui t'a écrit ça ?

— Non. C'est de moi. Seamus est un génie de la politique, mais il ne connaît rien aux femmes.

Sur quoi il l'embrassa. Le vent caressait ses épaules nues et faisait voler ses cheveux en tout sens.

— Envoie la nuit, chuchota-t-elle d'un ton d'encouragement.

— Avec plaisir, répondit-il en enfonçant les dents dans son cou.